1987년 순경 공채 합격 후 부평 경찰종합학교 교육생 시절(오른쪽), 동기 이현숙과 함께.

1988년 봄 무렵, 수도방위사령부 유격 훈련장에서.
88올림픽 수행을 위한 정신과 체력 훈련.

(위) 1990년 교통순찰대 근무 당시 서울시청 앞에서 수신호하던 모습.

(아래) 1990년 교통순찰대 근무 시절, 서울 마장동 교통순찰대 사고지에서.

(위) 1991년 여자형사기동대 발대 후 화제가 되던 시기, 사격장에서 매체 취재에 응하면서.

(아래) 1991~1992년경 서울지방경찰청 화보용 사진 촬영 현장에서.

(위) 1992년 서울청 여자형사기동대 사무실에서 밤샘 근무하고 쪽잠 자던 시절(누운 사람이 박미옥), 신윤경 선배와 함께 장난치듯 촬영한 한순간.

(아래) 1992년경 서울청 여자형사기동대 사무실에서 당시로서는 신기하게 여겨지던 전동타자기로 서류 작성하는 모습.

(위) 1992년 서울청 여자형사기동대 초기 야간 유흥업소 단속 출동 전의 모습.

(아래) 2002년 양천경찰서 마약범죄수사팀장 시절, K2 소총 사격 훈련 모습(가운데).

당신의 손가락 끝은 화재감식의 시작과 끝을 의미합니다
서울지방경찰청 과학수사계 행동과학팀 일동

2008년 2월, 숭례문 화재 현장 화재감식 지휘중.
훗날 화재감식팀을 떠나올 때 팀원들이 액자로 만들어 건네준 사진과 문장.

지금 나는 제주에서 후배 형사와 마당을 공유하며 각각의 작은 집을 짓고 살아가고 있다. 이 마당 한쪽에는 두 여자 형사의 서재 겸 작은 책방이 있다. 이곳에 인간의 마음과 선악에 대한 책들을 가득 채워넣고서 나는 이 책을 썼다. 현재는 일과 사람과 도시에 지친 지인들이 내려와 속이야기를 털어놓고 읽고 쉬고 우는 곳으로 쓰고 있다. 머지않은 시기에 모르는 손님들도 불러모아 '마음 아픈 사람들의 책방'을 열려고 한다.

〈세월을 견딘 나무〉

〈돌담에 눈이 쌓인다〉

〈나의 길〉

〈계절이 바뀌면〉

제주에서 그린 그림들

형사 박미옥 ⓒ 이대연

형사 박미옥

형사
박미옥

박미옥
지음

이야기장수

2부 – 범죄 현장에서 만난 여자들

3부 – 교도소 담벼락 위를 걷다

4부 – 전생에 형사였던 사람의 작은 책방

1부

형사,
감성으로
합니다

한국 최초 여자형사기동대의 원년멤버가 되다

착한 사람이 되고 싶었고 착하게 살고 싶었다.

다만 착하게 사는 데도 기술과 맷집이 필요하다는 것을 나는 알지 못했다.

돌아보면 경찰에 대해 몰라도 너무 몰랐다. 인터넷이란 건 아예 없었고, TV에도 경찰과 형사에 대한 정보는 거의 나오지 않던 시절이었다. 드라마 〈수사반장〉에서 "죄는 미워해도 사람은 미워하지 말라"는 말을 처음 듣고 감동하거나 "무엇을 도와드릴까요?"라고 쓰인 현수막이 걸린 파출소 그림을 교과서에서 본 것이 기억의 전부였다. 그럼에도 경찰이 된 이유는 단순했다. 착한 사람이 되고 싶었다. 경찰은 착하게 살고자 하는 사람이 지키려는 삶의 태도를 유지할 수 있는 직업이라고 생각했다. 그렇게 선비 같은 마음으로 경찰이 되었다. 그래도 꿈은 실상을 잘 모른 채 계산 없이 덤벼야 한다고 나는 믿는다. 지금도 그 생각에는 변함이 없다.

느닷없이 계획 없이 그야말로 '교통사고'처럼 형사가 되었다. 1991년 9월 서울경찰청 형사부에서 여자형사기동대를 시범 운영하기 위해 희망자를 모집했고, 내가 속해 있던 민원실에서 모집 업무를 맡았다. 여자 경찰관의 수 자체가 적은 시절이다 보니, 상사는 과연 '여자 형사'가 성공할 수 있을지 무척이나 걱정되었던 모양이다. 퇴근 준비를 하는 내게 밑도 끝도 없이 물었다.

"아야, 이것이 성공하겠냐?"

아니, 내가 그것을 어찌 알겠는가? 다만 상사는 이미 이 일을 떠맡았고, 그런 상황에서 "시작부터 글러먹은 계획인 것 같은데요" 하고 대꾸할 수는 없는 노릇이다. 어차피 상사는 이 일을 끌고 가야 할 사람이니 희망차게 답하는 것이 어린 순경의 모범 답안일 것 같았다. 그리하여 적당히 둘러댄 답이 "해볼 만한 일인 것 같습니다!"였다. 그런데 이게 웬 날벼락인가! 곧바로 "그래? 아야, 그럼 너도 한번 지원해봐"라는 답이 돌아왔다.

당시 대선배님들이 넘쳐나는 민원실에 갓 배치된 나로서는 상사의 말에 거절이나 망설임의 기색을 드러낼 짬밥이 아니었다. 그래봤자 시범 운영 기간 석 달만 어찌저찌 버티면 되겠거니 하는 가벼운 생각으로 나는 민원실에서 여자형사기동대로 옮겨갔다.

여자형사기동대가 꾸려지자마자 그동안 여자 형사가 없어서 단속하지 못한 사각지대부터 대대적인 홍보성 단속이 밤낮없이 이어졌다. 게다가 나는 교통순찰대 출신이라 승합차까지 능수능란하게 운전할 수 있었기 때문에 나른 팀 난속 현장에도 정신없이 불려다녔다.

새 나라의 어린이 같던 내 잠버릇이 순식간에 바뀌었다. 의자 두 개를 붙이고 자는 새우잠은 기본이고, 의자에 꼿꼿하게 앉은 채로 오 분간 선잠을 자는 데도 익숙해졌다. 쪽잠 자는 법부터 형사의 기술을 체득해나간 시간이었다. 열심히 성실히 하겠다는 굳은 의지로도 감당하기 쉽지 않았다. 국가대표급 체력을 지닌 운동선수 출신 선배마저도 보약을 먹어가면서 버텼던 일이 새삼스러운 추억으로 남아 있다.

형사로서 첫 단속을 나간 날은 지금도 잊을 수 없다. 여성 전용 사우나에서 고액의 판돈을 걸고 도박하는 현장이었다. 벗은 몸의 여자들이 간간이 거친 입담으로 욕지거리하면서 화투장을 내리치는 찰진 소리가 사우나에 울려퍼졌다. 처음 보는 낯선 풍경에 너무나 당황스러웠지만 얼른 그 마음을 감출 수밖에 없었다. 도박의 송류와 판논의 규모부터 파익해야 했다. 그때는 여형사는 물론 여경도 드문 시절이라, 사우나가 여성 도박꾼들이 마음 놓고 판 벌이기 딱 좋은 장소였다. 112 신고가 들어가도 여성 전용 공간에 남자 경찰관이 들어갈 수가 없고, 사전 조율 없이는 내밀한 장소에 마구 진입할 수 없다보니 출동 상황이 그대로 노출되곤 했다. 그 와중에 도박판 운영자들은 순식간에 현장을 정리하고 모른 체하기 일쑤였다.

내 책임은 막중했다. 빠른 시간 안에 도박판의 선수와 구경꾼을 구별하고, 속칭 '하우스장'이라 불리는 도박판 주최자도 색출해야 했다. 그러나 막상 현장을 덮치자 그저 아비규환이었다. 알몸의 여자들이 외마디 비명과 고함을 지르며 정신없이 사방팔방 도망쳤고, 내 정신도 혼비백산이 되고 말았다.

가장 위험천만했던 일은 한증막 안으로 뛰어들어간 아주머니를 체포하는 것이었다. 평소 목욕탕의 열기도 힘들어했던지라 절절 끓는 한증막에 발을 디딘 순간, 숨통이 콱 막히는 듯했다. 그 와중에 다 벗은 몸들 사이에서 도망친 여자 한 명을 콕 집어 찾아낸다는 것은 결코 쉬운 일이 아니었다. 찾았다 싶으면 붙들리지 않으려고 필사적으로 피하는데, 저러다가 한증막 벽에 부딪혀 화상이라도 입으면 어떡하나 무섭고 주저되고 조심스러웠다. 이런 일도 형사의 직무인가 생각할 틈도 없이 그 불구덩이에서 다 벗은 여인을 안전하게 체포해서 끌어내야 하는 것이 내 임무였다. 그 아수라장, 아비규환의 지옥에서 땀범벅이 된 나는 비로소 내가 완전히 딴 세상으로 넘어왔다는 것을 실감했다.

그렇게 단속을 마무리하고 25인승 버스에서 체포된 인원수를 확인했다. 운전히는 경찰에게 '출발' 신호를 외치고는 그제야 안도감에 나도 모르게 웃었던 모양이다. 방금 내 손으로 잡은 한 여자가 나를 빤히 보더니 말했다.

"조금 전 그 형사 맞아요? 이렇게 어린 형사님이셨어요? 나, 얼마나 무서웠는지 몰라요."

처음 마주하는 상황 앞에서 나 또한 놀람과 두려움을 감출 수 없었는지 나도 모르게 화난 표정, 성난 표정이 배어나왔나보다. 나도 무서웠는데, 당신도 무서웠구나.

조사하는 동안에도 감정은 요동쳤다. 도박판에서 실랑이한 여성이 푸근한 이웃집 아주머님처럼 보였다가, 끊임없이 거짓말과 변명으로 일관할 때는 영락없는 사기꾼처럼 보였다. 그 한 번의 경험으로도 내 시선과 마음의 흐름에 따라 같은 사람이 선량한 이웃으로 보였다가 비열한 범죄자로 비칠 수도 있다는 선득한 깨달음을 얻었다. 그리고 형사는 힘만이 아니라 범인에게 지지 않을 기세는 물론, 현장 상황과 변수를 관통하는 시선과 순발력까지 필요하다는 것을 질감했다.

그때 나는 사회가 어떤 곳인지 몰랐고, 어른들의 세상이 얼마나 거칠고 험한지 알고 싶지 않았다. 어렸을 때는 상상해본 적 없는 낯설고 위험 서린 곳이 바로 우리가 사는 세상임을 미처 알지 못했다. 아니 알 수도 없는 때였다. 부모님의 안온한 울타리 안에서 살던 내가 이런 거친 세계를 어떻게 알 수 있었겠는가. 그러나 밤잠 못 자고 사회의 어둠을 쫓은 지 석 달 만에 나는 이 세상의 밑바닥을, 적나라한 민낯을 마주하고 있었다.

형사가 목격하고 감당해야 하는 세상은 듣도 보도 못한 일을 끊임없이 봐야 하는, 결코 익숙해지고 싶지 않은 세상이었다. 그럼에도 형사는 그 어두운 세상을 향해 거침없이 뛰어들어야 하는 사람이었다. 모든 신경과 기운을 범인에게 집중시키고, 현장 상황이 해결될 때까지 끌고 가는 힘이 형사의 능력이었다. 호출이 오면 자다가도 뛰쳐나가고, 중요한 사건이 해결되지 않으면 며칠이고 집에도 들어갈 수 없는 그 습관이 쌓이고 쌓여서 이골 난 것이 형사의 체력이었다.

형사의 체력이란 결코 신체적 능력이 전부가 아니다. 형사의 진짜 체력은 '이골'이었다. 우리는 밤 12시에 퇴근했다가도 새벽

2시에 나오라면 뛰어나와야 했나. 큰 사선이라도 터지면 그 상태로 하루이틀, 때론 한 달 두 달도 간다. 그런 식으로 잠 못 자는 생활이 계속되면 위험한 상황에 처할 수도 있다. 찰나의 실수와 방심에 범인을 놓칠 수도 있었다. 결코 용납할 수 없는 일이다. **형사는 그 팽팽한 긴장감을 범인 검거의 그날까지 유지해야 한다. 이 모든 게 몸에 푹 배어 있어야 한다. 이골이 나지 않으면 버텨낼 수 없다는 건 그런 뜻이다. 이것이 내가 배운 진짜 형사의 힘이었다.**

그렇게 유효기간 석 달짜리 형사가 될 거라 생각했던 나는 꼬박 30년 동안 형사로 살았다. 현장에서 무수한 사람들의 쉽게 헤아릴 수도, 단정할 수도 없는 마음과 표정을 보았다. 그 끔찍하고도 서글픈 마음들 속에서 헤매고 당황하고 깨지면서도 떠나지 못했다. 형사가 내 밥벌이였기 때문만은 아니다. 그것이 곧 사람의 일이었고 결국 나의 이야기였기 때문이다.

2022년 인천 층간소음 흉기난동 사건은 많은 이들에게 깊은 상흔을 남겼다. 사건의 맥락과 디테일은 소거되고 여경의 현장 대응 미흡은 여경 혐오로 번졌고, 이윽고 여경 무용론까지 들끓었다. 이 사건이 벌어졌을 때 나는 이미 현장에서 물러나 퇴직한 상태였는데 경찰청으로부터 연락이 왔다. 한 신문사에서 사회부 캡의 지시로 내게 인터뷰 요청을 해왔다는 것이다. 사회부 캡의 이름을 들어보니 한창 현장에서 일할 때 자주 만나던 기자였다. 아, 벌써 사회부 캡이 되었구나. 여경들에 대한 손쉬운 경멸과 차별의 말이 횡행하던 때라 세상에 그 어떤 말도 보태고 싶지 않았으나, 오랜 인연이 나를 솔직한 이야기로 이끌었다.

나는 이것이 성별의 문제가 아니라 매뉴얼의 문제라고 말했다. 현장에 남자 경찰과 여자 경찰이 함께 있었는데, 여경이 유독 지탄을 받는 것은 납득하기 어려웠다. 게다가 남자 경찰은 상당한 경력을 지닌 경찰관이었고, 여자 경찰은 갓 1년 차에 지나지 않았다. 나는 경찰관 개인의 성별이나 능력치가 아니라 매뉴얼을 살펴봐야 한다고 주장했다.

층간소음 사건이 문제될 때마다 매뉴얼은 업그레이드되었을 것이다. 사건 접수에서 대응, 처리까지 출동 경찰관들이 현상에서 매뉴얼을 잘 따랐는지를 점검해야 했다. 분명 여경 한 사람의 문제가 아닐 것이다. 경찰의 현장에서 누군가 실수해도 그뒤에 그 변수를 책임지고 해결하는 또다른 사람이 반드시 있어야 하기 때문이다. 국민의 안전과 생명을 지키지 못한 이상 경찰은 그 어떤 경우에도 할 말 없는 죄인임에 분명하다. 하지만 이분법적 사고로 현장의 최전선에서 일하는 경찰을 맹렬히 비난해보았자 결국 국민의 안전이 불안해진다. 우리 모두가 위험에 빠진다.

현장은 성별이나 개인의 역량만으로 좌지우지될 정도로 그렇게 만만하지 않다. 매뉴얼과 교육, 훈련뿐만 아니라 위기관리가 체질화되도록 노력해야 한다. 아무리 수백 장의 매뉴얼과 지침이 있다 하더라도, 무수한 변수와 위험 요소가 시도 때도 없이 끼어드는 현장에서는 결국 유연하고 순발력 있게 현장 상황에 잘 대응하는 것만이 강한 조직이라 말하는 사람도 있다. 그러나 나는 안다. 개인은 언제나 완벽할 수 없다는 것을. 한 개인의 불안이 상황을 완전히 뒤집어놓을 수도 있다는 것을 말이다. 그래서 나는 언제나 지시나 정책보다 현장에서 사람을 챙기는 방향으로 선배 노릇 하려 애써왔지만, 그렇기 때문에 더더욱 선배들이 일일이 갈 수 없는 현장마다 그들이 안심하고 따를 수 있는 명백한 매뉴얼과 시스템을 몸에 배게 해주고 싶었다. 경찰이 지탄받을 때마다 매뉴얼 점검에 앞서 최전선에서 뛰는 실무자 개개인이 집중포화를 받는 것이 언제나 가슴 아팠다.

오래전의 일이다. 형사 두 명이 지방에 강도를 잡으러 갔다가 피살당하는 사건이 발생했다. 경찰 내부 분위기는 침통했다. 그런데 그날 하필이면 여자형사기동대에서 여관 강도들을 잡으러 나가게 되었다. 형사과장은 대번에 우리를 말렸다. 남자 형사들도 강도에게 칼 맞아 죽은 날에 여자 형사들만 출동하는 것은 도저히 허락할 수가 없다고, 사건을 다른 남자 형사 팀에 넘기란다. 우리로서는 받아들이기 힘든 지시였다. 첩보도 우리가 입수하고 수사도 우리 여자형사기동대에서 다 진행해서 검거 날짜까지 철저히 계획한 사건을 다른 팀에 그대로 넘기라니, 화가 나다못해 억울하기까지 했다.

그런데 웃기는 점은 체격 좋고 힘 좋고 운동선수 출신들만 있는 피지컬 좋은 팀을 지정해서 사건을 넘기라 했음에도 불구하고, 그 팀의 남자 형사들이 도리어 범인 검거를 위해 뜻밖의 방법을 제안해왔다는 점이었다. 자신들은 너무 형사 티가 나서 범인들이 눈치챌 수 있으니 여형사를 맨 앞에 배치하고 본인들은 이선 삼선으로 멀리 떨어져 있겠다는 것이다. 어처구니없었지만, 실리적으로는 맞는 작전이라서 할 말이 없었다.

작전대로 범인들은 우리가 파놓은 덫에 빠졌고, 완벽하고도 안전하게 검거했다. 그뿐만 아니라 범인의 차량을 수색하다 발견한 단서로 체포현장에 나타나지 않은 공범까지 밝혀서 추가 검거했다. 그후 현장검증과 각종 서류는 사건의 처음과 끝을 다 파악하고 있는 우리 여형사들이 맡았다. 그럼에도 남자 형사 팀에 사건 일임하라 지시한 형사과장이 알세라, 보고서를 올릴 때 주 공적은 모두 남자 형사들 명의로 돌린 기억은 여형사로서 웃을 수도 울 수도 없는 이야기이다. 그러나 그때 길거리에서 여자 형사와 남자 형사들이 힘을 합쳐 영화처럼 범인들을 검거하면서 느낀 뿌듯함만으로 충분했다. 한동안 그 남자 형사 팀은 우리들의 술친구가 되기도 했다. 현장의 동지들은 그것이면 충분하니까.

또하나의 뼈아픈 이야기가 있다. 일명 '이학만 사건'이라 불리는 서울서부경찰서 형사 두 명의 피살 사건 때도 그랬다. 2004년 애인에게 흉기로 상해를 입힌 용의자 이학만을 깅격빈 형사들이 검거하러 나섰다. 한 카페에서 이학만을 검거하려던 순간, 이학만은 형사의 가슴을 흉기로 찔렀고, 쓰러지는 동료를 부축하려는 다른 형사의 등에도 칼을 꽂고 도주했다. 그후 이학만은 할머니와 손자가 살고 있던 집에 몰래 침입해 인질극을 벌이다 검거되었다. 참혹하기 그지없는 사건이었다.

사건 초기 경찰은 동료 형사의 죽음을 애도할 겨를도 없이, 장비도 제대로 갖추지 않은 개념 없는 출동으로 인해 둘이나 죽고 인질극까지 벌이게 만들었다며 맹비난을 받아야 했다. 경찰서마다 초상집 같았다. 현장에서 죽어간 동료를 위해 충분히 울지도 못하고 무능하다는 비난의 융단폭격을 감내해야 했다. 당시 나는 양천경찰서 강력팀장으로 근무하고 있었는데, 나 역시 너무나 억울했다. 나는 서울경찰청 강력계에 근무하던 친구의 도움을 받아 사건 현장에 있던 시민들의 목격자 조서를 읽고 당시 상황에 대한 스토리텔링을 만들어 내부에 전파했다.

피의자 신분을 확인하고 미란다원칙을 고지하려는 순간 눈 깜짝할 사이에 벌어진 일이었다. "이학만씨죠?"라고 묻자마자 범인은 피우고 있던 담뱃불로 형사의 손을 지져버렸다. 놀라고 당황한 형사의 옆구리와 심장에 정신없이 칼이 들어왔다. 카페에 있던 모든 사람이 혼비백산하고 다른 형사가 동료를 부축하고 범인을 제지하려던 그때, 범인은 그 형사의 등에마저 가차없이 칼을 꽂았다. 등에 칼을 맞은 채 형사는 최후의 순간까지도 이학만의 다리를 필사적으로 붙들고서 카페에 있던 시민들에게 제발 도와달라고, 119를 불러달라고 외쳤다 한다. 그러나 누구든 다가오면 바로 죽여버리겠다며 흉기를 휘두르는 이학만에게 누구도 선뜻 디기시기 쉽지 않았다. 이학만은 끝까지 자신의 다리를 붙들고 매달리는 형사의 등을 총 아홉 차례 찌르고 도주했다.

사람들은 흉악범을 상대할 장비도 없이 출동한 경찰들을 비난했다. 그러나 경찰 장비라고 해봐야 경찰방망이 말고는 총밖에 없던 시절이었다. 총이 있어도 함부로 쏠 수 없던 대한민국에서 경찰이 검거 도중 여차하면 총을 쏠 수도 있다는 각오를 다지기는 쉽지 않았다. 오죽하면 한 영화에서 경찰에게 총은 던지는 물건이라는 대사가 나왔을까? 경찰 내부망이 끓어올랐고, 외부에까지 사건의 전모가 알려지면서 경찰의 처우와 안전에 대한 여론이 일었다. 경찰 장비의 다양화에 대한 논의도 시작되었다. 바로 이때 테이저건이 처음 개발, 도입되었다.

나는 그 팀의 큰형님과 현장을 여러 번 같이했었다. 애통하게 떠난 두 형사를 국립묘지에 안장하는 날, 나는 그곳에서 두 형사를 보내는 진혼시를 낭독했다. 그때 내 안에서 나 자신과 내가 아는 모든 형사들의 영혼이 목놓아 울었다. 그것은 오랫동안 억눌러왔던 형사의 울음이었다. 경찰관으로서 제복 입고 가슴에는 흉장을 달고서 밤낮없이 국민의 생명과 재산을 보호한다는 경찰 정신을 안고 살지만, 실은 언제 칼 맞고 총 맞을지 모르는 운명. 경찰관 이전에 우리도 흉기를 보면 두렵고 괴한에게 죽임당하고 싶지 않은 사람일 뿐이라고 대놓고 주장하기도 어려운, 우리 동료들끼리만 아는 뜨거운 눈물이었다.

현장을 함께해본 사람이라면 안다. 남녀 불문 우리 모두에게는 불안과 두려움이 있다는 것을. 때론 나의 불안도 누군가에게 의지하고 싶다. **경찰의 세계는 여경과 남경으로 갈리지 않는다. 한마음으로, 서로 함께하는 호흡과 노력으로, 오던 칼도 멈추게 하고 가던 범인도 우리 손 안에 들어오게 하는 기운은 오직 팀워크에 있다.**

죽음이 수시로 들락날락하는 끝없는 긴장 속에서 산 시간이 이제는 새삼스럽게 느껴질 때도 있지만, 오직 그 순간만이 가장 나답게 살아 있는 시간이었다. 내가 살아 있다는 자각으로 충만한 시간이었다. 오늘도 그 긴장 속으로 뚜벅뚜벅 걸어들

어가는 이 땅의 형사들이 부디 안전하기를, 죽지 않기를 기도
한다.

내 목소리······ 기억하죠

그 옛날 여자 형사가 드물던 시절, 참 많이도 불려다녔다. 경력 있다고 다 능력 있는 건 아닐 텐데, 정말 자신 없고 위험한 사건일 때는 어떻게 해야 하나 주저되고 당황한 적도 많았다. 그럼에도 나는 부르는 대로 계속 현장으로 나갔다. 호기로운 확신이나 일망타진의 예감이 드는 경우는 드물었다. 여자 형사보다 더 희귀한 사건들, 그런 만큼 많은 변수가 존재하고 그래서 또 한편으로는 더 다양한 사람들과 일해볼 수 있다는 가능성이 나를 새로운 사건으로 이끌었다.

유명 음료 회사에 독극물을 넣겠다는 협박 편지가 왔다. 협박범은 여직원 혼자 돈을 가지고 오라고 요구했다. 일선 경찰서에서 경력 있는 여형사를 그 여직원 역할로 투입해야 한다고 지원 요청을 해왔다.

범인은 신분을 노출하지 않기 위해서 일방적으로 연락했다. 게다가 주도면밀한 범인 흉내를 내고 싶었는지, 당시로서는 위치 추적이 불가능했던 휴대폰을 새로 개통하라고 명령했다. 그리고 회사 상호를 딴 가명까지 지어서 "○○아, 돌아와라, ×××-×××-××××"라는 문안으로 정확히 신문광고를 내라고 했다. 그런 이후 실행 방법은 본인이 정하겠다고 통보했다. 이 음료 회사의 어느 공정에서든 독극물이 주입된다면 국가적 참변이 일어날 게 분명했다. 만에 하나라도 일어나서는 안 되는 위험한 사건인 만큼, 일단 범인이 시키는 대로 준비하고 전화를 기다려야 하는 상황이었다. 미리 준비한 차에 억대의 돈을 실은 것처럼 위장했다. 실은 차량 트렁크에는 안쪽에서 언제든지 문을 열 수 있도록 비상개방 장치를 장착한 채 형사 두 명이 숨어 있었다. 여직원처럼 사복을 입은 나는 옆구리에 총을 차고 운전석에 앉아 전화를 기다렸다.

드디어 전화벨이 울렸다. 당연히 범인일 거라 생각하고 전화를 받았는데, 엉뚱한 목소리가 들려온다.

"실종자 가족협회인데요. ○○씨 가족분이세요?"

순간 나는 당황했다. 범인이 간을 보는 전화 같기도 하고, 뭔가 연결이 잘못되어 혼선된 전화 같기도 했다. 그러나 중요한 것은 절대 경찰이라는 것을 티 내지 않는 것이었다. 나는 "지금 급한 일이 있으니, 나중에 연락드리겠습니다" 내뱉고는, 범인이라면 다른 말을 하겠지 싶어 숨죽이며 전화를 끊었다.

얼마 지나지 않아 진짜 범인에게 전화가 왔다. 차번호와 차종을 묻더니 여의도 방향으로 출발하라란다. 걸려들었다! 나는 이를 악물었다. 그런데 출발하자마자 바로 다시 전화가 오더니 소속과 이름을 물었다. 아, 이 정도로 꼼꼼히 체크하는 놈이라면 회사 어디로든 전화를 걸어서 진짜 확인하겠구나 싶었다. 범인이 회사 대표번호로 연락을 취해도 곧장 쉽게 연결되긴 힘들 만한 곳을 망설임 없이 대야 했다. 회장 비서실에 있는 아무개라고 대답했다. 그리고 전화를 끊자마자 트렁크에 숨어 있는 형사들에게 무전을 쳤다. 범인이 회사 인사과와 비서실로 이름과 소속을 확인할 듯하니 답변할 수 있도록 신속하게 조치하라고. 수차례 큰 고비를 넘긴 심정이었지만, 범인은 계속해서 여의도에서 김포공항 주차장, 다시 경인고속도로 출구, 인천의 어느 동네까지 정신없이 접선 장소를 바꾸었다.

범인의 말대로 움직이는 것은 어렵지 않았다. 다만 범인과 통화하고 나면 수사지휘자에게 보고하기 바빴다. 왜냐하면 범인이 어디선가 나를 지켜보면서 따라오고 있는 듯 말하고 있었기 때문이다. 범인이 갑자기 나타나 나를 납치할세라 모두 초긴장 상태일 수밖에 없었고, 그 상황에 대비해 주변에 많은 차들이 따라붙어 있었다. 만에 하나라도 자동차 미행이 들키거나 실패할까봐 오토바이 서너 대까지 포진해 있었다. 우리는 필사적이었다.

반나절이 넘도록 범인이 시키는 대로 했는데, 이번에는 인천 아파트 밀집 지역까지 불러들였다. 내가 도착했다고 연락했는데도 범인은 나타나지 않았다. 그러더니 아파트 동수를 지목하면서 그 앞에 차를 놓고 그냥 가란다. 혼자 판단할 수 없었다. "회장님에게 지시받지 못했다. 회사 차라서 내 마음대로 놓고 갈 수가 없다"고 답변하고는 회장님과 통화 후 결정할 테니 잠시만 기다려달라 시간을 끌면서 수사지휘자와 통화했다.

결국 범인의 요구대로 차를 놓고 가되, 근거리에서 다른 형사들이 잠복하기로 결정했다. 나는 그렇게 사건 담당경찰서 형사들이 범인을 잡아주기만을 고대하면서 현장을 떠났다.

일주일쯤 지나 관할 경찰서에서 범인을 잡았다는 연락을 받았다. 내가 협박범과 종일 통화하며 범인의 지시대로 움직일 때, 범인이 내 소속을 확인하려고 회사로 전화하느라 사용한 공중전화번호 서너 개가 확인된 모양이었다. 그 전화 부스 인근에 형사들이 배치됐다. 서로 다른 공중전화 부스에서 잠복하던 형사들의 수첩에 똑같은 차량번호와 인상착의의 남자가 등장했다. 차량을 조회해보니 나에게 수차해누고 그냥 떠나가던 아파트의 바로 앞 동에 사는 남자였다.

남자는 내가 차를 세우고 떠난 뒤 주차장에 들러 차 안에서 돈을 꺼내려 접근했다. 그러나 인근에 서울 번호판이 달린 오토바이 여러 대가 서 있는 것을 보고는 주춤했다. 형사들이 있을지도 모른다는 생각에 그는 조용히 물러나 돌아갔다. 그러나 그 차 앞을 살피고 지나간 흔적조차 형사들의 수첩에 기록되어서 그는 빼도 박도 못할 유력 용의자가 되었다. 게다가 범인은 사업 실패로 돈이 매우 궁한 상황이었고, 협박 편지를 타자한 방법이나 문체 등에서 범인의 사업과 전공 분야에서 흔히 발견되는 특징이 노출되었다. 문제는 이 모든 단서들에도 불구하고 범인이 완전히 오리발을 내밀었다는 것이다.

그가 출몰한 위치와 집 주소, 협박 편지에 대한 분석만으로는 범인이라고 단정할 수 없었다. 아무리 수많은 우연이 겹친다 하더라도 정황증거일 뿐이기 때문이다. 자백을 받기 위해 아무리 다그쳐도 범인은 무너지지 않았다. 관할서에서는 최종적으로 범인에게 거짓말탐지기 검사를 해볼 계획이었고, 그전에 심리적인 동요를 일으키기 위해서 나에게 한 가지 도움을 요청했다.

범인에게 가서 "내가 당신의 목소리를 기억한다. 당신, 범인 맞잖아"라는 말만 해주면 된다는 것이다.

일단 범인과 마주섰으나, 사실 나부터 정확히 그때 그놈과 이놈이 동일인인지 목소리만으로는 확신이 서질 않았다. 그의 목소리가 지극히 평범했기 때문이다. 그렇다고 범인 처벌만을 간절히 바라며 내게 마지막 기대를 걸고 있는 동료 형사들에게 난 잘 모르겠다고 꽁무니를 뺄 순 없는 노릇이었다. 그러나 당신의 목소리를 또렷이 기억한다는, 나조차 확신하지 못하는 말로 과연 범인을 흔들어놓을 수 있을까.

결국 내가 선택한 방법은 이것이었다.

"아저씨, 내 목소리 기억하죠. 그날 저하고만 통화했으니 분명히 기억하실 텐데."

나는 천천히, 그러나 흔들림 없는 어조로 또박또박 말했다. 범인은 아무 말이 없었다. 형사들은 숨죽이고 범인의 표정을 잠시 지켜보다가, 이내 두말하지 않고 곧장 거짓말탐지기 검사실로 범인을 데리고 갔다. 95퍼센트 이상의 거짓 반응이 나오면서 마침내 범인은 무너졌다.

형사는 취조의 달인이어야 한다. 그러나 취조란 형사가 확신과 정답을 바탕에 깔고 자백을 토해내게 하는 것만은 아니다. 나는

형사란 내 앞에 앉은 한 사람, 그리고 종잡을 수 없는 이 세상을 향해 좋은 질문을 던지는 사람이라고 믿는다.

'내가 확신할 수 없다면 상대에게 물어라.'

이 사건을 겪은 후부터 나는 복잡하고 어려운 사건일수록 내가 끌어내고 싶은 정답에 안달하기에 앞서 질문의 말머리를 상대에게 돌려 잘 묻는 형사가 되기로 했다. 범인 또한 질문을 받고 답하는 사이에 자신을 찾아가길 바라면서, 나는 내 질문을 돌아본다.

형사가 기억해야 할 질문의 미학은 관찰과 관용의 마음으로 상대를 향해 평가와 편견 없이 묻는 것이다. 질문할 때는 내 개인의 경험치와 기준을 내려놓아야 한다. 모르는 것도 질문하면서 알게 되고, 속단하지 않고 물어보는 사이에 상대의 생각을 듣게 된다. 그러므로 상대만이 아는 이야기까지 끌어낼 수 있다는 믿음을 갖고서 디테일하게 질문해야 한다.

형사는 내 정답과 확신을 고집하며 안달복달하는 사람이 아니라 질문함으로써 알지 못했던 길을 찾아가는 사람이다. 다그치면 마음이 닫히지만 질문하면 열린다. 형사는 그 변화를 기다리는 사람이다.

당직날이면 내 능력을 테스트받는 기분이 들었다. 서른셋의 나이에 돌연 임명된 강력반장 초짜 시절, 나흘에 한 번씩 돌아오는 24시간 당직날마다 나는 엄청나게 긴장했다. 이날 터진 강력사건은 내 책임이었고, 따라서 내 위기관리 능력을 시험받는 현장이나 다름없었기 때문이다.

선배들은 말했다. 오탈자 고치는 리더가 아니라 책임져주는 리더가 되어야 한다고. 더군다나 강력형사는 경찰서의 큰형님이 되어 많은 위기를 해결해줘야 한다고. 초보 강력반장임에도 괜찮은 리더 흉내는 내고 싶어서 파출소를 돌면서 "강력2반장입니다. 사건 생기면 주저 말고 연락하십시오. 어려운 일 생기면 언제든지 강력2반으로 연락해주십시오" 하고 호기를 부렸던 시절이기도 하다.

봄볕 좋은 어느 오후, 그날도 당직이었던 나는 자리를 지키고 앉아 우리를 찾는 일이 있을까 기다리던 참이었다. 두려운 강력범죄는 밤에 주로 급습하는지라 긴장을 풀고 조금은 느긋하기까지 했던 한순간이었다. 그때 한 앳된 여성이 경찰서로 들어왔다.

하지만 입을 열지 못한다. 입술을 앙다문 채 손가락으로 자신의 입을 가리키며 안타까운 앓는 소리만 내뱉을 뿐이었다. 다친 걸까? 아니면 피치 못하게 말을 못 하는 상황이라도 있는 걸까?

갑갑함 속에서 어찌해야 할 바를 모르던 그때, 여성의 입안에 뭔가 있다는 것을 알아냈다. 뭔가를 악착같이 물고 있는 것이었다. 급한 김에 휴지를 뽑아서 뱉어내도 되는 것인지 물어보았고 그녀는 눈빛으로, 고갯짓으로 세차게 끄덕였다.

침이라고 하기엔 무언가 너무 가득하고 끈적하다. 얼른 물 한 컵을 건네니 여러 번 입을 헹구고 나서야 비로소 호흡을 가다듬는다. 얼굴은 통통 부은 듯했고, 넋이 나간 듯 몸을 달달 떠는 여성을 보면서, 다그치기보다는 그냥 이게 무슨 일인지 스스로 말할 때까지 기다려주어야겠다고 생각했다.

그녀는 아파트 단지에 거주하는 평범한 여대생이었다. 약속이 있어서 오후 4시경 집 근처 정류장에서 버스를 기다리고 있었다. 그런데 자전거를 타고 지나가던 남자가 그녀 앞에 멈추어 서더니 슬며시 옆으로 다가서서는 옆구리에 칼을 들이댔다. 조용히 따라와라, 아니면 나는 찌르고 도망가면 그만이다. 목소리는 옆구리에 닿을락 말락 한 칼날만큼 서늘하고 날카로웠다. 정류장에는 개미 한 마리 보이지 않았다. 그러나 아마 누군가 있었더라도 도와달라거나 소리칠 엄두는 나지 않았을 것이다. 칼날은 가까웠고, 벗어날 길은 너무 멀었다. 꼼짝없이 범인이 이끄는 대로 정류장에서 조금 떨어진 아파트의 울창한 화단으로 끌려갔고, 그곳에서 성폭행을 당했다. 범인은 성폭행 후 유유히 휴대폰과 현금까지 빼앗아 갔다.

이야기를 듣는 내내, 그 아픔과 두려움이 고스란히 전해졌다. 나에게는 햇살 좋은 한낮의 오후가, 누군가에게는 지옥 같은 암흑의 시간이었다. 피해장소가 이전엔 지극히 안온했던 일상의 공간이라는 점도 안타까웠다. 늘 아무렇지 않게 이용하던 정류장에서, 집 주변 화단에서 이런 일을 당하면 피해자는 갈 곳이 없어진다. 일상이 무너져내린다. 그런데 이 여대생, 대단하다. 범인이 입안에 남기고 간 정액을 물고 2킬로미터를 걸어 경찰서까지 왔다.

"그냥 뱉어버리고 갈까도 생각했습니다. 하지만 여성학을 공부하면서, 그간 제 나름대로 옳다고 믿는 일에 대해 주장하고 실천도 하면서 살아왔다고 생각했습니다. 하지만 오늘 당당하게 행동하지 못하면 영원히 나 자신에게 당당할 수 없을 것 같아서, 입을 악물고 여기까지 왔습니다."

그 충격적인 일을 겪은 뒤 오만 역겨움이 다 밀려왔을 텐데, 그 비리고 더러운 것을 입에 담고 여기까지 오다니. 나는 그녀를 꼭 안아주고 싶었다. 하지만 그에 앞서 그녀의 행동에 답을 주고 싶었다.

급한 마음에 그 중요한 증거물을 휴지에 받았으니, 증거물 보존이 일순위였다. 증거가 손상되거나 범인의 DNA를 제대로 확보하지 못하면 안 되니, 얼른 국립과학수사연구소로 증거물 감정부터 보내고 현장으로 갔다. 인근 지역에 범인의 단서를 뿌리며 열심히 추적하고 꼬리를 밟아나갔다. 그런데 하늘이 내 마음을 알았는지, 다음날 아침 한 파출소에서 우리 강력반으로 제보가 들어왔다.

또다른 피해자가 있었다! 그녀는 신고하지 않았다. 그런데 역시나 이번에도 휴대폰까지 빼앗아간 범인이 피해자의 집으로 전화를 걸어서는, 당장 돈을 갖고 지하철로 나오라 협박했다. 끝나지 않겠구나, 내가 눈 질끈 감는다고 해서 없었던 일이 되

당신은 옳았나

35

는 게 아니겠구나. 피해자는 결국 집 앞 파출소로 찾아와 도와 달라고 말했다. 다급한 파출소장의 전화에 우리는 그놈이 기다리는 지하철역으로 무조건 달렸다.

당시 우리 강력반은 서울 시내에서는 드물게 남녀혼성팀이었다. 지하철역 입구에 자연스럽게 포진해 있던 우리는 범인이 나타나길 기다렸다가 가볍게 검거했다. 지역 파출소를 돌아다니면서, 우리가 지금 매달려 있는 사건에 대해 공유하고 자주 대면한 것이 이런 순간에 큰 위력을 발휘하는구나 싶었다. 두려운 협박에도 끝내 용기를 내어 파출소를 찾은 두번째 피해자의 결단이 해결의 실마리가 되었음은 물론이다.

무엇보다 끔찍한 범죄의 증거물을 입에 물고 2킬로미터를 내처 걸어온 여대생에게 비로소 그 행동에 대한 답을 내어줄 수 있다는 사실에 나는 한없이 기뻤다. 범인을 검거하자마자 여대생에게 바로 전화해서 검거 사실을 알렸다. 그리고 그녀는 내가 평생 결코 잊지 못할 말을 들려주었다.

"제가 옳았다고 말씀해주셔서 감사합니다."

올바르게 살아가고자 여성학을 공부하고, 여러 지탄과 공격 속에서도 목소리를 내고 소신을 지켰던 한 여성이 있었다. 그녀는 책과 이념으로만 보았던 '여성문제'가 제 삶의 문제로 쳐들어온 순간에도 결코 회피하지 않았다. 도망가지 않았다. 토악질 나는 범인의 오물을 입에 담고서 경찰서로 걸어오는 길, 그 처절한 2킬로미터의 길이 그녀에게 얼마나 천길만길 낭떠러지 같았을지 나는 지금도 종종 떠올린다. 그리고 그 길을 건너온 당신은 진심으로 옳았다고, 그녀에게 분명히 말해줄 수 있어서 참 다행이라고 생각한다. 그녀는 그 자신뿐만 아니라 당시 수사한 경찰들에게도 우리가 옳다는 자부심을 심어주었다.

때로 삶은 더럽고 비루한 방식으로 우리의 따귀를 치지만, 옳은 마음으로 살아가고자 하는 사람은 그로 인해 근본적으로 훼손되지는 않는다. 옳은 사람들은 늘 위기와 복병에 맞닥뜨리지만, 그 모든 것을 딛고 끝내 옳은 방향으로 나아간다.

탈주범은 알았고
우리는 몰랐다

전국을 떠들썩하게 한 탈주범을 검거하기 위한 특별팀이 구성되었다. 그런데 출범 후 한 달이 넘어가도록 신출귀몰 도망 다니는 탈주범의 그림자조차 보지 못하고 있었다. 내게 그 팀에 합류하라는 지시가 떨어졌다. 특별팀에서는 원래 남자 형사 네 명을 요청했다는데, 경찰청에서 다양한 대응 전략을 시도하고 고민하라는 차원에서 여자 형사 두 명을 보내기로 했다는 것이다. 합류 시기는 '오늘 당장'. 어지간히 급한가보다 싶어 토 달지 않고 곧장 집으로 가서 짐을 꾸려 출발했다.

열심히 달려 도착했더니 한 달 동안 수염도 깎지 않고 군복 바지 하나로 버티고 있는 듯한 거친 인간 하나가 우리를 꼬나본다. 다정한 환영사를 기대한 건 아니었지만 대뜸 "웬 냄비*들이 왔느냐"고 쏘아붙이는 데는 도저히 가만있을 수 없었다. 나도 형사 7~8년 차 접어들던 시절이라 그냥 참아 넘기고 싶지 않았다. "주전자는 가만히 계시죠"라고 낮은 목소리로 대꾸하고 나니 그 인간도 당황했는지 대번에 머쓱해한다. 지금 생각해도 괜찮은 라임이었다는 생각이 든다.

훗날 이 형사와는 죽이 꽤 잘 맞는 파트너가 되어 전국 방방곡곡 티켓다방 종업원들을 설득하러 다녔고, 결국 이것이 탈주범 검거의 결정적 단서가 되었다. 당시로서는 쉽지 않았던 휴대폰 추적 수사를 포기하지 않고, 전화국을 밤낮없이 드나든 끝에 노출되지 않은 탈주범의 애인을 찾은 것도 잊을 수 없는 쾌거였다. 첫 만남부터 나를 만만히 보지 말라는 시그널을 던진 게 오히려 좋은 소통이 된 셈이다.

처음엔 탈주범보다 이 남자를 넘어서는 일이 더 걱정되었지만, 한번 크게 심호흡을 하고 다시 보니 갈아입지 못해 추레한 옷차림에 비해 머리는 말끔히 감아 얌전하게 빗어넘긴 것이, 제 딴에는 여형사 온다고 단장한 것 같아서 제법 귀여웠다. 전국이

✣ 한때 남자들이 여성을 지칭하는 은어로 조개 아니면 냄비라는 말을 사용했다. 심지어 냄비는 이 숟가락 저 숟가락 다 넣고 먹는 그릇이라고 해서 여성을 성적으로 비하하는 말인데다, 그 옛날 유흥업에 종사하는 여성을 '구멍난 양은냄비'라고 깎아내렸기에 도저히 그냥 넘어갈 수 없었다.

발칵 뒤집힌 사건 앞에서 우리끼리 계속 싸울 틈은 없었다. 안면 있는 팀장이 반갑게 우리를 맞으면서 한 달 내내 너무 막막한 마음에 예민해져서 저런 것이니까 양해해달라며 곧장 회의를 진행했다.

팀장은 솔직했다. 전국을 다 뒤지며 마땅히 '현장'이랄 게 없는 수사를 하다보니 형사들은 점점 지쳐가고 있다, 범인이 낚시를 좋아한다길래 밤마다 낚시터를 샅샅이 뒤지고 있는데 놈은 흔적도 없고 이런 상태로 한 달여가 지나고 보니 이젠 다들 의견조차 말하려 들지 않는다…… 오자마자 마주한 푸대접보다 팀장의 솔직한 토로에 그의 외로움이 더 마음에 들어왔다. 팀장은 새로운 눈으로 탈주범의 일기를 읽고 허심탄회하게 의견을 달라고 했다. 도통 실체가 잡히질 않는 탈주범을 한 달째 무력하게 쫓고 있는 그의 마음을, 그 와중에 지쳐가는 후배들을 건사하고 있는 그 외로움을 알 것 같아서 밤새 일기를 읽고 또 읽었다.

다음날 아침 밥숟가락도 뜨기 전에 나는 탈주범이 주택가 골목길에서 자는 것 같다고 말했다. 탈주범의 일기에는 많은 외로움이 적혀 있었고, 차 안에서 추위에 떨면서도 시동도 켜지 못한 채 숨죽이고 있는 듯한 두려움이 군데군데 보였다. 훗날 탈주범 검거 이후, 그의 차 안에서 주택가 골목길에서 흔히 볼 수 있는 전단들이 꽤 발견된 것을 보고는 내 추측이 틀리지 않았다는 사실을 알게 되었다.

회의 끝에 우리가 내린 결론은 이러했다. 지금껏 탈주범은 티켓다방 아가씨들과 만나다가 들통나서 아가씨들의 거주지에서 경찰과 맞닥뜨리고 다시 도주하길 반복해왔다. 하지만 결국 다시 티켓다방 아가씨들을 찾을 것이다. 위험천만하다는 것을 알면서도 탈주범의 외로움과 두려움이 티켓다방으로 그를 끌어들일 것이다. 그렇다면 선제적으로 신고를 유도하는 편이 좋겠다고 의견을 모았다.

우선 탈주범의 애인이었던 아가씨 10명을 만났다. 탈주범이 어떻게 접근해왔는지, 어쩌다가 전 국민이 다 아는 탈주범을 신고하지 않고 연인 관계로 발전했는지 들었다. 추궁한 것이 아니라 일단 그저 들었다. 이야기를 듣는 내내 탈주범은 알고 우리는 몰랐던 것이 있음을 분명하게 깨달았다.

티켓다방 아가씨들은 대부분 젊은 날 독하게 방황했다. 돈이 절실히 필요했고 빚은 눈덩이처럼 불어났다. 그 돈을 갚기 위해 선급금을 받을 수 있는 티켓다방으로 흘러들어왔다. 하지만 그 선급금마저 아가씨들에게는 빚이고 족쇄였고 또다른 방황의 이유가 되었다. 아가씨들이 매상을 올리지 못하거나 게으름을 피울까봐 포주들은 잔인한 규칙을 만들어놓았다. 일단 하루 최소 몇 명의 손님은 받아야 한다는 할당이 있었고, 지각 벌금, 결근 벌금 등 사채 이자보다 지독한 벌금이 따라붙었다. 그보다 더 고된 일은 떠돌이처럼 한 달마다 살 곳을 옮겨다녀야 한다는 것이었다. 혹시나 한곳에 붙박이로 있으면 손님들이 재미없어 할세라, 혹은 브로커들이 소개비를 더 벌어먹는 방법이었는지, 아가씨들은 그 어디서도 한 달 이상 머물 수가 없었다. 매일, 매달 바뀌는 사람들, 장소들, 화려한 옷과 화장으로 몸을 감쌌지만, 어딜 가나 여전한 폭력들로 인해 아가씨들은 한없이 피곤하고 지쳐 있었다.

그 와중에 종일비용을 지불하는 손님은 반갑고 귀했다. 게다가 여관으로 부르기에 갔더니 밥 시켜 먹고 이야기 나누다가 쿨쿨 잠만 자는 남자가 있었다. 남자와 '자는' 그 지긋지긋한 노동을 하러 왔는데, 몸에 손도 대지 않고 실제로 잠을 푹 자게 해주니 얼마나 좋았겠는가? 헤어질 시간이 되면 따로 연락하고 싶다며 그 시절 귀하디귀했던 휴대폰까지 선물해준다. 그간 수많은 포주와 남성들에게 그저 욕망과 폭력을 쏟아낼 대상인 '몸뚱이'로 취급받던 아가씨들은 오직 그 남자 앞에서만 비로소 '사람대접'을 받는 기분이 들었다고 한다. 나라도 그랬을 것 같다.

남자는 여자에게 지금 이 순간 간절히 원하는 것이 무엇이냐고 물었다. 아가씨는 빚을 갚고 자유의 몸이 되고 싶다고 말했다. 그리고 더는 떠돌지 않고 고향으로 가고 싶다고 했다. 그렇게 아가씨들은 자신의 이야기를 들어준 탈주범에게 은신처가 되어주었다.

탈주범은 몸에 문신이 있어 쉽게 의심을 살까봐 신뢰 관계가 충분히 형성되기 전에는 여자 앞에서도 절대 옷을 벗지 않았다. 그것이 도리어 아가씨들에게는 순진하고 남다르게 비쳤다. 사람의 온기는 그립지만 도망자라 배고프고 외롭고 두려웠기에, 여자를 불러놓고도 먹고 싶은 밥 시켜 먹고 단잠만 잤다. 아무도 신경쓰지 않던 아가씨들의 속내를 들어주고 평생의 소원을 물었다. 그것만으로도 탈주범은 아가씨들의 삶을 수렁에서 건져준 은인이었다.

아가씨들로부터 들은 이야기는 탈주범의 도주 방법, 경찰 검문을 피하는 방법, 식성까지도 연구 분석 자료가 되었고, 이를 토대로 탈주범 검문검색 지침을 만들어 전국 경찰관들에게 배포했다. 그러나 당시 경찰관들은 이를 바탕으로 탈주범 검거를 위한 촘촘한 정보망을 만들어가기보다는, 당장 눈에 띄는 위법 행위—티켓다방의 미성년자 고용이나 성매매 행위—를 단속하는 데 더 열을 올렸으니 이것이 결정적 딜레마였다.

티켓다방 업주와 아가씨들 사이에서는 경찰이 왔다 가면 소금을 뿌리고 탈주범이 오면 숨겨주겠다는 소문이 잔잔히 퍼질 정도였다. 탈주범도 아는 티켓다방 종사자들의 마음을 형사들은 왜 알지 못했을까. 거악보다 눈앞에 있는 위법행위를 먼저 처리할 수밖에 없는 것이 경찰관의 숙명인가. 너무나 답답한 상황들만 전개되고 있었다.

그러는 동안 여러 차례 경찰과 맞닥뜨리고도 바람처럼 도망친 탈주범은 점점 신화가 되어가고 있었다. 티켓다방 종업원들이 노운 도피행위는 순정한 사랑의 표상으로 화제몰이를 했고, 훔친 돈의 극히 일부를 보육원과 양로원에 갖다주었다는 일화는 흡사 의적의 미담인 양 포장되어 탈주범은 시대를 풍미하는 영웅처럼 회자되었다. 지방을 돌던 중 탈주범이 저지른 밝혀지지 않은 강도강간 사건까지 확인한 우리 수사팀은 망연자실할 수밖에 없었다. 탈주범이 남긴 먼지 한 톨만한 증거라도 붙잡고자 밤잠 못 자면서 몇 달째 전국을 떠돌고 있는 형사들은 점점 맥이 빠져갔다.

나는 세상이 추앙하려 하는 그 범죄자를 잡아다가 실체를 밝혀야만 했다. 세상 나쁘다고 탓하면서 자신이 나쁜 줄은 모르고, 세상 억울하다 하면서 자신으로 인해 회복할 수 없는 상처를 입은 타인에겐 한 치의 죄책감도 표현한 적 없는 그를 나는 붙잡아야만 한다. 그는 영웅도 의적도 아니고 스타가 되어서도 안 된다. 그는 자신이 짊어져야 마땅한 죗값을 치르는 일조차 거부하고 억울하다고 도망침으로써 또 한번 인간의 약속을 저버린, 인간 세상의 규율을 깬 한낱 범죄자일 뿐이나. 국민의 성원을 받지 못하는 형사의 일이란 한없이 외로웠지만, 그렇기에 반드시 이 탈주범을 잡아서 다시 교도소에 돌려놓아야 했다.

내가 만든 자료는 경찰관만이 아니라 국민에게도 신고 착안점으로 알려졌다. 남녀가 동거하지만 결혼사진이나 함께 찍은 사진이 없고, 가구와 살림이 있어야 할 가정집에 다양한 운동기구와 반려견만 있다면 일단 탈주범의 은신처로 볼 수 있으니 무조건 신고부터 해달라고 널리 알렸다. 이 같은 사실이 공공연해질 즈음, 티켓다방 아가씨의 고향으로 은신한 범인에 대한 112 신고가 들어왔다. 감 좋은 신고자와 순발력 있는 112 요원의 대처로 드디어 탈주범은 검거되었다.

검거 직후, 서울 수사본부장이 고맙게도 바로 전화를 걸어왔다.

"박형사, 네가 말한 대로 잡혔다. 정말 수고했다."

그 전화 한 통만으로 8개월간의 노력이 보상받은 기분이 들었고, 수사중 구안와사를 겪어야 했던 병증조차 깨끗이 치료받은 듯했다.

탈주범이 삽힌 후 강도강간 및 절도죄 등 여죄를 수사하기 위해서 피해자와 함께 교도소에 갔다. 그런데 탈주범이 나를 보고는 벌떡 일어나 인사했다. "나 알아요?" 물었더니 미용실에서 잡지를 넘겨보다가 내 기사를 보았다고 했다. 아닌 척했지만 심장이 덜컥 내려앉았다. 만약 내가 티켓다방을 돌다가 이 사람 눈에 띄었다면 어땠을까. 그는 날 보자마자 바로 피했을 것이고, 나는 탈주범을 놓치고는 땅을 치며 후회했을 것이다. 그리고 바로 피직딩했을지도 모른다. 아니 그보다 더 무서운 일은 내가 탈주범을 놓쳤다는 사실조차 모른 채 엉뚱한 곳만 뒤지고 다녔을지도 모른다는 가정이었다. 얼마나 섬뜩한 일인가. 탈주범은 자기를 집요하게 쫓는 존재의 얼굴까지 낱낱이 알고 있었다. 하지만 나는 탈주범과 마주쳤을 때 변장한 탈주범을 한눈에 알아봤을까?

이보다 더 안타까운 일도 있었다. 그사이 결혼한 강도강간 피해자를 간신히 설득하여 탈주범이 수감된 교도소로 찾아갔다. 그런데 우리보다 앞서 '인권변호사'가 면담하는 중이니 무작정 기다리라는 말을 들었다. 피해자와 함께 두 시간 가까이 교도소 밖에서 속이 다 타도록 대기했다. 가까스로 모시고 온 피해자에게 민망하고 죄송했고, 남편분의 귀가 전에 모셔다드릴 일이 까마득했다. 속이 다 타서 숯이 될 즈음 교도소 앞에서 아주 잠깐 그 인권변호사와 스쳤다. 얼마 지나지 않아 그 인권변호사는 그 찰나의 순간 스쳐간 나까지 구구절절 묘사하면서 탈주범을 만난 기록을 책으로 출간했다. 그 책은 끓는 냄비처럼 화제를 모았다가 이내 절판되었다.

그후 탈주범에 대한 왜곡된 여론을 바로잡겠다고 언론이 달려왔다. 내가 할 수 있었던 말은 탈주범은 의적도 아니고 무술 실력이 출중한 액션스타도 아니며, 그저 잔꾀가 많고 달리기를 잘하는 범죄자일 뿐이라는 것이었다. 대중이 미화하고 사랑꾼으로 탈주범을 우러르기까지 한 것은 기실 우리는 몰랐던, 아니 모르고 싶어했던 티켓다방 여성 종사자들의 고단한 삶이 사회 밑바닥에 깔려 있었기 때문에 벌어진 사태였다고 말했다.

그렇게 폭풍 같은 사건이 한 시절을 통과해갔다. 우리에겐 많은 상흔이 남았다. 경찰관들 사이에서 우스갯소리지만 인정할 수밖에 없는 이야기가 두고두고 회자되었으니, 당시 탈주범이 경찰청장도 제대로 이끌어내지 못한 '공조수사'를 가능하게 했다는 것이었다. 경찰 조직에서 오랜 전통처럼 자리잡고 있던 촉수 우선의 법칙, 즉 경찰관은 범인 수갑 먼저 채우는 사람이 임자이고 성과자라는 말이 사라지고, 공조수사를 우선하지 않으면 역적이 되는 분위기가 조성되었다.

형사로 살면 살수록 나는 세상과 사람에 대해 점점 더 모르는 사람이 되어간다. 점점 더 아는 게 많아지고 매사에 명확한 사람이 될 줄 알았는데, 온갖 사건들은 내게 사람 일은 그렇게 단순하지 않다고, 세상은 그렇게 흑백으로 선명하게 갈리지 않는다고 말해주었다. 그렇게 모르기 때문에 나는 점점 더 낮은 자세로 세상을 바라보게 된다.

타인에 대해 내가 알 수 있는 부분은 아무리 노력해도 겨우 한 줌이라는 사실을 인정하게 되면서, 속속들이 관찰하고 파헤치고 묻는 것만이 사건을 해결하는 유일한 방법임을 깨달았다. 주변 사람들은 이런 나를 보고 '조사하면 다 나오느냐, 직업병이다'라며 웃는다. 그럴 때마다 나는 그 지난했던 탈주범 추적 과정을 떠올리며 조사해도 다 안 나온다고, 좀처럼 잘 안 보여 애태울 때가 더 많다고 대답한다. 모르는 인생 앞에, 쉽게 안다고 표현 못 하는 타인 앞에 나는 내내 그러할 것이다. 영원히 잘 모르므로 눈과 손발이나마 부지런히 굴리는 사람으로 살아갈 것이다.

그 일이 있기 이틀 전은 지옥이었다. 갑자기 강남경찰서 강력계장으로 가라는 발령지시도 놀라웠지만, 형사과에 신임 경찰관 30퍼센트 이상, 그도 모자라 강남 경험이 전혀 없는 형사들을 60퍼센트 이상 배치하면서 날더러 그곳 강력계장으로 가라니 믿기 어려운 발령이었다. 어떻게 그 예민한 곳에 대응하라고, 날보고 어쩌라고. 일방적으로 통보된 발령을 보고 당시 함께 근무하던 형사들조차 황당하고 뭐라 할 말이 없는지, 평소 민원인에게나 하던 대사를 친다.

"계장님 뭘 도와드릴까요, 어떻게 해드릴까요?"

그냥 짐 챙기면서 마음 정리라도 할 수 있게 상자만 몇 개 구해달라고 했다. 그리고 다음날 아침 미용실로 달려가 짧게 밀어달라고 했다. 그런데 미용 의자에 앉기도 전에 발령자들 배치 때문에 급하니 경찰서로 빨리 오란다. 그러고는 강남서 팀장은 강남 경험이 일절 없어야 하고 팀원은 연령대별로 고르게 배치하되 고향이 편향되지 않도록 구성하라는 지시를 받았다. 마음이 더 복잡해졌다. 강남 지역이 각종 유흥업소의 온상인 만큼 비리 유착 가능성을 사전에 차단하겠다는 의지를 표명한 지침으로 충분히 이해하고 싶어도, 경력자들이 있어야 대응할 수 있는 현상에서는 어떻게 감당하라는 건지 하늘이 노래졌다. **하지만 발등에 불이 떨어졌으면 팔짝 뛰면서 불씨를 털어내고 얼른 치료할 수밖에.** 종일 인사명단 보고, 팀장 선정하고, 그 팀장에게 할 수 있겠는지 확인하면서 원하는 팀원 말하라 하고, 팀끼리 겹치면 서로 조정해주는 사이에 하루가 마무리되었다. 그렇게 인사권자의 오케이까지 받았다. 그날 저녁 퇴근길에 경찰서 문을 나오자마자 보이는 미용실로 들어가 문 닫기 삼십 분 전, 아침에 하지 못한 일을 마무리했다.

다음날은 비리 근절을 위한 자정 결의 대회까지 하면서 강남권 근무가 비리로 연결되지 않도록 노력하겠다고 선언해야 했다. 그것이 현실이었다. 그런데 강력계장실로 기자들이 몰려왔다. 온갖 질문이 쏟아졌다. 순간 어느 기자가 정신을 바짝 차리게 한다.

"립스틱 정책입니까?"

아니, 립스틱도 잘 안 바르는 사람에게 이것은 또 무슨 말인가? 기자에게 되물었다.

"립스틱 정책이라는 말이 무슨 뜻이죠?"

"유착 비리가 여자 강력계장을 얼굴 마담으로 앉혀놓는다고 해결되느냐는 뜻입니다."

기자의 빈정거림이 지금 내가 해야 할 일이 무엇인지 바로 말해주었다. 오랜 형사 생활 동안 만들어진 공격성이 즉각 가동되면서 나는 머뭇거림 없이 맞받아쳤다.

"기자님, 제가 강력사건 경험이 일천하다거나 강력계장직을 해본 적도 없다거나 지금껏 사건 수사경력이 허접하여 강남을 책임질 정도의 실력이 안 된다면, 오늘 기자님 말씀을 깊이 반성하고 듣겠습니다. 하지만 제가 강력계 경력이 오래되고 강력계장으로서의 경험도 괜찮고 실력도 꽤 인정받아 상위그룹에 속한다는 평가를 받아온 사람이라면, 오늘 기자님 말씀은 여성 비하 발언으로 알아듣겠습니다. 기자님이 아직 저를 판단할 시간이 필요한 것 같으니 정보 확인 후 다시 만나 뵙겠습니다."

곁에 있던 기자들이 당황하는 것 같았다. 그러더니 이내 어떤 마음으로 일할 것인지, 이번 인사에 대하여 어떻게 생각하는지 등등 질문의 논조가 달라지기 시작했다.

다음날 한 언론에서 '사건 1번지'로 불리는 강남경찰서에 박미옥 경감이 배치된 것은 '만삭 아내 살해 사건' '한강변 여중생 살인사건' 해결 등 현장 수사 능력을 인정한 것이라는 분석 기사를 발 빠르게 냈다. 이후 다른 언론사들에서도 응원과 기대 섞인 보도들이 이어졌다.

사실 강남경찰서 형사과 인원 3분의 2가 넘게 교체되고 3분의 1 정도가 신임 경찰관으로 채워졌으니 기자들은 당연히 강남 치안에 대해서 우려할 수밖에 없었을 것이다. 나는 초장부터 그렇게 큰소리를 쳤으니 사건 해결에 실수가 있거나 미제 사건이라도 발생하면 여지없이 책임져야 할 판이었다.

꼬박 100일쯤 되었을까, 아니 6개월까지도 그랬던가. 얼마나 긴장하며 살았는지 모른다. 강남경찰서 강력계장으로 일한 3년 6개월 동안 사건 터졌다 연락 오면 삼십 분 내 출동할 수 있는 거리에서 상시 대기했다. 언론의 주목을 받는 것보다 내게 더 중요한 것은 조직이 제대로 일하는 체제를 신속하게 구축하는 것이었다. 경력자보다 신임 경찰관들이 더 많은 상황에서 어떻게 현장 감각과 위기관리 능력을 키울지 참으로 고민이 많았던 시기였다.

현장은 사전연습이 불가능하다. 하여 신임 경찰관, 형사 경력이 아예 없는 후배들에게 경각심과 위기의식을 심어줄 필요가 있었다. 나는 밤낮없이 점심시간이나 저녁 술자리에마저 잔소리 많은 상사, 쓸데없는 걱정 많은 선배, 나의 경험치를 수시로 말하는 꼰대가 되어가고 있었다. 하지만 한편으론 잔소리를 핑계로 그들의 신선한 시선에 더 가까이 다가가고 싶었는지도 모른다. 이 꼰대의 마음을 후배들은 알았을까 모르겠다.

이 이야기는 강남경찰서를 배경으로 성장드라마를 써보고 싶다는 한 드라마 작가에게 그대로 모티프가 되어 〈너희들은 포위됐다〉라는 드라마로 방영되었다. 당시 나의 꼰대 발언은 극중 강력팀장이나 선배 형사의 대사에 그대로 차용되었고, 나는 드라마를 보며 괜히 얼굴이 붉어지곤 했다. 하지만 형사물이 한창 유행하던 그때, 서울 시내 형사들이 내 역할을 맡은 형사가 가장 형사답다는 평들을 해주었으니, 내 말이 영 꼰대 잔소리만은 아니었구나 위안을 삼아본다.

그런데 드라마 속에서 내 역할이 왜 여자가 아니라 남자여야 했는지 나중에 조금 궁금해지긴 했다. 다만 지금도 절친한 사이로 지내는 그 작가도 당시 여자 강력계장이 있다는 사실에 대단히 놀랐다고 하니, 대중의 눈높이에선 강남경찰서 여자 강력계장이란 낯설고 희한한 존재였겠다 싶긴 하다.

얼마 전 내가 강남경찰서 강력계장으로 부임했을 당시 발 빠른 분석 기사를 쓴 기자가 가족과 함께 찾아왔다. 그때로부터 10년이 지나는 세월 동안 무엇을 생각하면서 살았는지, 무엇을 보았는지, 또 어떤 삶을 살고자 하는지 물어보고 싶어서 찾아왔다고 했다. 그 세계에서는 드물게 남자로서 육아휴직을 하고 곧 복직하면서 고민이 많았나보다. 그가 보기에 힘차게 산다고 생각한 내가 또다른 삶의 도구를 찾아가는 이유에 관해서 물어보고 싶었나보다. 함께 긴 시간 술잔을 기울이면서 여자 남자라는 경계 없이 그저 비슷한 시선을 가진 사람끼리 이야기를 나누고 싶었나보다.

삶이나 현장이나 매한가지다. 먼저 가본 자와 나중에 그 길을 걷는 자가 서로 가진 것과 가지지 않은 것을 봐줄 수 있다면 얼마나 좋을까. 가본 자라서 품고 있는 두려움과 안 가본 자라서 끓어오르는 용기를 서로 나누고 자극을 주고받을 수만 있다면. 그렇게 평행선처럼 걸어가면서도 같은 수평선과 지평선을 나란히 바라볼 수 있는 관계를 꿈꾼다.

형사,
감성으로 했습니다

오랜만에 서울 나들이를 했다. 숙소가 마침 경복궁 앞이라 전
통한복을 만드는 분과 예술인 틈에 앉아 있다보니 북한산과 인
왕산의 검은 밤 실루엣도 겸재의 〈인왕제색도〉가 된다. 마치 조
선시대 한양으로 돌아간 듯한 정취에 푹 빠져 있다가 문득 생각
이 숭례문까지 뻗어갔다. 관악산이 불의 산이어서 그 화기로부
터 도성을 지키고자 이름 지었다는 숭례문, 그 숭례문이 방화범
에 의해 소실되었던 일이 있었다. 숭례문 방화사건은 나에게도
잊을 수 없는 화인을 남겼다. 여전히 내 마음속에서 타오르는
그때 숭례문 이야기를 해본다.

당시 나는 서울청 화재감식 팀장이었다. 밤 9시경 전화벨이

울리고 팀원이 숨가쁘게 이야기했다.

"팀장님, 숭례문에 불났다고 해서 출동합니다. 빨리 오십시오!"

사실 화재감식 요원들은 불 꺼지고 열기 식고 나쁜 가스가 빠져야 투입되기 때문에, 신고 접수 때부터 급하게 서두르지는 않는다. 그런데 숭례문이라는 말에 일제히 마음이 급해졌다. 나는 마침 살던 오피스텔이 가까이 있어서 빠르게 현장에 도착했다. 화재감식 요원들은 불이 꺼진 것 같다는 말이 돌자마자 현장 깊숙이 들어갔다가 다시 나오는 중이었다. 들어갔는데 지붕 속에서 불이 아직 타고 있는 느낌이라 얼른 나올 수밖에 없었다고 했다. 그렇게 다음날 아침이 되도록 숭례문은 하염없이 야속하게 탔다. 밤 11시 10분경 양녕대군이 쓴 것으로 알려진 숭례문 현판을 급히 수습하는 과정에서 어마어마한 무게의 현판이 떨어지는 소리에 시민들은 탄식했고, 새벽녘 2층이 붕괴되는 상황에서는 억장이 같이 무너졌다. 지켜보는 시민들처럼 나 역시 눈물과 신음이 절로 비어져나왔다.

숭례문 화재는 거의 생중계되다시피 방송되고 있었다. 그 밤, 그 새벽, 그 아침, 시민들은 참다못해 숭례문 앞으로 모여들기 시작했다. 저마다의 방식으로 울고 각자의 마음과 카메라로 이 북받치는 역사를 기록하고 있었다.

그 순간 국민을 두 번 울려서는 안 된다는 생각이 들었다. 이 것은 다른 화재감식과는 다르다. 불이 난 이유도 중요하지만 불이 난 이후는 더욱 중요하다. 복원 가능한 감식을 진행해야만 했다. 그러려면 우선 누구라도 불타서 떨어진 잔해에 손을 대서는 안 되었고, 그 무엇도 들고 가게 내버려두어서도 안 되었다. 최대한 빨리 가능한 한 넓은 범위를 철저하게 통제하기로 했다. 남대문경찰서 실무자들에게 바리케이드를 최대한 넓게 설치하고 경계해달라고 요청했다.

나는 화재 원인을 밝히는 것과 동시에 향후 복원 순서를 유념해야겠다는 생각을 꼭 붙들고 있었다. 그러려면 전문가의 도움이 필요한데, 현장은 불 끄느라 아비규환이었고, 겪어본 적 없는 상황 앞에서 모두 어수선하기 짝이 없었다. 그때 마치 환영처럼 한복 입고 삿갓 쓴 이들이 눈에 들어왔다. 곁으로 달려가보니 문화재 전문가들이었고, 무언가 전하고 싶은 말이 있는지 시청 공무원을 애타게 찾고 있었다. 나는 얼른 그 틈으로 들어가 화재 현장을 통제하고 있는 서울경찰청 화재감식팀장이라고 신분을 밝히고, 복원을 최우선에 둔 감식 절차를 진행하고 싶다고 밝혔다.

그렇게 간절한 사람들이 모여 머리를 맞대고 이야기하는 사이에 몇몇 대목장들의 이름이 거론되었다. 상황이 화급하여 모시기 전에 일단 전화 연락부터 드렸고, 당장 현장에 필요한 것부터 여쭈었다. 대목장들은 필요 인력과 투입 절차도 중요하지만, 일단 화재 후 붕괴에 대비하려면 중대형 거중기가 최소 2대 필요하다고 하였다. 우리는 동원 가능한 거중기를 확인하고 최대한 빠른 시간 내에 도착할 수 있도록 섭외했다. 그사이 감식에 필요한 자료를 수집하기 위해 현장에 3D카메라를 설치했고, 이내 복원 전문가들이 속속 모여들었다.

복원을 염두에 둔 감식 절차가 이렇게 숨 돌릴 틈 없이 다방면으로 진행됐던 반면에 화재 원인을 밝혀내는 것은 어렵지 않았다. 발화 지점 근처에서 라이터가 발견되었고 방화 가능성에 집중해 수사를 진행해가던 즈음에 문화재 방화 전력자 중에서 범인이 확인되어 신속하게 검거했다. 범인이 검거되자 감식 요원들은 국민들에게도, 또 경찰청 내부에서도 점점 관심 대상에서 멀어지는 듯했다. 그러나 방화범에 대한 국민들의 불같은 분노와 허탈함이 다시 한번 우리들의 마음을 다잡게 했다. 제대로 처벌받게 하려면 이 방화가 철저한 계획범죄였음을 현장 증거로 입증해내야만 했다.

잿더미로 뒤덮인 현장에서 범인이 준비해온 라이터와 시너, 그리고 집에서부터 사다리를 넣어 챙겨온 포대자루를 수거했다. 나는 감식 요원들에게 말했다.

"지금 우리는 범인의 계획성을 입증해야 한다. 중간에 포기하지 않고, 애초의 방화 의도를 끝까지 철저하게 현실에 옮긴 그 범죄행위에 대한 증거를 모아야 한다. 그리고 그 증거늘에 대한 수집 절차까지도 적법성을 확보해주어야 한다."

범인이 송치되기 전날까지 우리는 그 증거와 수거 과정들을 낱낱이 밝혀 담당경찰서로 보고서를 보냈다.

이제 잿더미가 된 숭례문 안팎을 절박하게 파헤치고 다니던 그때 그 순간을 기억하는 사람들은 우리밖에 없을 수도 있다. 이후 그 당시 화재감식 요원들은 화재감식 과정의 순서까지 세세하게 기록한 보고서가 얼마나 중요한지 잊지 않고, 그와 연계된 강의 활동을 왕성하게 펼쳐나갔다.

당시 숭례문 화재를 조사하고 복원을 준비하는 과정에 협조한 전문가들도 이 사건은 잊지 못할 것이라고 말했다. 특히 이런 국가적 참사나 행사에 가면 고위층 간부나 정치인들과의 엉뚱한 사진 촬영 행사에 동원되어서 기운 빠질 때가 있는데, 오롯이 현장에 집중하면서 관계자들과만 일해보기는 처음이라고 고마움을 표해주셨다. 그렇게 우리 모두가 한마음이었다.

훗날 화재감식팀을 떠나올 때 그 당시 팀원들이 건네준 사진

한 장과 액자 속 글귀를 나는 지금도 간직하고 있다.

"당신의 손가락 끝은 화재감식의 시작과 끝을 의미합니다."

지금도 사람들이 가장 기억에 남는 사건을 물으면 숭례문 화재 현장이 먼저 떠오른다. 그때 실제로 숭례문 앞에 쏟아져나와 울고 탄식하는 사람들을 보면서, 결코 국민을 두 번 울리지 않겠다는 마음으로 나는 일했다. 눈앞의 숭례문은 비록 재가 되었을지언정 언젠가 다시 복원될 숭례문을 끊임없이 내 마음속에 세워두며, 그 복원에 어떻게든 보탬이 되는 방식으로 일하겠다고 마음먹었다.

형사, 감성으로 한다는 말은 개인의 감상이나 주관으로 일에 덤벼든다는 말이 아니다. 사건과 관계된 사람들의 눈물과 탄식을 기억하고, 그 감정에 깊이 공감하며 일한다는 뜻이다. 범죄로 황량해진 폐허에서도 끝내 다시 복원되고야 말 삶과 미래를 구체적으로 상상하며 일한다는 것이다.

형사로 살면서 그 감성 하나 지키며 일하기가 왜 그리도 어려웠을까. 그러나 그 감성이 나의 가장 큰 장점이자 버티는 힘이었음을 지금의 나는 안다.

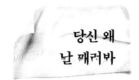

당신 왜
날 때려봐

누군가와의 눈맞춤이 불편할 때가 있다. 카톡이나 문자메시지를 보내도 되는데 왜 전화를 거는지 목소리를 듣는 것마저 불편할 때가 있다. 더구나 친하지도 않은 당신이 영상전화를 걸어올 때 나는 어떻게 해야 하나? 매우 당황스럽다. 우린 언제부터 이렇게 되었을까?

언론사 선임기자 한 명이 내 방을 찾아왔다. 후배 기자의 예비군 훈련으로 인하여 일주일간 출입하게 되었다면서, 평소 사람들이 째려봐서 발생한 폭력사건에 관심이 많아서 기획기사를 준비하고 있다고 했다. 이번 기회에 한번 써보고 싶은데 사례를 제공해줄 수 있는지 물었다.

나는 도리어 기자에게 물었다.

"째려본 것 맞아요?"

"예?"

"째려본 것 맞냐고요?"

째려봐서 그 불쾌감에 폭력이 발생한 것이라고 일반화하는데 동의할 수 없어서, 자료 제공은 곤란할 것 같다고 답했다. 기자는 그럼 내 생각은 무엇이냐고 묻는다.

"왜 날 째려봐, 라고 말한 사람이 그렇게 느낀 것은 아닐까요? 그 말을 먼저 한 사람의 기분이나 상태가 더 문제였을 수도 있다는 가정도 해봐야 하는 것 아닐까요?"

새벽 4시에 술을 마시고 나온 한 청년이 지나가던 사람에게 담뱃불을 빌려달라고 했다. 그리고 돌연 불을 붙여주는 그 사람에게 "담뱃불 빌려달라고 한 것이 기분 나쁘냐"고 소리지르면서 주변의 화분 등으로 얼굴을 때려 사망에 이르게 한 사건이 있었다. 범인이 잡히고 우리는 범죄심리분석관들과 함께 면담하러 갔다.

너무나 예의바른 청년이 앉아 있었다. 가족관계와 성장 환경을 물어도 아버지는 좋은 분이고 어머니는 인자한 분이라는 사회적 예의범절이 충분한 언어로만 말한다. 가족에 대해 어떤 감정적인 마음과 구체적 상황을 실어 이야기하기가 어려운 사람으로 보였다.

아버지가 왜 좋은 분이라고 생각하는지 구체적으로 말해달라고 물었더니, 아버지는 늘 자신의 무릎을 꿇어앉히고는 타인에게 싫은 소리 듣지 않고 바르게 살아야 한다 강조했다고 말한다. 착하게 사는 것, 바르게 산다는 것은 과연 어떤 것일까? 누구의 기준이고 평가일까? 자녀의 무릎을 꿇린다는 것은 어떤 의미일까? 과연 예의를 가르치는 방법일까? 오히려 무릎 꿇라 말하는 자에게 권위가 필요했던 것은 아닐까? 굴욕이나 좌절감을 키우는 자세일 수도 있었을 텐데, 그 아버지는 그런 고민을 해봤을까?

그 말끝에 물었다. 과연 그 새벽에 지나가다가 담뱃불 빌려주던 행인이 당신을 째려봐야 할 이유가 있었겠느냐고, 싫은 소리나 짜증 섞인 말이라도 하더냐고 당시 상황을 캐물었다. 그런 반응이나 말은 없었단다. 다만 라이터 불을 켜는 순간 담뱃불에 그 사람의 얼굴이 환하게 비쳤는데, 몹시 화가 난 것처럼 보였을 뿐이다. 그래서 순간 왜 째려보냐면서 때렸다. 정신없이 죽도록 때리다가 인기척이 느껴지길래 도망친 것이 다일 뿐, 죽일 생각까지는 아니었다고 억울해한다. 도대체 이 공격성은 어디서 나온 것일까?

현장을 보면 피해자는 담뱃불을 빌려준 그 자리에서 화분 등으로 얼굴을 집중적으로 맞아 사망했다. 하지만 CCTV를 보면 피해자는 얼굴을 옆으로 돌렸을 뿐 청년을 쳐다보지도 않았다.

왜 얼굴만 집중적으로 때렸느냐, 눈빛이 싫어서 얼굴만 때렸느냐, 어떤 것을 가지고 때렸는지 기억하느냐고 물었다. 범인은 모르겠다는 말만 반복하다가 그날 우울했다고 토로한다. 살기 싫었다. 되는 일도 없고 안 되는 일도 없는 무기력한 상태에서 상당히 스트레스받는 일을 겪었다. 그래서 마침 너 잘 만났다는 마음으로 때린 것 같기도 하다고 말한다.

무엇이 그렇게 청년을 억누른 것일까? 누구나 살면서 스트레스를 받지만 누구나 다 이런 위험한 방식으로 화를 내는 것은 아니다. 타인을 해치지 않으며 건강하게 화내는 일이 나 자신과 사회에 얼마나 중요한지 돌아보게 된다.

그 면담 이후 난 형사들에게 간간이 말한다. 제발 피의자가 상대방이 째려보길래 기분 나빠 때렸다는 말만 듣고 폭행 동기를 작성하지 말고, 피해자의 주장도 깊이 살피고 다시 확인하라고, 더 깊이 질문해보라고 한다. 째려봐서 시비가 붙어 폭행이 일어났다고 해도 진정 째려본 것이 맞는지 다시 확인해야 한다. 왜 그 눈빛이 째려보는 눈빛으로 보였는지, 갑자기 시비 대상자가 된 사람은 당시 상황을 어떻게 기억하고 주장하는지, 쌍방 진술이 다르다면 서로의 진술을 어떻게 생각하는지 확인시키고, 째려본 눈빛이 자기만의 느낌이나 기분은 아니었는지, 그날 유난히 불편한 일이나 기분 나쁜 일이 있지는 않았는지까지 조사할 수 있어야 한다고 강조한다. **누군가 그냥 기분이 나빠서 범죄가 일어났다는 단순화는 가해자에게도 피해자에게도 도움이 되지 않는다. 꼼꼼히 조사해나가는 과정에서 미처 인지하지 못했던 진짜 이유가 드러나야만 피해자의 억울함이 덜어지기도 하기 때문이다.** 피의자가 가슴에 분노를 고스란히 남겨둔 채 단순 폭행사건으로 벌금 얼마 내고 다시 세상에 던져지고 나면, 해소되지 못한 화는 언젠가 다른 형태와 핑계로 터져나올 것이다. 사건을 빨리 해치워버리듯 처리하는 게 우선이 아니라, 사람이 해법이 되게 일해야 한다. 그것이 형사, 그리고 사건을 둘러싼 모든 사람들의 사명이다.

여기까지 기자와 이야기했을 뿐인데, 그 선임기자의 특집기사 내용은 '왜 사람을 째려볼까?'에서 '우리는 왜 타인이 째려본다고 느낄까?'로 완전히 바뀌어서 작성되었다. 이 기사는 사람들의 비상한 관심을 불러일으켰고, '누군가가 째려본다고 느끼는 심리'에 대한 사회적 고찰이 이어졌다.

누군가 날 응시한다. 대번에 퉁명스러운 대꾸가 튀어나온다.

"뭘 봐?" 사람이 사람을 똑바로 바라보는 시선에 대뜸 불쾌함부터 느끼는 심리의 기저엔 과연 무엇이 있을까? 이 불쾌함은 너 때문인가, 나 때문인가.

사실 나 또한 워낙 일찍부터 사회생활을 시작했고, 긴 시간 조직문화에 길든 사람이라서 나의 감정을 인정하기보다 무시하거나 참고 수용하는 방향으로 산 세월이 더 많다. 그래서 지금이라도 늦지 않게 살펴본다. 창틀의 묵은 먼지처럼 쌓인 불만이나 욕구는 없는지, 억누르고 억눌러 인식조차 못 하고 살아온 부정적인 감정의 찌꺼기는 없는지 거듭 묻고 있다.

나에게 진정 필요한 질문이었는데, 이제야 나 자신에게 묻는다.

경청이란 단어는 흔히 쓰이지만, 실제로 경청을 실천하는 사람은 드물다. 사람은 대개 내가 하고 싶은 말이 급하고 내가 옳다는 생각에서 벗어나기가 쉽지 않다. 더구나 타인이 자신의 말만 쏟아내는 상황이라면 내 경험에 견주어 들리기도 전에 평가부터 하게 되니, 내 해석과 감정을 배제하고 상대방이 말하는 취지를 있는 그대로 헤아리며 듣기란 점점 요원해진다. 게다가 감정적으로 엉켜 있는 대상을 만났을 때는 이미 흘러간 감정까지 차오르면서 제멋대로 지껄이는 상대에게 화부터 나고, 자꾸만 트집을 잡고 싶어진다.

형사의 일은 경청이 반이라 해도 과언이 아니다. 감정을 섞지 않는 것은 그나마 쉬운 편이지만, 내 경험치와 판단을 개입시키지 않는 것은 조금 더 어렵다. 저 사람이 어떤 사람인지 대충 판단하지 않고 섬세하게 듣는 일, 이것은 인질극을 벌이는 범인과 협상할 때는 한 사람의 생사를 가르는 결정적 포인트가 되기도 한다.

토요일 밤 오래간만에 언니네 식구들과 시간을 보내려는데 전화가 걸려왔다. 빵집에서 빵칼을 들고서 손님을 인질로 잡고 난동 부리는 사건이 터졌다는 것이다. 위급하다. 두말 할 것 없이 위치를 문자로 보내라 하고는 곧장 현장으로 튀어갔다. 빵집 주변에는 벌써 시민과 기자들이 가득했다. 그사이를 비집고 들어가보니, 인질범은 제일 안쪽 테이블에 피해자를 붙들어놓고는 자신의 목에 빵칼을 들이대고 있었다. 그 맞은편에는 강력팀장, 형사팀장, 강력팀 여형사가 상황을 해결해보려고 진땀을 흘리고 있었고, 그 주위로 강력팀, 당직팀, 과학수사요원들, 파출소 직원들이 경계하며 에워싸고 있었다. 나는 나중에 도착한 만큼 조심스레 형사들과 눈인사를 하고는 조금 떨어진 곳에 앉았다. 귀는 범인에게 열어놓은 채 인원을 재배치했다. 밖으로 나가야 할 사람, 체포조, 채증 요원, 지휘부와의 소통을 담당할 형사 등을 눈짓으로 정리했다.

한 삼십여 분 동안 듣다보니 범인의 말도 정리되었다.

"너무 고통스럽다. 날 죽이려고 사람들이 따라다닌다."

범인은 맥락 없이 횡설수설한다. 조현병 환자일까? 마음이 아픈 사람인가? 하지만 속단은 이르다. 그리고 **환자이든 상처받은 사람이든 어떤 사연과 지옥을 가진 사람이든 나는 그와 어떻게든 대화해서 이 사태를 해결해야만 한다. 오직 그것이 나의 미션이고 목표다.**

범인과 눈이 마주쳤다. 그는 내가 듣고 있다는 것을 알아챘는지 나를 계속 본다. 그 시선을 붙들어놓고 한두 걸음 슬금슬금 옮겨가면서 범인이 앉은 테이블 건너편에 앉았다. 물론 안전거리와 방어방법까지 고려해 신중하게 선정한 위치였다.

"강력계장입니다. 무엇이 그렇게 고통스럽습니까?"

"나를 죽이려고 쫓아다니는 사람이 있어요."

"그 사람들이 왜 쫓아다닙니까?"

"제가 엄마를 죽였다고."

"어머님을 죽이셨나요?"

"아니 내가 어머니를 죽였다는 것은 아니고……"

"그럼 선생님이 어머니를 죽인 것도 아닌데, 왜 따라다닙니까?"

"내가 나쁜 사람이라서."

맥락 없지만, 대화가 된다. 나는 범인에게 보이고 들리는 대로, 그 환청, 환시를 그대로 인정하면서 말끝을 따라 다시 질문했다. 사연을 들어보니 그는 인근 사우나에서 장기 숙식하면서 살고 있는 사람이었다. 신세가 너무 한탄스러워 담배 피우러 밖에 나왔다가 건물 기둥에 이마를 찧는 자해를 했다. 그러고는 상처가 너무 아픈 나머지 가까운 빵집에 와서 종업원에게 119를 불러달라고 도움을 요청했는데, 막상 119 구급대원이 도착하고 치료하려 다가서는 순간, 구급대원이 괴물로 변했다. 겁먹은 그는 인질을 잡았고, 이 모든 것이 너무 고통스러워 다 끝내고 싶지만 스스로 죽을 수는 없으니 차라리 경찰관이 총으로 자신을 쏘아달라고 호소하고 있었다. 오직 그것만이 그의 요구사항이었다.

대화를 나누는 사이에 범인은 자신이 아무리 요구해도 경찰이 총을 쏠 순 없다는 것을 인정하는 듯 보였다. 그리고 서서히 자신의 인생사를 털어놓으면서 자세가 편안해지고 경계가 느슨해졌다. 조금만 더 편해지면 빈틈이 생겨 검거할 수 있을 것 같았다.

나는 총괄 지휘자인 서장에게 이대로 상황을 예의주시하다가 결정적 순간에 검거해도 될지 물었다. 서장은 여섯 글자로 답했다.

"이 밤을 하얗게."

모두가 다치지 않고 안전하게 상황이 풀릴 때까지 얼마든 기다려주겠다는 대답이었다.

윗선에서도 넉넉하게 기다려주겠다고 하는 만큼, 위험한 변수가 생길지 모르는 강제진압보다 대화로 잘 풀어보기로 했다. 문제는 인질로 잡혀 있는 피해자가 긴 시간을 더 버텨줄 수 있을까 하는 걱정이었다.

대화를 나누는 내내 피해자를 수시로 봤다. 그런데 이분, 뭔가 범인의 상태를 아는 것 같다. 그리고 어느 정도 안심도 되는지, 먼저 범인에게 배가 고프진 않냐고 말을 걸기까지 한다. 그 덕분에 대화가 빠르게 진전되었다. 범인도 심경에 변화가 생기는 듯했다. 무엇보다 "오늘 이 상황으로 인해 피해자도 당신과 똑같은 고통을 가지고 한평생 살아야 할지 모른다"는 말에 흔들린다. 나는 이때를 놓치지 않고 일단 피해자는 풀어주고 이야기를 이어가자고 설득한다. 그러나 범인은 불안해하고 주저하고 헷갈려하고 당황한다. 그렇게 걱정된다면 우리가 조금 더 물러서겠다고 나는 약속한다. 마침내 범인이 피해자를 풀어주었다.

그 틈에 형사팀장이 범인에게 담배 한 대를 권하면서 자연스럽게 빵칼도 수거했다. 범인이 담배를 문다. 그런데 빨아당기는 속도가 점점 조급해지는 것을 보고 범인이 불안해지고 있다고 생각하던 찰나, 갑자기 범인이 바로 옆에 있던 포크를 잡더니 자신의 목에 꽂으려 한다. 서너 명의 형사가 순식간에 달려들어 범인을 제지했다. 다행이었다, 천만다행이었다.

범인은 다치지 않고 체포되었다. 나는 그 순간이 너무도 고마웠다. 범인도, 피해자도, 그 누구도 몸을 다치지 않았다는 안도감이 물론 가장 컸지만, 범인의 마음 또한 다치지 않게 했다는 안도감에 나는 남몰래 가슴을 쓸어내릴 수밖에 없었다. 두 시간 넘도록 범인에게 '날 믿어라, 당신이 날 믿어주면 나는 당신을 돕는다, 내 말만 들으면 절대 당신에게 위해를 가하지 않는다' 온갖 말들로 설득해놓고도, 결국엔 수갑을 채우는 것이 나의 원칙이고 일이기에 안면몰수하고 범인의 손목에 수갑을 걸 때마다 인간적으로 난감했다. 그것이 인질 협상 과정에서 항상 고민하게 되는 지점 중 하나다. 그런데 이번엔 범인의 폭력성을 제지해야 하므로 범인을 결박할 수밖에 없었고, 동시에 상황도 종료시킬 수 있었으니 천우신조였다.

범인을 형사기동차에 태우고 나도 조수석에 타면서 실내등을 켰다. 그리고 범인에게 말했다.

"여기 이 차 안에 지금껏 현장에서 보지 못한 사람이 보이나요?"

"아니요, 없습니다."

"그럼 출발해도 될까요?"

그렇게 범인의 심리적 안정을 도모한 후 경찰서로 왔다. 우리는 기둥에 짓찧은 그의 이마부터 치료해주었다. 그는 그후 소란 행위 하나 없이 지내다가 검찰로 갔다. 기존에 먹고 있던 정신과 약 처방만으로 충분했던 건지, 경찰의 심리적 지원과 대화가 유용했는지는 모를 일이지만.

우리는 흔히 마음이 아프거나 정신질환이 있는 사람들은 보통 사람들과 대화 양상이나 욕구가 크게 다를 것이라 생각한다. 하지만 똑같다. 아프나 아프지 않으나 제 말을 들어주길 바라는 것은 마찬가지이고, 상대에게 강조하고 싶은 감정은 거듭 입에 올린다. 상대의 시간이, 화법이 잘 이해되지 않더라도 그게 어떤 의미인지 물어주고, 왜 그런 생각이 드는지, 왜 그래야만 하는지 듣고 묻는 사이에, 화자가 스스로 차츰 진정하게 되는 것도 결국 다 똑같지 않을까 한다.

그러나 감정이 끌려오는 관계에서는 경청하기가 쉽지 않다. 타인의 말을 듣고자 하는 귀보다 그에게 인정받고 내 감정을 호소하고자 하는 마음이 앞서기 때문이다. 그의 아픔보다 그로 인해 받은 내 아픔이 더 생생하기 때문이다. 내 나름대로는 현장에서처럼 일상에서도 늘 편견이나 감정을 섞지 않고 경청하는 연습을 해보려 하지만, 매번 경계에서 무너진다. 작은 소리도 크게 들으려면 품이 커야 하는데, 그렇지 못하니 한 사람을 제대로 안기도 버겁다.

그게 누구의 말이든 남의 말을 헛소리나 정신 나간 소리, 개소리로 치부하지 않고, 일단 잘 듣고 싶다. 사람의 말을 귀하게 챙겨듣는 사람이 되고 싶다. 아직도 많이 연습해야 하지만, 이 바람만은 여전하다.

겨울 야상이 한창 유행한 시절이 있었다. 서너 개의 야상을 돌려입으며 그 계절을 보내던 어느 날, 형사 막내 라인 중 대장 격인 후배가 나에게 말했다.

"계장님 군대 가십니까?"

"왜?"

"요즘 야상만 입으십니다."

"야상 멋지지 않아? 그럼 내가 예쁘고 귀여운 옷 입고 현장 나가도 괜찮겠어?"

갑자기 말이 없다.

"내가 예쁘장한 옷 입고 현장 가서 너희들 지휘하는 건 싫은 가봐?"

이 친구, 그냥 웃기만 한다.

어린 형사 시절에는 종종 미래를 생각하면 막막했다. 내가 여자로서 형사를 언제까지 할 수 있을까? 그때는 아마 마흔쯤의 나이를 상상했던 것 같다. 그즈음 내가 형사로서 카리스마도 없어지고 체력도 떨어지고 푹 퍼져 보이면 형사를 그만두리라, 감히 그런 생각을 했다. 그런데 마흔이라는 나이가 훌쩍 넘고 보니, 마흔은 형사를 그만둬야 할 나이가 아니라 한창 재밌게 할 나이였다. 내가 이 나이까지 야상 입고 당당하게 경찰통제선을 뚫고 들어가 현장에서 형사들을 지휘하게 될 줄이야.

형사, 그것도 강력형사는 흔히 남자들의 세계로 여겨진다. 현장에 가면 일단 여자가 나타났다는 것에 많은 이들이 낯설어한다. 경찰통제선을 지키고 서 있는 경찰관마저 손으로 나를 가로막는다. 현장에 있는 많은 이들의 눈길이 나에게 머무는 경우도 잦다. 그럴 때마다 덤덤하게 "강력팀장입니다" "강력계장입니다" "형사과장입니다" 하면서 경찰통제선을 뚫고 들어가는 것도 세월 지나면서 점점 익숙해졌다. 그리고 동료들에게나 국민들에게나 여자 형사가 점점 친숙해지고, 나의 발령이 경찰서 내에서도 화제가 되면서 더욱 자연스러워졌다.

그렇다 해도 현장의 패션에는 한계가 있다. 추위와 더위에 지지 않아야 하는 것은 기본이다. 내가 입고 간 옷도 현장과 대화를 한다. 피해자가 상처 입고 두려움에 떠는 현장에서는 꼭 해결하겠다는 의지와 무게감을 보여드려야 했다. 또 누군가 주검으로 누워 있는 곳에서는 애도의 뜻을 표현해야 한다. 내 옷장의 옷들이 알록달록한 옷보다는 검은색, 회색, 남색의 단정한 옷들로 한정되어버린 이유다.

신발도 편해야 현장에서 오래 버틸 수 있다. 형사가 되고 범인을 쫓느라 전력질주 한번 제대로 한 이후, 멋내면서 신고 다니려 했던 가죽부츠는 바로 버렸고, 평생 신기 편하고 달릴 수있고 오래 버티고 설 수 있는 신발만 신고 살았다. 화재 현장에선 등산화, 여름에는 기능성 운동화, 봄가을이나 예의가 필요한 자리에선 수제 단화, 겨울이면 보온성 강한 단화를 신었다. 내게서 끊임없이 멀어지려 하고, 나를 넘어서려 하는 범인에게 지지 않을 신발이 필요했다. 오죽하면 정복 치마를 입어야 하는 행사일에 잠시나마 굽 있는 구두를 신고 나면, 뒤꿈치가 까지고 아프다. 내게 신발은 패션이 아니라 장비가 되어버렸다.

밤을 새우고 구내식당에서 아침밥을 먹는데, 서장이 식판을 들고 앞으로 와 앉았다. 발령받아 온 지 얼마 되지 않은 때라 궁금한 게 많았던가보다.

"계장님은 참 보이시해 보이세요. 시집은 가셨나요?"

속으로 웃다가 시원하게 답해드렸다.

"보이시는 산업재해고요. 시집은 제집이 있어서 안 갔습니다. 그래서 저는 제 소속입니다."

"아, 네, 하하하. 맞는 말이네요."

서장도 그제야 멋쩍게 웃었다.

이 산업재해는 여성이 드문 현장에 사느라 어쩔 수 없이 받아들여야 했던 불행은 아니다. 오히려 현장이 주는 무게감, 그 속에 있는 사람들과 부대껴 살아가면서 나 스스로 선택한 산업재해라고도 할 수 있다. 그래서 지금은 누가 뭐라든 굳이 고치고 싶지 않을뿐더러, 이 모든 삶의 스타일이 나 그 자체가 되어버렸다고 생각한다. 내 인생과 업의 훈장 같은 이 흔적들이 나는 내 몸처럼 편안하고 자연스럽다.

조직의 시간

백수가 과로사한다는 말이 있다. 경찰 조직을 나온 뒤 내 꼴이 딱 그 짝이다. 내 시간이 많다고, 내일 하늘이 무너져도 해야만 하는 일은 없다고 내 몸 힘든지 모르고 시간을 마구 쓰다가 지쳐 나가떨어지곤 한다. 워낙 일찍부터 사회생활을 해서인지, 내 시간이 다 내 시간이라는 것이 이렇게 신기하고 감사할 수가 없다. 하지만 태생적 한계인지, 이미 몸에 밴 공무원의 성실인지, 아직은 버리기 어려운 형사의 체질 때문인지, 여기저기 부지런히 움직이는 사이에 하루는 너무나 짧고 할 일은 쌓여 바쁜 것은 여전하다. 그러다보니 사회생활과 조직생활을 오래해온 나의 시간관념을 돌아보게 된다.

33년 넘게 형사로 사는 동안 현장을 최우선으로 여기는 삶을 사느라 나의 하루는 범인이 스케줄을 잡았고 범죄가 좌지우지하는 생활로 채워졌다. 하지만 형사로서 현장에 의해 정해지는 시간이 아니라 조직의 시간이 따로 있었다는 것을 떠올린다.

나는 서너 번 강제 발령을 받았다.

첫번째 강제 발령은 퇴출이었다. 다른 팀에서 일으킨 음주 사고로 한 개 조직을 완전 폭파 해체시킬 분위기에서, 다행이라고 해야 할까 축소시키자는 안으로 변경되면서 장기근무자 순서대로 나가라는 것이었다. 하늘이 무너지는 듯 배신감이 컸다. 발령 날짜까지 내 모든 것이 정지되었다. 형사 1년 차, 방황하고 고민하다가 정말 제대로 한번 해보자 마음을 가다듬고 미친 듯이 일할 때라 더욱 배신감이 컸다. 일에 헌신하겠다 작정했던 내 마음이 화가 날 정도로.

그렇게 퇴출되어서 경찰서 민원실에서 1년 1개월을 보냈다. 화가 잔뜩 난 채로 밀려온 자리였지만 경찰관 되고 나서 이렇게 마음 편하게 지낸 적이 있었던가 싶을 만큼 안온한 시간을 보냈다. 출근하면서도 부담스러울 일 없고 퇴근하고도 머리 아프지 않은 시간을 누려보는 게 얼마 만인가 싶었다. 물론 그것은 타는 듯한 고통의 시간을 지나왔기에 더욱 달콤하게 느껴진 잠깐의 휴식 같은 시간이었는지도 모른다. 하지만 일 년이 지나가면서 서서히 몸이 근질근질하기 시작했다. 앉아 있는 의자에서도 수시로 기지개를 켤 판이다. 나는 승진시험도 준비하고 예비공부 삼아 시험장도 갔다와보고, 현장 있을 때는 통 시간이 안 나서 못 가본 교육기관도 다니려고 분주히 알아보기 시작했다. 그런데 다시 들어오란다. 나가라고 할 때는 언제고 다시 또 들어오라고 하나. 잊었던 화가 다시 뻗쳤다. 당연히 거절했다.

조직을 또다시 축소 개편하면서 나를 받아야겠다는 것이 지금 대장의 의견이란다. 서너 번을 거절하다가 대선배의 한마디에 바로 갔다.

"조직생활 하는 사람이 그래도 조직이 부를 때는 못 이기는 척 가기도 하는 겁니다."

그때 이미 조직의 시간이 흐르는 방향은 따로 있다는 것을 예감한 걸까? 어떻게 그 말이 그토록 쏙 박혀서 공감되었나 모르겠다. 그렇게 난 형사 생활을 다시 시작했다. 아마 그때 돌아오지 않았더라면 난 3년 6개월 경력의 형사로 끝나고 30년 경력의 형사인 지금의 나는 없었겠지.

내가 조직의 결정에 가장 저항하고 반항했던 건 서울청 여성청소년계 여자기동 수사반장으로 발령났을 때이다. 당시 여성부가 처음 생겨난 시점이라 여성 관련 업무를 담당할 부서가 필요해졌는데, 별도로 새로 조직하기보다는 소년계에 여성 관련 업무를 더하는 정도로 구성되었다. 소년계가 여성청소년계가 되고 서울청 강력계 소속 여자형사기동대가 여성청소계로 이관되었다. 그리고 한 경찰서의 강력반장을 하고 있던 나를 여성청소년계 수사반장으로 발령을 낼 것 같다는 소식을 들었다. 아주 근거 있는 정보력을 가진 분이 우려의 마음으로 전화를 주셨기에 나는 가슴이 철렁 내려앉았다.

나는 서울청으로 찾아가 강력하게 항의했다. 그러나 소용없었다. 모든 것은 이미 결정되어 있었다. 나는 결국 하루아침에 서울청 여성청소년계로 출근해야 하는 상황에 놓이고 말았다. 당시 내 소속 부장이 된 분은 더군다나 예전에 나와 같이 일했던 형사과장 출신이었다. 나는 발령 신고를 하고 첫인사를 나누는 자리에서도 화가 식지 않아 부장에게 또 한말씀 얹었다.

"부장님, 그래도 부장님만은 형사과 여자 형사들을 지켜주셨어야 하지 않습니까? 그 자리에 계시다면 새로운 여자 형사들을 양성하면서, 전임자들과는 다른 모습으로 자리매김하셨어야 하지 않습니까?"

아주 짧고 굵은 한마디가 돌아왔다.

"박반장, 지금 나에겐 시간이 없네."

순간 이해할 수 있었다. 새로운 부서를 만들고 출범시키는 조직 입장에서는 내일 당장 성과가 필요하겠구나. 경찰서를 떠나올 때 흘려넘겼던 서장의 말도 다시 떠올랐다. **조직의 입장에서는 당시의 흐름이나 여론에 따라 보여주어야만 하는 정책이 있다. 실패할까 우려되지만, 그래도 해보는 수밖엔 다른 길이 없는 정책들이 있다. 이렇게 불완전하고 두려운 일일지라도 현장 실무자들이 부디 성공시켜주기를 바라며, 신중하게 바둑돌의 결정적한 수를 놓듯이 조직은 인재를 움직인다는 것이다.**

나는 부장에게 바로 답했다.

"부장님 마음도 알고 조직의 입장도 알지만, 형사로서 제대로 한번 살아보겠다고 굳게 맘먹은 후배들에게나 저에게나 이 느닷없는 발령이 좌절로 느껴지는 마음은 어쩔 수가 없습니다."

조직이 역량 있는 강력반 여자 형사들을 울타리에 꽁꽁 가두어 특정 분야 사건의 해결사로만 만들려는 것 같아 원망스러운 마음은 어쩔 수가 없었던 것이다. 그러나 그로부터 시간이 흘러 당시 여성청소년계 소속 여경들은 어떻게 되었을까. 여성청소년계는 시대의 흐름과 국민적 요구에 발맞추어 성폭력 전담수사팀, 아동학대 전담수사팀 등으로 점차 전문화되고 확장되었다. 나와 함께 일했던 형사들 중 지금 이 분야의 전문 수사관으로 활약하며 인정받고 스스로 자부심을 느끼는 이들도 많다. 예전과는 달리 오히려 일찌감치 전담부서 전문 수사관이 되기를 희망하고 꿈꾸는 경찰관들과 경찰준비생들도 많아졌으니, 그때 큰 변이라도 난 듯 몸부림쳐 저항했던 내가 조금 머쓱할 정도다.

그때는 내 작은 열정으로 인해 조직의 시간은 잘 보이지 않았다는 것을 인정한다. 그렇게 조직생활을 하는 도중에 위기의 시간을 건널 수 있게 해주고, 나를 이해시키기도 하며 끝내 견디고 성장하게 한 사람과 말들이 있었다.

한번은 일일회의가 끝났는데 청 내에 소문이 자자했다. 어느 과장이 공식회의 석상에서 대판 깨졌다는 것이다. 그날 그에게 꼭 협조를 받아야 할 결재 건이 있었던 나로서는 그냥 흘려들을 수가 없었다. 그러나 결재를 미룰 수도 없는 건이었고 나는 어쩔 수 없이 그 과장님 방으로 가서 협조 사인을 받기 전에 조심스레 물었다.

"과장님, 괜찮으세요?"

그런데 바로 "왜?"라고 한다. 오늘 아침 회의 소식 듣고서 마음이 좋지 않아서 여쭤보았다고 이야기했더니 곧장 나에게 되물었다.

"박반장, 나보다 월급 많이 받나?"

앗, 이것은 또 무슨 말씀이란 말인가?

"과장님, 어찌 제가 과장님보다 월급을 많이 받겠습니까!"

과장님은 나의 걱정이 아주 어이없는 일인 것처럼 가뿐하게 말했다.

"월급에는 야단맞는 일도 포함되어 있는 거야. 그리고 월급의 크기만큼 야단도 더 크게 맞는 법이고."

그래, 월급에는 야단맞는 일도 포함된 것이로구나. 그때 그 말이 왜 그리도 편안하게 들렸는지 모르겠다. 욕먹고 야단맞고 쪽팔리고 무너지고 억울하고…… 그 모든 게 다 우리네 일이지만, '내가 꼴랑 이 돈 받고 왜 이런 개망신을……'이라고 생각하며 부들부들 떠는 것과 '욕 듣는 것도 내 일의 일부다, 초짜면 이런 야단도 맞지 않는다, 월급 더 챙겨받고 일도 더하니깐 욕도 먹는 것이다' 내려놓으며 홀홀 가벼워지는 것은, 오늘 벌어진 일은 동일하되 내일은 전혀 다른 나를 만들어낼 것이다.

이후에도 그 말은 나에게 많은 위로를 주었다. 나는 종종 조직이 나라는 개인을 더 무겁게 하고 버겁게 하는 무거운 짐, 혹은 나를 늘 지켜보지만 결코 지켜주지는 않는 야누스 같다고 생각했다. 그러나 조직은 개인의 대척점에 있거나 개인의 꿈을 막아서는 괴수가 아니다. 다만 조직도 하나하나의 개인처럼 살아가고 실수하고 성장하고 실패하고 다시 욕망하고 희망하면서 가만히 한자리에만 머물 수 없는 유기체일 뿐이다.

출렁거리는 조직의 시간 속에서 나를 견디게 해준 말들이 있었다. 나도 흔들리는 후배들의 마음에 꽂히는 그런 말 한마디라도 해주고 물러난 선배인지는 모르겠지만.

혹시,
박미옥 형사님 아니세요?

　형사로 일하면서, 출소 후에 원망하며 찾아오거나 보복하겠다는 범인은 없었는지 사람들은 궁금해한다. 하다못해 구속시켰던 범인들과 길거리에서 마주친 적이라도 있지 않겠느냐며 두려워하는 표정을 짓는다. 사람들은 그렇게 잔인하고 흉악한 보복에 대한 공포를 품고 있다.

　물론 나도 보복이 두렵지 않다면 거짓말이다. 어느 사이비 종교 교주를 수사하고 그 과정을 법정 증언까지 했을 때, 맨 앞자리에 앉아 있던 삭발한 신도들이 매섭게 나를 노려보는 시선을 보고는 한동안 귓갓길이 겁났다. 사건 관계자를 한밤중 길에서 마주치고는 알은체하는 목소리에 가슴 철렁해본 적도 여러 번 있다. 하지만 **기억은 대체로 인간이 계속 살아가게끔, 어떻게든**

우리더러 살아보라고, 편들어주고 힘을 발휘하는 것 같다. 더 좋은 기억이 다른 기억을 안아버리고 풀어준다.

어느 날 마약사범을 검거했다. 체포 통지를 누구에게 하겠는지 물었더니, 부모님 말고 형에게만 연락해달라고 한다. 형은 이내 도착했다. 제법 고위직 명함을 내밀면서 형사들에게 정중하게 인사까지 한다. 마약에 찌든 동생과는 사뭇 다른 결의 사람 같다. 보통 이렇게 멀쩡하다못해 고상해 보이는 사람이 구속된 가족을 찾아오면, 서로 눈이 마주치자마자 잡아죽일 듯이 쏟아내는 말은 이런 식이다.

"네가 집안 망신 다 시킨다. 너 죽고 나 죽자. 언제까지 이럴래?"

처음 보는 형사에겐 깍듯하면서 제 가족에겐 모진 말 날리는 사람들, 참 많았다. 그런데 이 사람은 달랐다. 동생이 갇힌 곳으로 얼른 들어가서는 의자에 앉기도 전에 건넨 그 한마디에 나는 놀랐다.

"아직도 그렇게 힘드니?"

거창한 사회적 지위 때문에 제 체면을 더 챙길 법한 큰형이 막냇동생을 면회 와서 건넨 첫 말, "아직도 그렇게 힘드니". 바로 그 순간부터 나는 가족에게서 이런 위로를 받는 동생을, 한 사람을 결코 함부로 대하지 않기로 결심했다. 한 남자를 '한낱 범죄자'가 아니라 '아직 힘들어하는 사람'으로 진지하게 바라보고 대화하는 동안, 나는 남자가 지나야 했던 인생의 폭풍우를 알게 되었다.

남자에게는 사랑하는 여자가 있었다. 그런데 고상한 집안에선 결사반대했다. 남자는 여자를 포기할 수가 없어서 동거부터 하기 시작했고, 부모님을 부지런히 찾아가 시시때때로 허락해주시길 간청했다. 그리도 노력한 덕분에 드디어 결혼을 승낙받은 날, 한없이 기쁜 마음으로 귀가했는데 여자는 죽어 있었다. 여자를 사랑했던 옛 애인이 찾아와 이미 다른 사람을 사랑하고 있는 그녀를 죽여버린 것이다. 여인이 죽었다는 것도, 끔찍한 살인사건의 피해자라는 사실도 받아들이기 힘든데, 그 사실을 애도하고 슬픔을 견딜 시간도 없이, 살인사건의 용의자로 지목당했다. 48시간 동안 이어진 조사는 죄를 짓지 않았어도 숨이 막혔다.

슬퍼할 시간조차 없었다는 그의 말이 가슴에 꽂혔다. 슬픔을 호소하기는커녕 도리어 자신이 그 여자를 죽이지 않았고 죽일 이유도 없었음을 끊임없이 설명해야 하는 상황이 너무도 싫었다고 했다.

남사를 검찰청으로 보내던 날, 담배 한 갑을 샀다. 이전에 살인용의자로 몰렸던 남자에게 경찰이 단 1초의 슬퍼할 시간도 주지 않았다면, 이번엔 담배 한 대 피울 시간쯤은 주고 싶었다. 그 당시는 서울지방경찰청 담당형사가 범인을 직접 검찰청까지 데려다주던 시절이라 가능한 일이었다. 늘 투덜거렸던 부수적인 업무가 그날 그렇게 감사할 수가 없었다.

"○○○씨, 내가 지금 줄 수 있는 것은 담배 한 대밖에 없네요. 한동안 담배 한 대 피우기도 어려우실 텐데, 부담스러워 말고 한 대 피우시죠. 그런데 말입니다. 한 사람이 죽어 모든 상황이 허무해진 것처럼, 의미라는 것이 부여하면 있고 부여하지 않으면 다 무의미한 것이 되어버리는 것 같습니다. 그러니 어떤 상황에서든 살기를 바랍니다. 어떻게든 또다른 의미 있는 것을 찾아서 나오면 좋겠습니다."

그렇게 그 남자를 보내고 수년이 지났다. 간만에 휴가를 얻어 미시령 스키장에서 마음 편히 쉬고 있는데, 멀리서 한 남자가 나를 향해 반갑게 달려왔다.

"박형사님 아니세요? 저 ○○○입니다."

남자는 예전보다 살이 조금 오른 듯한 건강한 모습으로 환하게 웃고 있었다. 가장 먼저 형사다운 생각으로 '약은 끊었구나' 하는 짐작이 스쳐갔다.

남자는 다시 "잘 지내시죠?" 하고 수줍은 듯 웃었는데, 평상시 일상적으로 묻고 답하는 '잘 지내시죠?' '저는 잘 지내고 있습니다'라는 그 당연한 안부 인사가 그 어느 때보다 안도감과 온기를 전해주었다.

멀리서도 나를 알아보고서 한때 어두운 시절의 피하고 싶은 얼굴이라 여기지 않고, 반갑게 달려와준 모습에서부터 이미 많은 것이 괜찮아진 희망을 본 듯했다. 그때 함부로 대하지 않아서, 쉽게 여기지 않아서 참 다행이라고 생각했다.

이후에도 수많은 "박형사님 아니세요?"로 시작되는 상황들이 있었다. 우연한 장소에서 누군가를 만나는 일이 거북하고 두려울 때도 있었지만, 두려움은 결국 나의 선입견과 편견이 먼저 작동할 때, 그리고 끝없이 내 자의식에만 몰두할 때 더 커진다는 것을 나는 깨달았다. 상대를 있는 그대로 수용하지 못하고 객관적으로 보지 못할 때 내 불안은 증폭되고 스스로를 위험에 빠뜨리게 된다는 것을 이제는 안다. 나의 자의적인 해석을 경계하면서 어떤 평가도 없이 있는 그대로 보고 먼저 진심으로 다가설 때, 그들도 진심을 내보이고 형사의 진심을 느낀다.

형사인 내 앞에 앉는 사람들은 어떤 식으로든 위기 상황에 놓

어 있는 사람들이다. 피해사와 가해자 모두가 불안에 휩싸인 눈동자로 나를 바라본다. 그런 그들에게 찰나일지라도 마음 놓을 수 있는 한순간을 마련해주는 것, 진심으로 그와 대화하려 시도하는 것이 결국 형사라는 업의 기본임을 이제는 알겠다.

형사는 사람을 사랑하는 사람이 해야 하고, 수사란 결국 사람을 구체적으로 사랑하는 일에 다름 아니다. 이 기본을 지키지 않으면 그 어떤 변화도 시작되지 않을뿐더러 기대할 수도 없다.

2부

범죄 현장에서
만난
여자들

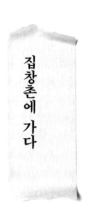

집창촌에 가다

집창촌 길목에 섰다. 아침이라고 하기에는 늦고 점심을 먹기엔 아직 이른, 이곳에서 살아가는 대부분의 사람들이 아직 잠들어 있거나 덜 깨어났을 시간을 신중히 선택해서 속칭 '미아리 텍사스촌'으로 통하는 좁은 골목길을 따라 내려갔다. 내가 어디까지 들어갈 수 있고 얼마나 볼 수 있을까, 내심 걱정하면서도 어쨌든 나는 그곳에 침투해야 했다. 어젯밤 혹은 오늘 새벽 무렵 누군가가 고통스럽게 쏟아냈을 토사물이 널린 그 좁은 골목에서는 역겨운 시궁창 냄새와 지린내가 훅 밀려왔다. 하지만 거북함을 느낄 새도 없이, 옛날식 주택이 다닥다닥 붙어 있는 그 동네에서 한 남자가 물받이통에 꽂아놓고 나왔다는 신문을 찾아내야 하는 일이 급선무였다. 한참 돌아본 끝에 겨우 신문을 찾았다. 하지만 물받이통이 오른쪽 집의 것인지, 왼쪽 집 소유인지 한눈에 알아보기 어려운 구조였다. 그 남자에게 전화해서 확인해야 했지만, 거기서 바로 통화할 수 있는 내용은 아니었기에 얼른 나왔다.

외진 곳을 찾아 남자에게 전화를 걸었다. 우선 찾아야 할 집을 기준으로 어느 방향에 신문을 꽂았는지 물었지만, 지난밤 술도 취했고 그도 충분히 당황했을 상황이었던지라 정확하게 말하지 못한다. 다시 한번 확인했다. 그럼 들어갈 때 아가씨가 몇 명 앉아 있었는지, 계단의 위치나 입구 쪽에서 들여다보이는 가구는 기억나는지 물었다. 그가 희미한 기억 속에 남아 있는 몇몇 단서를 말해준다. 그나마 다행이라는 생각을 하면서도 이제 모든 것은 다시 내 몫으로 남았다. 그렇게 다시 골목길로 들어섰고, 신문을 빼고도 충분히 대상 업소를 특정할 수 있도록 체크한 후 태연한 척 골목길을 나왔다.

한 번 간 길 두 번 들어가고 여러 갈래 이어지는 통로까지 확인하는 사이에 마음은 대담해졌지만, 그 골목길 특유의 비린내는 한참을 코끝에 남아 호흡을 참게 했다.

다시 한번 그 남자에게 전화하여 집을 찾았다고 말해주고, 고향 친구의 여동생이 분명 납치 감금된 것이 맞느냐고 재차 확인했다. 남자는 다시 한번 자신한다. 고향 친구의 여동생이 얼마나 이쁘고 착했는지, 한세월 잊고 살다가 어느 명절날 고향 가는 기차 안에서 여동생을 만났는데 여전히 착하고 이쁘더란다. 그런데 어느 날 술김에 미아리 집창촌을 간 날, 그 여동생과 마주치고 말았다. 겨우 정신을 차리고 그 여동생을 지목하고는 둘만 남은 자리에서 자초지종을 물었더니, 여동생은 어쩔 수 없이 붙들려 있다고 분명히 그리 말했단다.

그러면서 다시 한번 나에게 부탁한다. 고향 친구의 여동생은 본인의 여동생과 다름없다고, 반드시 구해주셔야 한다고.

제보자와 목격자가 확실하다. 피해자가 그곳에 있는 것도 확인했다. 그럼에도 나는 냅다 뛰어들어가 검거에 나설 수가 없었다. 성매매가 엄연히 위법한 일임에도 당시엔 집창촌 업주들의 기세가 등등했다. 이유 없이 집창촌 단속을 하면 적반하장으로 업주들의 항의 세례를 받던 시절이었다. 이러니 형사를 하면서도 성매매촌 단속에 나설 때마다 느끼는 자괴감이 있었다. 성매매업소가 확실해도 무작정 단속 못 하던 시절, 단속하면 어불성설 형평성 문제가 불거지던 시절이라 일단 아가씨가 납치 감금된 게 맞는지부터 확인해야 했다.

두 명의 남자와 세상 모든 것에 냉소적인 젊은 여성 하나가 호기롭게 아가씨들의 나체쇼, 속칭 '미아리 홀딱쇼'를 구경하러 온 것처럼 소주 한 병을 몸에 뿌리고 영업중인 그곳으로 향했다. 가끔 들르는 손님처럼 남자 형사가 자연스럽게 그 아가씨를 찾았다. 그리고 일단 의심을 사지 않으려고 일심이 쇼를 보기도 했다.

벗은 여성이 들어와서 여성의 몸으로 할 수 없는 쇼를 한다. 동전 낳기, 바나나 쓸기, 이름 쓰기 등등, 토사물보다 더 역겨운 장면이 이어졌다.

도대체 이런 게 유흥이란 말인가, 이것이 왜 유흥인가? 여성의 성기가, 몸이 학대받는 모습을 보면서 언젠가는 여성에게 이 쇼를 가르치는 무리를 폭력으로 처벌할 수 있는 판례를 만들어 보겠다는 울분 섞인 결심을 한다. 그럼에도 일단 그 아가씨의 안전부터 확보하고 일을 마무리하기 위해서 태연한 척 신기한 듯 대단하다는 듯 손뼉까지 쳐야 했다. 나중에 그 골목길을 빠져나와서야 욕지기가 치밀었다.

아가씨에게 물었다. 고향 오빠가 당신을 구하고 싶어한다고. 나중에 납치 감금에 대한 피해 진술을 해준다면 업주를 더 강하게 처벌할 수도 있고, 피해를 입었다는 의사 표현만이라도 해준다면 우선 단속하고 당신부터 먼저 구할 수도 있다고. 그런데 아가씨가 차분한 목소리로 "잠시만요" 하고 일어서더니 대뜸 통장을 가져와 보여준다. 부지런히 저축한 금액이 보인다. 이 돈 모아 고급 술집을 차리는 것이 본인의 꿈이란다. 이렇게 번

돈으로는 꿈꾸면 안 되느냐고, 술집 사장이 꿈이면 안 되는 것이냐고 되묻는다.

제발 그냥 가달란다. 그 오빠에게 못 찾았다고 말해달란다. 난감하다. 나는 그녀에게도 그 오빠에게도 나 자신에게도 그 어떤 말도 할 수가 없었다.

그때 그 미아리 홀딱쇼를 기획하고 연출한 인물들을 처벌하지 못한 게 두고두고 아쉽다. 그래도 그때 그 기억이, 아가씨들이 업주에게 선급금을 받고 일을 시작했다고 해도 불법한 행위를 시키기 위해 준 돈이라면 갚지 않아도 된다는 판례를 만드는 데 일조했다. 서울 시내 집창촌을 집중적으로 단속할 때, 또 인신매매를 추적 수사하느라 지방을 누비며 집창촌을 단속하고 아가씨들을 설득할 때, 물러나지 않을 수 있는 내 안의 명분과 동력이 되어주었다.

여전히 세상엔 미아리 홀딱쇼 이상의 또다른 나체쇼, 돈을 지불했다는 이유만으로 범죄라고 생각하지 않는 성폭력이 곳곳에서 벌어진다. 여러 형태의 유흥업소를 단속하고 또 단속해도 법망을 피하는 변종 업소가 탄생하고, 단속을 피하기 위한 건물과 공간이 개발된다. 성범죄는 끝이 없다.

여자 형사들이 이런 사건 속에 뛰어들며 맞닥뜨리는 정서적 당혹감과 충격이 있다. 나는 후배들에게 이런 일을 어떻게 소화하고 견디라 해야 할지 아직도 석낭한 위로의 말을 찾기 못했다. 그저 말없이 밥 한끼 술 한잔 사줄 뿐이다.

다만 스스로 이 정도의 결론은 내렸다. 희망 없는 일을 무수히 반복하는 시시포스처럼 매일 또다시 굴러떨어지는 바위를 밀고 있지만, 이렇게라도 단속하고 검거해야 우후죽순 더 뻗어나갈지 모르는 지옥을 한 뼘만큼이라도 좁힐 수 있다고. 내 일이 비단 그 이상도 이하도 아닐지라도 그것만으로도 내겐 이 일을 할 이유가 충분했다고.

그녀는 없어져야 할
이유가 없었다

살면서 아쉬움이 없는 사람이 어디 있을까. 그러나 형사의 아쉬움은 뼈가 시리도록 깊다. 형사들은 저마다 가슴속에 미제 살인사건을 품고 있다. 더구나 범인이다 싶은 사람 근처에도 가보지 못한 형사의 한은 이루 말할 수 없다. 스스로의 무능에 대한 자책과 망자에 대한 인간적 안쓰러움이 겹쳐 있고, 현장의 사진과 영상, 유가족의 울음은 불시에 불쑥불쑥 덮쳐온다.

내게 그녀의 얼굴은 생전의 사진보다 백골로 각인되어 있다. 그리고 이름, 꿈에도 잊지 못할 그녀의 이름. 제발 해결할 수 있는 작은 단서 하나라도 그녀가 꿈에서라도 말해주기를 기도하며 나는 아직도 그녀의 이름을 부른다.

서울과 경기도의 경계쯤인 야산에서 백골 한 구가 발견되었다. 옷은 입지 않았고 사망 당시 나체로 버려진 것이 분명했다. 하지만 발견했을 때는 백골의 신상은커녕 성별조차 가늠하기 어려웠다. 부패한 사체는 여자인지 남자인지도 구분하기 어려울 때가 많다. 특히 골반과 엉덩이 부위가 다 썩은 사체는 여성인지 남성인지 외관상으로는 전혀 구분되지 않는다. 키가 작다고 여자라는 생각을 섣불리 해서도 안 되고 백골 주변에 남은 머리카락 길이나 턱선, 얼굴각 등 단편적인 증거로 성별을 예단해서도 안 된다.

　백골이 되기까지의 시간은 기후, 공기의 흐름 등의 여건을 종합하여 전문가들이 판단하겠지만, 최소 2개월은 지난 것으로 보였다. 지문이 없으니 신원을 밝히는 것이 급선무였다. 인근 실종자들부터 수사해보기로 의견이 모였다. 팀별로 관내 경찰서에 실종 신고가 접수된 이들부터 집중적으로 탐문하기로 했다.

　그러나 무작정 실종자 탐문에 들어가기 전에 변사체에 남은 작은 단서라도 있을까 싶어 다시금 감식반을 찾았다. 감식 요원들은 꼬리뼈의 모양 등 여성으로 판단할 수 있는 요소가 몇 가지 보인다는 소견을 밝혔다. 또한 치과 치료를 받은 흔적이 선명하고, 인근에서 젊은 여성이 꼈을 것으로 보이는 반지가 발견되었으나 100퍼센트 변사자의 것인지는 단정하기 어렵다는 1차 의견을 냈다.

실종자 탐문팀에 여성과 남성을 구분하고 나이대를 압축해 실종 경로와 치과 치료 기록을 집중적으로 질문해보게 했다. 그리고 서너 시간 만에 한 형사로부터 다급한 연락이 왔다.

"이거 이상한데요. 없어지지 말아야 할 20대 여성이 없어졌어요."

"없어지지 말아야 할 사람이 없어졌다뇨? 그게 무슨 뜻이죠?"

"매일 도보로 삼십 분 거리에 있는 아르바이트 일터에 정확하게 출근하는 친구인데, 깨끗이 사라졌습니다. 출근하겠다고 나갔다는데 연락 한 통 없어서 아르바이트 매장 주인이나 함께 사는 고모가 기절초풍 놀랐다고 말할 정도이니 이상하잖아요?"

오래된 병원 기록을 탈탈 털어 실종자의 치과 엑스레이 사진을 확보했다. 변사자와 실종자의 치과 치료 상태가 일치하는 것을 확인하고는, 실종자 가족에게 치과 기록이 실종자를 수색해내는 데 얼마나 높은 정확도를 보이는지 설명하며 조심스레 유전자 감식을 위한 샘플을 요청했다. 결과를 기다리는 동안 실종자 가족도 나도 숨막히는 시간을 보냈다. 그리고 마침내 유전자가 일치한다는 연락을 받았다. 어느 날 갑자기 사라진 그녀를 찾아낸 것이다.

그러나 수사는 이제부터 다시 시작이다. 그녀의 신원은 밝혔지만, 그녀가 그렇게 죽어야만 했던 이유를 찾는 싸움이 시작되었다. 시골에서 상경한 그녀는 최근 남자친구와 헤어지고 고모 집으로 거처를 옮긴 터라 가까운 친구들도 실종자의 근황을 알지 못했다. 부모님, 전 남자친구, 친구들에게 이 여성의 사정이나 속내를 물어도 죄다 모르겠다는 대답만 돌아온다. 유독 말이 없었던 이일까. 하지만 우리도 대부분 깊은 속내를 누구에게도 선뜻 내보이지 못한 채 그리 사는 게 아닐까 하는 생각도 들었다.

실종자에 대해 알아낸 단서는 극도로 적었다. 첫 아르바이트 매장에서 성실하고 밝은 친구라는 평판을 확인할 수 있을 뿐이었다. 여름날 밝은 저녁 7시 30분에 집에서 나간 여성이 일터까지 가는 길은 뺑소니 사고조차 벌어지기 힘든 대로였다. 여자는 땅으로 꺼졌나, 하늘로 솟았나. 출근길 그 삼십 분 동안 대체 무슨 일을 겪은 걸까.

출근하기 전 마지막 통화한 가족도 의심해보고, 그 가족들의 차량도 뒤져보고, 헤어진 남자친구의 알리바이와 동선도 추적했다. 하지만 의심할 것이 없었다. 이래도 저래도 막막한 절벽이다. 결국 더는 시간을 줄 수 없으니 실종사건 발생 담당팀에 모든 것을 인계하라는 지시가 떨어졌다. 그녀의 이름을 찾고도 숙제를 풀지 못한 우리는 사건을 넘겨줄 수밖에 없었다. 다른 사건도 계속 우리를 기다리고 있으니까. 그러나 넘겨받은 팀인들 부순 뾰족한 수가 있었겠는가. 그렇게 그 사건은 미제로 끝나고 말았다.

결국 이 사건은 내 마음의 미제 사건이 되었지만, 그녀의 이름은 아직도 생생하다. 지금도 해결되지 않은 사건을 마주할 때면, 속이 터지고 먹먹하다. 죄인을 잡아내지 못한 죄인은 제발 범인이 자수해주기를 기도하는 수밖에, 그 범인에게 일말의 양심이라도 남아 있기를 기대하는 수밖에 없다. 그러나 내가 할 수 있는 일이 정녕 이뿐일까?

훗날 경찰의 실종자 수사에 대한 실수와 태만이 노출되어 전국적인 점검에 들어갔을 때, 나는 주장했다. **범죄 혐의 여부를 자의적으로 판단하지 말고, 없어져야 할 이유가 없는 대상자는 부디 그의 안전이 확인될 때까지 끝까지 수사하자고. 오늘 찾지 못한 실종자는 살인사건의 피해자가 될 수도 있다는 두려움과 절박함으로 반드시 실종자의 안전을 오늘 확인하자고.**

오늘도 나는 입안에 맴도는 그녀의 이름 앞에 사죄하며 기도를 올린다.

박사방을 수사하며 하루도 맘 편히 쉬지 못한 너에게

　여형사 자체가 보기 드물고 여형사들을 받아주는 경찰서는 더욱 희귀했던 시절에, 스스로 내게 찾아온 후배가 있다. 경찰 특공대 여경 1기 특채 출신으로 곧 의무 근무 기간 3년을 마치고 경찰서로 나오게 되는데 간절하게 형사가 되고 싶다고 했다. 아이처럼 순수하게 수사에만 전념하면서 억울한 피해자들 편에서 열심히 수사해주는 선한 형사, 참 좋은 사람이 되고 싶다고 한다. 내심 형사로 일할 마음의 토대는 있는 친구로구나 생각했다. 형사는 성격 좋고 긍정적인 마인드에 정의감 넘친다고 자격 있는 것이 아니라 사람에 대한 애정이 바탕에 있어야만 할수 있는 일이다. 아픈 사람, 억울한 사람을 안쓰럽게 여기는 마음이 있으면 없던 수사 실력도 찾아온다. 기필코 여형사가 되고 싶다며 찾아는 발보다 아주 오랫동안 키워왔을 그녀의 마음과 태도가 더 반가웠다.

당시 나의 상사였던 형사과장은 젊은 시절에 나와 같이 서울경찰청에서 근무한 경험이 있어서 여자 형사의 필요성과 쓰임을 잘 알고 있는 분이었다. 나는 그 형사과장과 의기투합하여 후배를 우리 경찰서에서 받기로 하고, 어느 팀에 배치해야 후배가 지치지 않고 계속 배우며 일할 수 있을까 궁리했다. 남자 형사들에게는 여자 형사들이 낯설 수밖에 없던 시절, 기존에 있던 형사들은 자신의 경험치나 편견을 넘지 못하고 여자 형사들에게는 복사 심부름이나 보조 업무를 시키곤 했다. 나는 초보 여형사가 남자 형사의 보조나 도구로 사용되지 않길 바랐다. 아무리 작은 사건이라도 주도적으로 처리하고 '담당형사'로서 당당하게 출발하길 바랐다. 그래서 나는 파출소에서 범인이 이미 잡혔거나 범인이 특정된 사건들을 배당받아서 담당형사가 책임지고 처리하는 형사당직팀으로 발령을 냈다. 범인이 특정되지 않은 강력범죄나 중범죄가 난무하는 강력팀에서는 수사 경력이나 능동성을 매우 중요하게 생각하므로, 초보 여형사는 좀처럼 자리잡기 힘들고 무시당하기 십상이었다. 여경이 배치받으면 어찌 그리 다들 관심이 많은지, 형사기동대 차로 운전 연습을 하더라, 서툰 것이 너무 많다 등등 온갖 구설들이 퍼졌다. 마치 자신들에게는 처음이 없었던 것처럼, 여경이 형사가 되어 겪는 모든 실수와 좌충우돌이 모두 성별 때문인 것처럼. 인간은 누구나 처음 하는 일에서는 서툴다. 그럼에도 어찌 그리 편가르기를 하는지. 나는 제 발로 형사의 길을 찾아 뚜벅뚜벅 걸어온 이 후배가 내가 겪었던 그런 고루한 부당함 속에 놓이지 않길 바랐다.

얼마 후 그녀와 나는 일종의 공모를 했다. 나는 그녀가 지금은 형사당직팀일지라도 향후 강력팀으로 갈 만한 자질이 충분히 있음을 보여주고 팀장들의 선택을 받길 바랐다. 그녀는 경찰 특공대 여경 1기답게 체포술 시범대회에 출전했다. 이단옆차기는 기본에 공중 목 감고 돌려차기 한 방으로 모든 관객의 시선을 사로잡았고, 그녀가 있는 동안 우리 경찰서는 내내 체포술 시범대회 1등을 놓치지 않았다. 그렇게 그녀에 대한 이 말 저 말은 차츰 사그라들고 그녀가 커가는 시간을 기다려줄 사람은 점점 늘어가는 것 같았다.

그후 나는 일부러 그녀와 약간의 거리를 두며 지냈다. 여경 후배이지만 엄연히 다른 팀인데 내가 괜스레 가르치거나 도우려 들면 여자들끼리 봐준다고 할까봐 염려되었기 때문이다. 후배 또한 나를 쉬이 찾아오는 성격은 아니었다. 그러던 어느 날 형사과장이 여경 후배 데려다놓고는 너무 나 몰라라 하는 거 아니냐고, 서류도 슬쩍 봐주고 A/S 좀 해주라고 부추긴다. 요즘 그 팀에서 예민한 성폭력 사건을 맡고 있어서 힘들 터이니 선배로서 살펴봐주라는 것이다.

우리 사무실로 불러 그녀가 받은 조서를 읽고 보니 참으로 궁금한 것도 많고 자기 생각도 많다. 한마디로 말했다.

"후배님, 형사는 우리 생각과 경험을 경계하면서 질문을 하는 사람이어야 합니다."

그런데 그녀에게서 돌아온 말은 뜻밖이었다.

"선배님, 서울청 형사기동대에서 여형사 지원자를 받고 있다고 합니다. 저, 서울청으로 가도 되겠습니까?"

그간 그녀는 안간힘을 다해 노력했지만 형사당직팀에서 답답함을 느끼고 있었고, 그렇다고 강력팀으로 옮겨 가기는 요원해 보였다. 결국 그녀는 더 넓은 물로 떠났다. 그리고 사이버 수사를 섭렵하면서 불법 도박사이트 운영자들에게 무서운 존재가 되어갔다.

더는 가까이서 일하지 못하지만, 종종 술자리를 가질 때마다 나는 떠난 그녀를 괜히 놀렸던 것 같다.

"어이, 사이비 형사! 아~ 사이버 형사랬나? 강력형사 한다더니 사이비 형사 하고 있는 기분이 어때?"

그럴 때마다 우리는 같이 와르르 웃었지만, 나는 이젠 더이상 그녀를 놀릴 수 없게 되었다.

　사이버 성폭력 전담 팀원으로 근무하면서 그녀는 세상을 이프게 하고 떠들썩하게 한 박사방의 주범을 잡았다. 수개월간 사이버 도박사이트를 추적하고 가상화폐의 흐름을 끈질기게 쫓던 실력과 노하우로 박사방의 주범을, 불법 촬영물 유포자들의 실체를 밝혀냈다. 그녀는 여전히 끝도 없이 피해자가 나오는 불법 촬영물 유포 사건을 도맡아 수사하고 있다. 사이버 성폭력 피해자 대부분은 우울증, 공황장애, 외상후스트레스장애, 대인기피증을 앓고 있었다. 그렇게 아파하고 정신이 피폐해져가는 피해자들을 곁에서 지켜보다보니 결코 멈출 수가 없더란다. 그렇게 그녀의 쉴 시간은 자주 미루어지고 계속 미루어진다.

　피해자만 보면 무너지고 범인만 보면 단단해지는 그녀는 계급보다 일에만 집중한다. 스스로 지은 닉네임 '느리게 걷는 아이'처럼 18년이라는 세월 동안 자신만의 길을 찾아 걸으며 세월을 견디고 있는 그녀가 대견하고 존경스럽다.

　그런데 이제 그녀에게도 위로가 필요할 때가 왔다는 것을 먼저 걸어본 자는 느낀다.

　피해자들의 아픔과 상실, 좌절이 고스란히 자신에게 이입되어 시도 때도 없이 눈물이 흘러내리는 지경까지 왔다면 곧 몸이 노골적으로 아파올 때가 임박한 것이다.

형사도 위로가 필요하다.

피해자들에게 고맙다는 말 들으면 월급 받고 일하는 형사가 그 정도는 당연히 해야 하는 거라고 겸손하게 말하는 너이지만, 그 고마운 마음만으로 뿌듯하게 미소 지으며 더 무엇을 바라겠느냐고 웃을 너이지만, 고맙다는 말을 듣고도 도리어 미안해할 너이지만, 그것만으로 그 긴 세월 동안 쌓인 너의 내상이 다 치유되지는 않는다는 것을 말해주고 싶다.

무엇보다 그 아름다운 일을 하면서 내가 아프지 말아야 그 일에 대한 예의라고 생각한다고, 그래야 더 많은 이들을 안고 갈 수 있고 더 많은 세월을 견딜 수 있고 아픈 이들에게 좋은 에너지를 전달할 수 있다고.

분명 힘든데도 괜찮다며 웃는 너에게, 우리 자신에게 몇 번이고 말해주고 싶다.

협박을 받고 있다는 신고를 받았다. 형사로서 피해자의 일상을 집요하고 야비하게 갉아먹는 협박범은 빠르고 조용하게 검거하는 것이 우선 과제다. 그럼에도 불구하고 피해자의 아파트 단지로 걸어들어가면서 나는 계속 고민했다. 그도 그럴 것이 배우자 있는 사람이 외도하다 협박받는 사건이었기 때문이다. 그 시절에는 나도 바람피우는 사람을 이해 못 했을 뿐만 아니라 형편없는 사람이라고 생각했다. 하물며 외도한 사람이 여성이라는 사실에 더욱 놀라고 분노까지 일었다. 형사 생활을 거듭할수록 이것이 내 안에 깊숙이 자리한 무지와 편견이었다는 것을 알게 되었지만. 그때의 나는 알지 못했다.

불도 켜지 않은 채 어두운 거실로 나를 조용히 안내하는 피해자의 낯빛은 파리했다. 세상 다 포기한 듯 무표정하고 무력했으며, 목소리는 생기가 없었다. 밝은 불빛 아래 낯선 사람을 마주하고 싶지도 않을 만큼 당신은 그 고단한 마음에 불 하나 켤 수 없었나. 이런 생각이 들수록 무어라 첫마디를 꺼내기도 어려웠다. 얼른 피해 조서를 받고 이 막막한 암흑에서 빠져나가고 싶은 마음을 간신히 눌러가며 차를 마셨다.

한참 말이 없던 피해자는 생각보다 너무 젊은 여형사가 와서 속속들이 이야기하기도 부끄럽고, 설령 다 털어놓는다 해도 이해받을 수 있을지 주저된다면서 잠시 다른 이야기를 좀 해도 되겠느냐고 묻는다.

그런데 피해자의 첫마디가 가슴을 철렁하게 했다.

"형사님은 모르시겠지만……"

아, 내 얼굴이 당신을 이해할 수 없다고 이미 말하고 있었나. 어설픈 내 마음이 들킨 것 같았다. 이해받을 수 있을지 주저된다는 말에 야단을 호되게 맞은 것 같았다. 내가 무엇을 모르고 있을까 싶어서 도리어 그녀에게 마음 열고 귀를 기울이기로 했다. 피해자도 이왕 그렇게 말문을 열고 보니 마음이 편했는지 속시원히 바로 이야기를 시작했다.

"남편과 딸과 함께 사는 제가 외롭다고 한다면 이해해주실까요? 짝이 있어도 외로울 수밖에 없다는 것을 인정하고 고양이를 키워보기도 했습니다. 그런데 어느 날 고양이 꼬리를 보면서 웃고 있는 제 자신이 더 허무하더군요. 나는 왜 가족과 웃지 못하고 고양이 꼬리를 보고 혼자 웃고 있나……"

순간 그의 외로움이 가슴에 확 들어왔다. 이 사람은 가족과 함께 웃고 울면서 살고 싶은 이로구나.

그러다 마흔 중반이 되도록 집에만 있는 자신이 너무 한심했을 때, 인생 별것 없다, 잘 노는 게 잘사는 것이라고 말하는 친구들과 어울리는 자리에 나가보았다. 자리는 그저 그랬다. 다만 옆 테이블에 있던 젊은 남자가 계속 쳐다보는 것이 신경쓰였는데, 아니나다를까 그 남자가 다가와 "이 폰 번호, 저만 압니다"라면서 고가의 새 휴대폰을 놓고 가버렸다. 그 바람에 뜻밖의 사건이 시작되었다. 휴대폰을 돌려주기 위해 연락을 취하고 만났는데, 말이 잘 통했다. 참으로 오랜만에 대화라는 것을 하는 기분이 들었다. 만남은 거듭되었고 둘은 내연관계가 되었다. 그리고 어느 날 함께 들어간 여관에서 강도를 당하고 말았다. 돈도 빼앗기고 사진까지 찍혔다. 그러고도 모자라 다시 전화가 와서 거액의 돈을 요구받고 있는 상황이었다.

이 이야기를 어렵게 털어놓으면서도, 피해자는 그 남자를 믿고 있었다. 하지만 형사의 훈련된 촉은 남자가 휴대폰을 주고 간 행동에서부터 '진짜 선수'라는 사인이 왔고, 여관에 강도가

들이닥친 상황까지 잘 짜인 계획이라는 판단이 서면서 위험한 사건이라는 사이렌이 마구 울려댔다.

하지만 나의 어설픈 추리로 고양이 꼬리보다는 사람을 믿고 싶어하고, 먼길을 돌아 비로소 한 사람으로부터 사랑받고 있다고 생각하는 그 마음에 생채기를 내고 싶진 않았다. 그래서 그 부분에 대해서는 아무 말도 하지 않았다. 수사해보면 다 알게 될 내용을 미리 추정해서 피해자를 아프게 할 이유는 없을 것 같았다.

가급적 피해자가 노출되지 않도록 수사와 재판 절차, 그리고 함께해야 할 과정과 시간을 설명하고 집을 나설 때까지 나도 피해자와 함께 숨죽였다.

사건은 긴장하고 조심한 만큼 변수 없이 일사천리로 해결되었다. 강도들을 검거하고 그들이 타고 온 차 안을 수색하다가 피해자의 상대 남자와 연관되는 물건을 발견하고 공범인 사실까지 자백받았다. 하지만 그 남자를 검거하러 가는 내내 마음이 무거웠다. 형사로서는 공범이라 생각했어도, 피해자를 생각하면 한편으로는 아니기를 바라는 마음도 있었다. 그 남자를 검거한 후 처음부터 계획적으로 여자에게 접근했고, 치밀하게 여관 강도 사건을 설계했다는 사실을 확인했다. 이 모든 것에 대해 피해자에게 전화로 조심스럽게 설명했다. 수화기 너머에서는 그녀가 과연 듣고는 있는지 의심될 정도로 숨소리조차 들리지 않았다. 그렇게 한참 말이 없던 그녀가 땅으로 꺼질 듯이 싶은 한숨을 쉬었다. 다행히 사건은 가족에게 노출되지 않고 잘 마무리되었지만, 이제부터는 피해자가 안고 가야 할 자기 상처가 더 클 것이었다. 그녀가 앞으로는 사람과 잘 웃지 못하게 될까봐, 아니 이제는 고양이 꼬리를 보고도 웃지 않는 사람이 될까봐 내내 마음이 쓰였다.

이 사건 이후부터 타인의 외로움을 내 기준으로 평가하거나 쉽게 생각하지 말자고 다짐했다. 매사 옳고 그름으로만 판단할 수 없는 사람의 감정이 있다는 것, 사람과 살아도 사람 그립고 위로받고 싶은 마음이 생긴다는 것도 조금은 알게 되었다. 나 약해진 사람들의 감정과 마음의 틈새를 낱낱이 읽고 범죄를 계획하는 속칭 꽃뱀, 제비라는 전문직업군의 실체도 제대로 목격했다.

형사 경력이 쌓일수록 바람피우다 협박당하는 피해자만 보이는 것이 아니라 그 배우자가 보이기 시작한다. 그리고 그들의 자녀들이 눈에 들어온다. 불륜 협박 사건의 피해자는 일가족 구성원 전부였다. 이런 사건은 가족 모두의 인생에 깊은 상흔을 남긴다. 옳고 그름을 떠나 말 못 할 그 고통을 마땅히 이해해주어야 하는 것이 형사이고, 어떤 상황에서든 보호받아야 하는 것이 피해자라는 것을 깨달아가면서, 피해자의 수사와 재판 과정이 가족에게 노출되지 않도록 최선을 다했다. 다만 피해자들이 이후 자신의 가족을 더 소중히 생각하기를 기도하면서.

형사는 타인에게 일어난 일들을 상담하고 해결하는 사이에 자신에게도 이런저런 질문을 많이 하게 된다. 나는 언제 가장 외로웠을까. 고양이 꼬리를 보며 혼자 웃는 외로움만큼 깊고 쓸쓸했는지는 모르겠으나, 나 역시 가족이나 친구 그리고 동료들과 정서적 공감이나 삶의 지향점을 나누지 못할 때 분명 많이 외로웠다. **형사로 살아가면서 수많은 사건을 해결했지만, 내 안엔 경찰 아닌 다른 이들에게는 시시콜콜 말할 수 없는 비밀과 단서들이 가득 쌓여갔다. 홀로 소화해야 하는 일이었고, 괜한 입방정을 떨어서도 안 되는 일이었다.** 물론 내 곁엔 늘 동료와 선후배들이 있었다. 그러나 사건이 터지고 해결되는 동안 수사의 방향이나 지향점이 나와 다른 이들도 종종 있었다. 왜 그렇게 해결해야만 하는지 도무지 내 깜냥으로는 이해할 수 없을 때, 나는 또 외로워지곤 했다. 그래서 자발적으로 입 다물어버린 일들로 나도 외로웠지만, **그 누군가도 나처럼 외로웠을까. 그렇게 나로 인해 외로웠겠지.**

잠시라도 위로받았다고 믿고 싶었던 남자의 민낯을 알게 된 여자가 그후 어떻게 살아갔는지는 듣지 못했다. 하지만 살다보면 안다. 믿을 만해서 믿은 것이 아니라 사람을 믿고 싶었던 그때의 내 마음이 기꺼이 믿어버린 것임을.

나는 가끔 이런 농담 아닌 농담을 한다. 믿는 도끼만이 내 발등을 찍을 자격이 있다고. 내가 믿지도 않은 사람에게 발등을 찍히면 그것이야말로 내가 정말 바보처럼 느껴질 것 같다고. 그래서 이왕이면 내가 믿은 괜찮은 사람에게 꽤 괜찮은 바보가 되고 싶다고.

내가 기꺼이 바보가 되고 싶은 그 순간이, 그런 나를 알아주는 그 사람이 우리 삶에 늘 있기를 바란다.

눈 없는 사람과
미동 없는 고양이

유독 그 현장은 코끝에 남아 있다. 문을 열자마자 나를 덮쳤던 냄새, 그리고 코끝이 매워지던 기억. 후각은 슬픔처럼 강렬하다.

오래된 집들이 밀집된 주택가 골목길을 들어서는데 벌써 사체가 부패하는 냄새가 밀려왔다. 현장은 양옥집 2층, 계단에 올라서니 출입구 앞에 조각상처럼 미동도 없이 고양이 한 마리가 앉아 있었다. 마치 사체를 지키기라도 하는 것처럼. 고양이가 살았는지 죽었는지 살필 여력 없이 우선 집으로 들어섰다. 내부 구조를 파악하기도 전에 입구에서부터 어마무시한 풍경과 지독한 냄새에 들어가기가 주저되었다.

여성의 변사체는 거실에 있는 좌식 밥상 겸 탁자에 누워 있었다. 옷걸이에 목을 매었다가 나중에 옷걸이와 함께 넘어진 것으로 보였다. 여성은 한쪽 눈이 없는 상태였고, 온몸과 얼굴에 검은 먼지를 이불처럼 덮고 있었다. 바로 옆에는 고양이 긴 미리가 또 있다. 이 고양이는 죽은 게 분명했다. 사람과 함께 죽어 있었다.

아, 어쩌다 이 같은 자세로 죽어야 했을까? 그 한 장면만으로도 나는 발을 쉽게 옮길 수 없었다. 안쪽 화장실도 참담했다. 심하게 썩다못해 말라비틀어진 음식물쓰레기가 널브러져 있었고, 변기와 세면대는 청소한 지가 언제인지 싯누런 때가 눌어붙어 있었다. 부엌 싱크대는 원래의 은빛을 잃고 백색과 갈색으로 변한 채 방치되어 있었고, 싱크대 밑에는 각종 생활쓰레기가 아무렇게나 던져져 있었다. 심각한 우울증 환자들의 집에서 흔히 볼 수 있는 쓰레기집이 된 지 오래되어 보이는 상황, 그녀의 마음과 정신이 매우 힘들었다는 것을 대변해주고 있었다. 이로써 현장 상태를 위장한 범죄 현장은 아니라는 판단이 섰다.

무엇이 그녀를 이렇게 외롭고 우울하게 했을까? 조심스레 그녀의 방으로 발길을 옮겼다. 옷과 생활용품, 쓰레기로 발 디딜 틈 하나 없는 공간에 그나마 비어 있는 것은 오직 침대 위뿐이었다. 거기 손때 묻은 노트 한 권이 덩그러니 남아 있었다. 그녀가 살아생전 남긴 육필을 아무도 모르게 품고서.

그녀의 직업은 술집 종업원이었다. 왜 술집 종업원이 되었는지에 관한 이야기는 없었지만, 점점 본인을 찾지 않는 손님들로 인한 좌절이 상세하게 기록되어 있었다. 이를 성형으로 타개해보고자 하는 간절함, 성형 이후 반짝 효과가 있는 듯해 느꼈던 잠깐의 기쁨, 하지만 이내 다시 덮쳐온 우울이 노트에 흩뿌려져 있었다.

그녀는 한국 술집에서는 도저히 재기할 수 없을 것 같아 일본으로 넘어갔으나, 그마저도 적응하지 못하고 돌아왔다. 점점 스스로의 삶에 대한 절망과 자책이 차올랐다. 땅속으로 꺼져버릴 듯한 도저한 우울과 허무로 가득한 글을 읽으니 나도 모르게 깊은 한숨이 나왔다. 내 마음속으로 그 온갖 고민들이 전이되어오는 듯해 가슴이 꽉 막혔다.

현관 앞에 가득 쌓인 각종 고지서까지 확인하고는 나는 다른 변수 없는 우울증에 의한 자살로 잠정결론을 내렸다. 다만 유가족의 의문을 해소해주기 위한 추가 수사 요소 몇 가지만 짚어주고 현장을 빠져나왔다.

현관을 나서는 순간 여전히 그곳에 조각상처럼 앉아 있는 고양이가 보였다. 조금 전 감식 요원이 들려준 이야기를 떠올리며 고양이의 눈동자를 살폈다. 감식 요원이 들려준 이야기는 충격적이었다. 변사자는 고양이 두 마리를 키웠던 것 같다. 한 마리는 주인 옆에서 죽었고, 밖에 있는 고양이는 배고픔에 변사체의 눈을 파먹은 것 같다, 그래서 지금까지 목숨이 붙어 있는 게 아닌가 싶은데, 고양이도 정신적 충격이 극심해 보인다는 것이다.

그래, 너도 힘들었구나. 너도 주인처럼 맨정신으로 살아 버티기가 쉽지 않았겠구나. 정신없이 오가는 사람들의 발길이 고양이를 힘들게 하지 않기를 바라며 한참 동안 나는 그 곁에 서 있었다. 아니 어쩌면 고양이가 죽지 않고 살아 있는 것을 확인하고 싶어서, 잠깐이라도 움직이는 것을 보고 싶어서 그곳을 떠나지 못했던 듯도 하다.

경찰서로 돌아오자마자 옷에 밴 냄새를 어쩌지 못하고 벗어서 그대로 비닐봉지에 담았다. 몇 번을 세탁해야 이 냄새가 없어질까. 시신의 부패가 심한 현장에서 입었던 옷은 세탁만으로 해결되지 않는다. 코끝에 달라붙어 있던 그 강렬한 냄새는 일주일, 열흘, 아니 한 달이 지나 시간과 장소를 아무리 옮겨다녀도 매번 나를 그곳으로 돌려놓는다. 눈동자 하나 흔들리지 않았던 고양이처럼 나도 정신적으로 멈춰 서게 된다.

자살 현장은 수십 수백 번을 봐도 담대해지기 어려울 정도로 매번 내상이 크다. 살인사건 현장보다 도리어 더 많은 영상이 각인될 때도 있다. 인간의 유약함, 환경으로부터 온전히 자유로

워질 수 없는 한계, 그로 인해 인간이 스스로 만들어내는 죄와 벌을 직시하게 되기 때문일까. 타인이 내게 주는 고통도 무섭지만, 스스로 벌하고 단죄하는 고통이 더 처절해 보이는 것은 비단 나만의 생각일까.

부검을 다녀올 때마다 생각한다. 오직 지금만이 나의 것이구나. **어제의 나, 내일의 나는 물론 바로 오늘, 잠시 후의 나조차 어찌될지 알 수 없지만, 살아 있는 지금 이 순간의 나는 진짜다.** 죽음이 매 순간 곁을 맴돌지라도 지금 이 순간 나는 살아 있다. 당신도 부디 오늘은 살아 있어주길 바란다. 어제의 상처에 짓눌리지 말고 내일의 불안에 무너지지도 말고, 계속 지금 이 순간만은 살아 있자.

형사를 살아내야 하는 여배우에게

방송국에서 출연 섭외가 오면 여전히 거절한다. 내가 수사한 사건을 말하는 게 아직은 두렵고 주저된다. 하지만 이미 오랫동안 미디어에서 여형사나 특정 사건을 처리한 형사를 찾을 때마다 경찰청 대변인실은 단골 메뉴처럼 나를 소개했고, 시간이 갈수록 나를 지목하고 섭외하는 감독이나 작가도 많아졌다. 그러다보니 방송 관계자들을 자주 만나야 했고, 어쩔 수 없이 자문 역할을 하거나 프로그램의 모티브가 되기도 했다. 사실 그 옛날 인기 프로그램이었던 〈경찰청 사람들〉에서 여자 형사가 나오는 에피소드는 모두 내가 맡았던 사건이었다. 그러다보니 당시 일종의 유명세를 치러야 했는데, 대체로 내 수사 실력보다 과한 평가가 부담스러웠고, 얼굴이 노출될수록 계속 사건 현장을 뛰어야 하는 형사로서는 불안했다. 결국 나는 어느 시점에서 적극적으로 방송을 거절하기로 마음먹었다. 내 선에서 거절해도 된다는 자신감이 생겼을 즈음부터는 깔끔하게 거절했고, 공익성 면에서 반드시 응해야 할 필요성이 있거나 널리 사건을 알려 해결의 실마리를 찾아야 할 경우 외에는 지금까지도 가급적 출연을 거절하고 있다.

하지만 방송 출연은 거절하는 대신, 그 이면에서는 성실하게 물음과 요청에 응하는 것으로 내 나름대로 형사로서의 홍보대사 역할은 톡톡히 해왔다고 생각한다. 대표적으로 드라마 〈시그널〉 〈괴물〉 〈히트〉 〈너희들은 포위됐다〉 〈미세스 캅〉 〈원티드〉, 영화는 〈조폭 마누라〉에서부터 〈하울링〉 〈감시자들〉에 이르기까지 수많은 수사물의 감독, 작가, 배우 들을 만나서 조금이라도 도움이 될까 싶어 노력해왔다.

지금은 서울을 떠나 제주에 살고 있음에도 영화감독, PD, 작가뿐만 아니라, 배역을 연구하기 위하여 개인적으로 찾아오는 배우도 있다. 그렇게 찾아오는 분들에게 나는 기꺼이 시간과 공간을 내어준다. 이 역시 형사라는 일에 대한 애정이자 간절하게 꿈꾸는 이들에 대한 응원과 지지라고 믿으면서.

아이러니하게도 자문만 하고 수사물을 잘 보진 않는다. 내가 직접 겪은 현장보다 긴장도가 높기 어려울 뿐만 아니라 어떻게 전개될지 너무 예상 가능하다는 점이 재미를 반감시키기 때문이다. 그런데 최근 방영된 드라마 〈악의 마음을 읽는 자들〉은 본방 사수할 정도로 열심히 봤다. 촬영 전 제작진과 배우들이 찾아온다고 할 때부터 나는 이 작품의 열성팬을 자처했다. 우선 현장에서 자주 만나 나와도 접점이 많은 원작자 권일용 프로파일러를 열렬히 응원하고 싶었다. 또한 한국의 CSI, 과학수사대의 감식체계를 기반부터 다지는 일에서 시작해 최초의 프로파일러 탄생에 이르기까지 각고의 노력을 기울인 윤외출 경무관에게 어떻게든 현직에 있던 자로서 보답하고 싶었다. 게다가 이 드라마는 내가 겪은 현실을 각색한 이야기이기도 했는데, 그 중심에 '김소진'이라는 배우가 있었다.

그동안 많은 제작팀과 배우를 만나봤지만, 이 배우 참 대단하다. 대본을 연구하던 때부터 촬영에 들어간 순간까지도 의문이 있거나 생생하고 구체적인 대사가 필요하면 곧장 연락했다. 그 꾸준함과 성실성도 대단하지만, 물어오는 질문들이 매우 마음에 들었다. 예를 들자면 현장에 전 감식계장과 담당형사팀장이 출입할 때 분위기가 어떤지, 전 감식계장이 감식 현장에 마구 들어가는 것이 규정에 맞는 행동인지, 그때 형사님이라면 어떻게 했을지 등등 질문이 매우 현장에 밀착해 있었고 인간적으로 리얼해서 좋았다. 그 열정에 감동하여 응원하는 차원에서 긴 메일을 보내기도 했고, 현장에서 범인에게 말로 다 하지 못하는 복잡한 마음과 긴장을 얼굴 가득 연기해주는 배우를 보면서 한없이 감정이입을 했다. 칼을 맞고 범인에게 수갑을 채울 때 숨차고 고통스러운 와중에 바짝 마른 입술을 적시느라 그가 순간 내민 혀는, 나에게는 현장이 고스란히 느껴질 만큼 압권이었다.

김소진 배우와 수많은 대화를 나누었다. 그중 어느 날 내가 보낸 편지 한 통을 여기 옮긴다.

소진씨, 메일로 다시 인사할 수 있어 기쁩니다.

우선 호칭부터 정리했으면 합니다. 이제 경찰관 역할도 하시니 선배라는 호칭은 어떻습니까? 인생 선배도 되고 경찰 역할의 선배도 되고요.

배우로서 다양한 역할을 소화하며 살아간다는 것, 그 부담과 무게란 제가 미루어 짐작하기도 어렵겠습니다만, 한두 번의 만남과 문자메시지, 전화만으로 다 하지 못한 이야기를 조금이나마 도움이 될까 하고 메일로 전합니다.

배우님이 맡을 역할이 몇 년 차 경찰관, 형사인지 그 연차와 직급과 보직이 가지는 이미지와 무게감을 어디까지 소화하셔야 할지 모르겠지만, 이 직업의 전체 상을 유념하면서도 단계적으로 세밀하게 인식하셔야 할 것입니다. 위기관리 능력과 리더십을 갖추면서도 팀원과 밀당도 할 줄 아는 사람이어야 하겠지요. 이때 밀당은 내 인생과의 연애만큼 좋은 것이라고 부연 설명 없이 말씀드립니다.

순경 1년 차 형사 때는 내게 맡겨진 일이 무엇이든 무조건 잘해야 한다고 생각했지만, 실은 모르는 세상을 겪어내기도 바빴습니다. 더구나 당시엔 솔직히 비리 경찰도 있었고 형사사법제도도 세련되지 못했던 시절이기 때문에 더욱 힘들었던 것 같습니다. 차별보다 편견이 더 힘들었고 그보다 비리나 불편부당함을 보기가 더 어려운 상황도 있었습니다. 그럼에도 지금껏 살아남고 살아낸 이유는 경찰관과 형사는 피해자와 사건 관계자들, 그리고 가해자에게 최우선적으로 몰입해야 한다는 본질에 집중했기 때문입니다.

타인과 사회에 보탬이 되는 직업을 가지고 싶다는 마음으로 착한 경찰관이 되어보겠다며 이 일을 시작했지만, 그것은 매우 순진한 생각이었습니다. 형사가 된 후 첫 1년은 성실히 많은 사건에 뛰어들었지만, 어른 세상의 욕망을 들여다보아야 하는 일이 정서적으로도, 형사적인 시각과 기술 면에서도 역부족을 느낄 만큼 힘들었습니다. 몇 번씩 도망가기로 마음먹었다가도 계속 도망치는 사람으로만 살 수는 없기에 제대로 하고 떠나자 다짐

한 깃이 형사 생활 30년에 이르렀습니다. 한 건 한 건 해결하는 사이에 사건이 저를 성장시켰고 진짜 형사로 만들었습니다. 그럼에도 매 현장은 새롭게 두려웠습니다.

사건의 비밀을 풀지 못할까 두려웠고 그로 인해 또다른 피해가 발생할까 떨었습니다. 피해자의 고통이 힘들었고, 때로는 가해자에게 반감과 동시에 연민과 공감을 느끼는 일도 버거웠습니다. 사건과 전혀 상관없는 제삼자인 목격자를 설득하는 것도 힘들었고, 저마다의 손해와 이익 앞에서 절친이나 지인이라도 도움을 주기가 쉽지 않다는 현실적인 마음을 보는 것도 힘들었습니다. 하지만 한발 뒤로 물러나 생각해보면 그 모든 것이 인간의 당연한 감정이었습니다. 그 마음으로 다시 접근하고 대화해보면 대부분 도움을 받았고 함께할 수 있었습니다. 이것이 인간사이고 당연한 감정이라고 인정한 후부터 사건을 대하는 마음이 매우 편해졌습니다.

그렇게 사건마다 마음을 다하고 원칙을 지키기 위해 노력하는 사이에 저는 성장하고 있었고, 그 성장 다음에는 다시 다른 역할의 무게와 책임이 오고, 다시 성장과 성숙으로 이어지면서 형사 박미옥이 만들어지고 있었습니다.

형사 10년 차에 빠른 승진으로 강력반장이 되었습니다. 처음 강력반장이 되었을 때의 그 긴장과 기쁨을 잊고 싶지 않아서 저는 그후 직급이 더 올라간 후에도 '반장'이란 호칭을 참 아꼈습니다. 지금도 저를 '형사님'이라 부르는 이에게 차라리 '반장님'이라 불러달라고 부탁하는 것도 그 때문입니다. 강력반장이 되면서 팀을 책임져야 한다는 사명감과 사건의 최전선에서 어떻게든 문제를 해결하기 위해 현장을 헤쳐나가야 하는 직급의 무게감을 느꼈습니다.

형사 10~15년 차 때는 저에게 편안한 자유를 주고 싶었습니다. 편안한 팀원들과 형사 생활을 누리며 재미있는 형사로 살고 싶었습니다. 10년 동안 미친 듯 달린 시간에 대한 보상심리이기도 했고, 그즈음 시작한 수사연수원 직무 강사 활동에서 체계적으로 수사기술을 연구하면서 조급함은 많이 사라지고 일의 원리를 새롭게 깨치며 그로 인한 성장이 뒤따르던 때였습니다.

이때부터 범인 검거를 넘어 피해자의 상처, 그 긴 여파를 더 깊이 생각하게 되었습니다. 그리고 한 인간이 범죄자가 되어가는 과정에 놓인 모든 것에 대해 회의하게 될 즈음에 심리학 공부를 시작했습니다. 그것이 프로파일링 공부로 이어졌고, 훗날 서울청 행동분석팀장으로 가는 계기가 되었습니다.

이론을 비축했다고 현장을 바라보는 좋은 시야나 기술이 바로 생기는 것은 아닙니다. 마찬가지로 현장을 안다고 다 아는 것도 셜코 아니었기 때문에, 프로파일링과 현장 수사를 조합해보면 어떨지 궁금했습니다. 한창 한국에서 태동하기 시작한 프로파일러들이 현장에 스며들 수 있도록 가교 역할도 해보고 싶었습니다.

결국 프로파일링 공부를 거쳐 대학원 전공을 법의학 분야로 선택했습니다. 법의학 증거와 무죄 판결에 관한 공부에 집중하면서 제가 내린 결론은 이렇습니다. 아무리 정교한 법의학과 법과학적인 증거라도 인간의 범죄행동을 직접 증명하지 못하는 이상 영원한 가설이 될 수밖에 없으리라는 것입니다. 이론과 학술은 어디까지나 정황증거, 간접증거일 수밖에 없습니다. 즉 형사의 발품이 이를 증명하여야 최종적이고 종합적인 답에 이를 수 있습니다.

그래서 저는 자신 있게 이야기합니다. 형사를 하다가 프로파일러팀에 간 것이 아니라 형사를 제대로 하기 위해 프로파일러 업무도 해보았다고 말입니다.

프로파일링을 배운 이후 저는 범죄행동에 접근하는 방식부터 확 달라졌고, 수사를 지휘할 때 범인의 심리에 왜 주목해야 하는지 강조할 수 있었습니다. 큰 사건이 터지면 여러 프로파일러들의 의견을 물으며 유사사례 연구를 부탁해왔고, 그 모든 물음과 답에 매번 큰 도움을 얻었습니다.

인질을 붙잡고 협박하는 범죄 현장에서 수차례 협상 업무를 맡다보니, 저는 인간의 원초적 감정 폭발에 더 깊은 관심을 가질 수밖에 없었습니다.

사건에 대한 겸손 이전에 사람에 대한 겸허한 마음이 사건을 푸는 가장 큰 열쇠라고 봅니다. 형사 사건 현장은 사람의 감정이 불러일으킨 현장이 대부분이기 때문에 포용력을 가지고 낮은 자세로 보아야 범인의 감정이 제대로 보이고, 결국 피해자도 제대로 도울 수 있습니다.

제가 현장에서 뛰던 순경 시절이나 현장을 지휘하는 형사과장이 되어서나 꼭 가지고 다니는 물건이 하나 있습니다. 후레시입니다. (공적인 용어로는 '플래시'로 쓰는 게 맞다지만, 현장에서는 다들 '후레시'라고 부릅니다.) 과학수사요원들이 사용하는 탁월한 성능의 후레시. 밤이나 낮이나 반드시 유심히 들여다봐야 할 곳에 유용하게 썼고, 범인이 공격해올 때면 눈부시게 밝은 빛으로 받아치는 수비용 무기로도 사용했습니다. 이뿐만 아니라 화재 변사 현장에서도 후레시는 긴요하게 쓰였습니다. 검게 탄 화재 변사 현장은 낮에 출동해도 사방이 캄캄하고 적막합니다. 그때마다 내 손에 굳게 움켜쥔 후레시는 큰 위로가 되었습니다. 지금도 후레시 불빛을 볼 때마다 저는 묘한 안정감을 느낍니다.

촬영 막바지까지 심적 부담을 다스리며 체력 관리도 잘하셔야 겠지요. 부디 촬영 안전하게 마치시기를 바랍니다.

지금 제주의 서재에서는 음악이 울리네요.

아직도 형사인

박미옥 드림

부모님이 일찍 돌아가신 후 남동생을 돌보아야 한다는 책임감에 이 악물고 살았던 누나가 있었다. 어느 날 유학 가 있던 사촌오빠가 "너를 생각하면 마음이 안타까워서, 의지하고 살 수 있는 좋은 사람을 소개해주고 싶다"며 전화를 걸어왔다. 사촌오빠의 배려에 잊고 살던 따뜻함이 그리워졌다. 그렇게 누나는 소개팅에 나가기로 했다.

소개팅 당일 여자의 설렘과는 상관없이 자잘한 변수가 잇따랐다. 결혼식 들러리를 서야 했고 눈까지 내리는 바람에 약속시간에서 두 시간을 훌쩍 넘겨버렸다. 하필이면 약속장소도 외부였던지라 여자의 마음은 더욱 무거워졌다. 차라리 남자가 가고 없으면 좋겠다는 생각마저 들었다. 그런데 눈길에 그 남자가 망

부석처럼 서서 기다리고 있었다. 타박하는 말 한마디 없이 함께 레스토랑에 들어간 그 남자가 가장 먼저 한 행동은 서버에게 '주문은 천천히 할 테니 일단 따뜻한 물 한 잔을 달라'고 한 것이었다. 그러고는 "얼마나 속이 탔겠느냐, 따뜻한 물 한 잔부터 마시고 자초지종은 숨 돌리고 천천히 이야기해도 된다"고 여자를 안심시켰다. 이것만으로도 남자에 대한 믿음을 품기엔 충분했다.

남자는 외교관인 아버지를 따라 외국을 떠돌며 자라는 바람에 한국을 잘 몰라 군데군데 어설픈 구석이 많았다. 그러나 외국 명문대를 나온 남자가 빈틈을 보이니 여자에게는 매력적이고 신선하고 귀엽게만 보였다. 혼자만 행복할 수 없다는 마음에 그 남자의 친구까지 자신의 친구에게 소개했다.

그런데 얼마 지나지 않아 친구에게서 뜻밖의 말이 들려왔다. 여자가 소개해준 사람이 자꾸만 돈을 빌려달라고 한다는 것이다. 서른 중반이 되도록 가족이나 친구 관계 선에서 돈 문제를 해결하지 못해 여자친구에게까지 손 벌리는 이 남자를 신뢰해도 될지 고민이라고 했다. 여자는 벼락 맞은 듯 놀랐다. 본인은 별생각 없이 남자친구가 돈이 필요하다고 하면 신용대출까지 감수하며 이미 거액을 내주고 있었던 것이다.

초조한 마음으로 남자에게 연락해보았지만 때마침 연락이 두절되었다. 겨우 수소문하러 찾아간 곳은 약혼 기념 양복을 맞춘 곳, 하지만 양복은 이미 찾아간 상태였고 남자는 간곳없었다. 부랴부랴 사촌오빠에게 연락해보았다. 사촌오빠의 답변은 놀라웠다. 애초에 안부전화를 건 적이 없거니와, 당연히 남자를 소개해준 적도 없다는 것이었다.

그렇게 하늘이 무너지고 땅이 뒤집힌 심정으로 경찰에 찾아왔지만, 남자의 이름으로 신상조회를 해봐도 나오는 사람이 없었다. 다행히도 약혼 양복 찾으러 왔을 때의 동선을 추적하여 범인을 특정하기까진 했는데, 알고 보니 이름도, 가정환경도, 학벌도 죄다 가짜였다. 결혼사기범에게 제대로 당한 것이다.

사람에게 배신당한 상처도 컸지만, 당장 더 심각한 문제는 잃어버린 돈이었다. 남자가 빼앗아간 것은 기댈 곳 없는 남매가 아등바등 모은 재산이자 유일한 생계비였다. 빨리 되찾지 못하면 죄다 빚이 되어 남매의 목을 조여올 것이었다. 범인이 젊은 남자인 만큼 앗아간 돈도 결코 오래 남아 있지 않을 것이다. 그러나 워낙 많은 것을 속이고 돌아다니는 범인이다보니 추적하기가 쉽지 않았다.

나는 대담한 결정을 내렸다. 범인의 어머니를 내 편으로 만들기로 한 것이다. 조사해보니 범인의 어머니는 혼자서 외아들을 키우며 봉사활동도 적극적으로 해온 분이라 피해자의 마음에 공감해줄 것 같았다. 충분히 상황을 설명하고 자수를 권유하면 아들의 감형을 위해서라도 어떻게든 설득될 것 같았다. 어머니를 만났다. 피해자가 부모 없이 남동생과 단둘이 살면서 그 버거움과 힘듦으로 인해 아드님의 따뜻한 물 한 잔에 마음이 무너진 이야기를 고스란히 전했다. 아니나다를까 어머니는 피해자의 처지를 불쌍하고 안타깝게 여기며, 자신 또한 남편 없이 아들을 키웠는데 그 외로운 여자의 마음을 어찌 그리 이용해먹었는지 아들의 행동을 속상해하며 서럽게 우신다. 일말의 희망이 보이는 순간이었다. 그러나 행여나 어머니의 눈물이 그 하나뿐인 아들에 대한 미안함과 애처로움으로 향할 경우 잘못된 판단을 하실 여지도 있었다. 나는 설령 자수를 유도하는 데는 실패해도 범인이 국내에만 남아 있다면 반드시 잡겠다는 마음으로, 어머니의 동의를 얻어 아들의 여권을 가지고 나왔다.

다행히도 어머니는 아들이 집에 온 날 경찰에 연락했다. 도착해 보니 아들을 앞에 앉혀놓고 기나긴 이야기를 이어가고 있었다. 자신이 어떻게 살아왔는지, 저세상 가서 당신의 아버지에게, 남편에게 어떤 말을 하고 싶고 듣고 싶은지, 그러기 위해 지금껏 혼자서 얼마나 많은 것을 감당하며 살아왔는지에 대하여. 나도 모르게 눈물이 났다. 그 어느 때보다 눈물 나는 자수 공작 검거 보고서가 탄생하는 순간이었다.

경찰서에서도 범인은 조사받는 내내 너무나 깊이 뉘우치는 자세로 조사에 응했다. 사실 처음엔 나도 그대로 믿고 범인에게 감동하고 싶을 정도였다. 그러나 이내 나는 읽어냈다. 이자는 사람의 마음을 너무 잘 안다. 어떤 말을 어떤 표정으로 뱉어야 상대가 감동하고 흔들리는지 정확히 안다. 그래서 사람들이 듣고 싶어하는 말을 할 줄 안다. 단, 그것을 잘못된 방향으로 비겁하게 사용하고 있을 뿐. 진정한 사기꾼이다. 나조차 송치하는 날까지 그 범인에게 속지 않으려고 고개를 매번 흔들어야 했다. 그때 상사가 해준 말도 기억한다.

　"사기꾼은 눈에 뻔히 보이는 거짓말을 하면서도 끝까지 빠져나가려는 인물이다."

　정신이 번쩍 들었다. 피해 내역을 세세하게 살펴보니 범인은 피해자에게 40여 회에 걸쳐 3억 원에 달하는 돈을 야금야금 갈취했다. 매번 피해자가 좋아서 자발적으로 건넨 돈이라고 무죄를 주장할 것이 뻔했다. 범인을 체포하고 검사에게 구속영장을 신청해야 하는 36시간 이내에 40여 회의 송금마다 매번 사기의 고의성이 있었다는 것을 입증해야 했다. 단 한 푼이라도 피해자가 좋아서 준 돈이라는 죄책감을 안기고 싶지 않았다. 결국 형사 배상 금액으로 한 푼도 빼놓지 않고 돌려받을 수 있게 판결문을 이끌어냈다.

그러나 아직 끝난 게 아니었다. 사촌오빠의 개입 여부를 밝혀내야 했다. 그가 전혀 개입한 사실이 없다고 주장해도 확인해야 했다.

그런데 범인 또한 사촌오빠라는 사람은 전혀 알지 못한다고 극구 부인한다. 그냥 아무 회사에나 전화하면 여직원들이 자기 이름 말하면서 전화 받지 않느냐고, 그럼 자연스럽게 알은체 인사하고 대화를 이어가다보면 피해자들의 말에 따라 사촌오빠도 되고 대학 선배도 된단다. 아니, 우리더러 그 말을 믿으라고? 그런데 범인은 이게 말이 되게 하는 자기만의 기술이 있다고 우긴다. 그래서 우리가 보는 앞에서 직접 시범을 보이게 했다.

무작위로 회사 하나를 골라서 전화를 건다. "어느 부서 누굽니다"라는 응답에 범인은 친근하게 이름을 부르면서 인사를 건넨다. 상대가 누구냐고 의아해하면 "내 목소리를 벌써 잊었느냐"고 서운해한다. 그러면 상대방은 미안해하면서 기억 속에 남아 있는 이 이름 저 이름을 들먹이며 허둥대기 시작한다. 이때 범인은 기억 못 하는 상대를 놀리기까지 한다. 그러다가 그중 상대가 이미 내뱉은 이름 중 적당한 이름 하나를 골라 웃으며 "이제야 기억나느냐"고 눙친다. 상대는 안심하면서 그 사람에 대한 정보가 담긴 말로 반갑게 안부를 묻는다. 그 말에 장단 맞취 대답하다보면 대화는 절로 이어진다. 그 자리에서 그런 식으로 통화가 삼십여 분 넘게 자연스럽게 이어지는 것을 내 눈으로 직접 보고도 믿기 힘들었다.

피해자도 이 수법으로 당했다. 자신이 누군지 결코 먼저 밝히지 않는 범인에게 이렇게 걸려들고 말았다. "사촌오빠? 한국 들어왔어? 아직 미국에 있는 거 아니었어?" 그때 범인은 선택했다. '미국 사는 사촌오빠라. 멀리 사니깐 쉽게 얼굴 볼 일 없겠다, 적당한 신뢰는 쌓여 있겠다, 괜찮은데?' 그러고는 저도 모르게 피해자가 털어놓는 일상의 이야기에서 단서를 찾아 말꼬리를 이어갔던 것이다.

나는 사기범을 가장 싫어한다. 사람의 마음을 잘 읽는 자가 사람의 마음에 있는 믿음을 살해하는 죄이기 때문이다. 사람과 더불어 계속해서 살아가야 할 사람에게 평생 사람을 못 믿게 하는 상처를 남기는 죄이다. 사기범으로 인한 피해는 피해자 한 사람에게만 그치지 않고 한 가족을 파괴하기도 한다. 사기 피해로 감당해야 할 경제적 어려움은 가족 구성원 한 사람 한 사람이 삶에서 마땅히 누려야 할 기회조차 상실하게 하고, 이로 인해 피폐해진 마음이 가족을 와르르 무너뜨리는 경우도 봤다.

살다보면 우리가 남에게 꼭 듣고 싶은 말, 믿음 가는 사람에게 해주고 싶은 말이 있다. 그런데 우리를 살리는 그 말에 때로 우리 자신이 속아넘어간다. 상대에게 잠깐이라도 미안한 마음이 드는 순간 쉽게 마음을 열어 보이고, 듣고 싶은 말을 듣는 순간 나 자신을 듬뿍 내어준다. 평생 사기꾼에게 안 당할 것 같던 단단한 사람이 단 한순간의 다정에 와르르 무너져 속수무책이 되는 건, 결코 그의 탓이 아니다. 사기범은 자신의 화술을 '기술'이라 말했다. 보통 사람이 기술을 갖고 덤벼드는 전문가를 당해내지 못하는 것은 어리석음이나 약함 때문이 아니다. 꼭 탓해야만 한다면, 그것은 우리 삶이 저마다의 이유로 너무도 고되고 외로운 탓일 터이다.

당차서 더 외로웠던 그 누나의 망연자실한 얼굴이 아직도 어른거린다. 그러나 세상에는 사기꾼도 있지만 한 사람에게 속절없이 내주었던 그 마음을 이해하고 함께한 형사도 있다는 것을 누나가 기억해주기를 바란다. 사기꾼이 누나의 과거에는 상흔을 남겼을망정 미래에 만들어갈 누군가와의 관계까지 주저하거나 불안하게 만들지 않기를. 사람에게 상처받았던 그 진심이 다시 좋은 사람에게 치유받았기를 소망한다.

그녀가
나를 살렸다

대형빌딩 여직원 전용 로커룸에서 절도사건이 발생했다. 여러 지갑이 털렸고, 현금을 도난당한 것 외에도 그 안에 있던 카드로 현금서비스까지 받는 바람에 직장인들의 피해가 극심했다. 외진 데 있는 작은 사무실도 아니고, 범인은 어떻게 대형빌딩의 여직원 전용 로커룸에 출입한 걸까? 게다가 카드로 현금서비스를 받으려면 비밀번호까지 파악해야 하는데, 그건 또 어떻게 알아낸 걸까? 이런 의문을 따라가다보니 회사에서는 내부자 소행으로 단정지었고, 사건 발생 직후 신고도 하지 않은 상태였다. 그러다 여직원들끼리 자체 수사를 진행해 유력 용의자까지 추려둔 상태에서 신고한 것이었다.

피해 여직원들은 용의자로 지목된 여직원을 강하게 추궁했다. 그런데 그 여직원은 결백을 주장하며 자살을 시도했다. 회사 직원들은 그 자살 시도조차 자작극일 거라며 혐의가 있는 여직원을 맹비난했다. 수사팀에서는 절도범의 카드 사용처를 찾아가 6명의 참고인으로부터 용의자로 지목된 여직원이 범인이 맞다는 진술을 확보한 상태였다. 용의 여직원을 검거하여 조사를 시작했다. 그러나 여직원은 너무나 강력하게 부인하며 울기만 하고, 수사는 진척될 기미가 없었다. 마침내 담당팀에서는 용의자 조사 경력이 많은 나에게 지원 요청을 해왔다.

그녀를 마주보고 앉았지만, 목숨걸고 절대 아니라는 말만 되풀이했다. 그렇다고 6명이나 되는 참고인 진술을 무시할 수 없어 범인이 한참 물건을 고르고 포장까지 하느라고 가장 오래 머물렀다는 백화점 판매원에게 출석할 수 있는지 확인해서 그녀와 대질을 시켰다. 그 판매원은 용의 여직원에게 당신 정말 나 모르냐고 다그치면서 그녀가 범인이 확실하다고 다시 확인해주었다. 그런데도 그녀는 눈물을 흘리며 정말 아니라고 제발 믿어달란다. 이쯤 되니 '도대체 뭐지?' 하는 생각이 들 정도로 그녀의 부인은 확고하고 절절했다.

지금까지 파악한 피해자 진술과 범죄 수법, 정황, 그리고 참고인 6명의 진술, 판매원과의 대질 기록이면, 범인이 아무리 부인할지라도 유죄로 볼 증거가 충분했다. 하지만 용의 여직원의 일관된 부인과 처절한 표정이 맘에 걸렸다. 저렇게까지 아니라고 하는데, 제발 믿어달라고 목이 터지게 호소하는데, 범인이라 단정하고 구속해야 할지 고민되었다. 그러나 내 생각과 판단만으로 그간 발품 팔아 그녀를 범인으로 지목해온 팀을 설득하기도 쉽지 않은 것 같고, 나의 판단도 뒤집어 보아야 했다. 나는 급히 거짓말탐지기 조사관에게 도움을 요청했다.

검사 결과는 진실 반응이었다!

수사팀에서는 당황했고, 나도 그 무엇도 확신해서는 안 된다는 혼란에 빠졌다. 일단 수사팀을 적극적으로 설득했다. 보강수사도 진행하고 거짓말탐지기 검사 결과를 더 분명하게 받아들일 수 있도록 세 번 정도 거듭해보고, 그후에 구속해도 늦지 않을 것 같다고. 그사이 용의자가 도망가면 내가 끝까지 추적해서 잡아오겠다고 약속했다.

그녀에게도 상황을 설명해주어야 했다. 오늘은 상당히 오랜 조사 끝에 거짓말탐지기 앞에 앉은 것이어서 마음이 매우 혼란스러운 상황이었을 것이다. 그래서 사실 수사팀으로서도 검사 결과를 인정할 수가 없다. 앞으로 마음이 편안한 상태일 때 세 번은 와주어야 한다. 당신을 믿어준 만큼 꼭 그래야 한다고 당부하면서 그녀를 석방했다.

그녀는 2주 간격으로 찾아왔다. 1차, 2차 거짓말탐지기 검사에서 그녀는 모두 진실 반응을 보였다. 하지만 피해자들의 원망에 직면하며 6명이나 되는 참고인 진술을 차례로 확보한 수사팀에게는 내가 기계 맹신자로 보이기에 충분했을 것이다. 용의자와 동료 사이에서 괴로운 시간이 흘러가고 있었다.

그녀가 3차 거짓말탐지기 검사를 받으러 올 즈음, 나를 살린 기쁜 소식이 전달되었다. 유사 수법의 사건이 터진 경찰서에서 추적 끝에 범인을 잡았는데, 이 여직원 로커룸 절도사건의 범행도 본인이 저지른 일이라고 자백했다는 것이다. 우리에게 접수된 피해 신고를 이첩해달라는 요청이었다. 범인과 그녀는 꽤 많이 닮아 있었다.

그러나 한편으로는 다른 점도 많았다. 내부 소행이라는 지레짐작이, 우리들의 어설픈 추리와 추론으로 촉발된 단정이, 예외는 없다는 자기확신들이 모여서 진실을 가리고 한 사람의 인생을 망칠 뻔한 사건이었다.

정말 하늘에 감사했고 그녀에게 고개를 숙이고 싶었다. 그녀가 자신의 결백을 간절하게 끝까지 호소하지 않았더라면, 한때 동료였던 피해자들에게 그렇게 시달리고 목격자에게 삿대질당했을 때 자포자기하는 마음으로 상황에 따라 그저 끌려갔더라면, 나 또한 그녀를 명백한 증거에 의한 수사랍시고 즉각 구속

했더라면, 진범이 잡힐 즈음 그녀는 1심 선고를 받고 있었을 것이다. 만약 그때 죄 없는 그녀를 구속했더라면 나는 파직되었을 뿐만 아니라 국가배상소송의 대상자로서 구상권마저 물고 구속되었을 것이다. 그리고 지금의 나는 당연히 없었을 것이다.

그 일은 나에게 큰 약이 되고 경험이 되었다. 인간의 단정과 확신이 얼마나 무서운지를, 명백해 보이는 증거나 증인도 때론 사실을 왜곡할 수 있다는 것을 나는 배웠다. 수사는 편리하게 하는 것이 아니라 어렵고 진중하게 해야 한다는 깨달음도 얻었다. 한 사람이 범인이라는 '확신'이 들면 혹시 아니면 어쩌나 하는 방향으로 수사를 되짚어보고, 절대 범인이 아니라는 속단을 내릴 때는 그런데 범인이 맞으면 어쩌지 하는 생각을 확인하는 방향으로 균형 잡힌 시선을 갖기 위해 끝없이 노력해야 한다는 것을 다시 한번 실감했다.

수사 과정에서 나는 결코 객관적이고 전지전능한 신이 될 수 없다. 타인의 눈과 말에 따라 순식간에 균형을 잃고 무너질 수 있는 한낱 사람일 뿐이다. 모두가 용의자로 낙인찍은 사람일지라도 일말의 억울함이 없을까 돌아보고 검증하는 것, 그것은 내겐 윤리의 문제를 넘어 생존 그 자체였다. 현장에서의 실수와 오판은 교도소로 범인이 아닌 내가 갈 수도 있는 위험천만한 일이므로.

나를 살려준 그녀에게 지금도 감사한다.

무소의 뿔도
사람 앞에 멈춘다

　먼저 찾아와 물어봐준 그녀가 고마웠다. 찾아와 묻지 않는 자에게 먼저 말해주고 의논하기란 참으로 어려운 것이 선배이고 상사의 입장일 때도 있다. 그녀는 국문학도로서 소설가를 꿈꾸다가 『살인자들과의 인터뷰』를 읽고 프로파일러가 되고 싶어 경찰관이 되었다며 지방에서부터 찾아온 후배였다. 그런데 프로파일러가 되고 싶다는 그녀의 이야기를 아무리 들어봐도 범인의 마음을 읽어서 범인을 잘 잡고 싶다는 형사 이야기로만 들린다.

　"후배님 이야기는 아무리 들어도 헷갈립니다. 도대체 무엇이 되고 싶다는 것인지? 현장에서 범인의 마음을 읽어내기보다는 범인을 잘 잡고 싶다는 뜻으로 들리는데 제가 잘못 이해했나요?"

그렇게 이야기를 나누다 헤어지고서 한 시간 후, 그녀에게서 전화가 걸려왔다. 고속도로 휴게소라며 앞뒤 다 자르고 대번에 묻는다.

"선배님, 저 서울 근무 신청해도 되겠습니까?"

여경이 지방에서 강력형사로 근무할 기회가 드물고 지난했던 시절이었다. 어떻게든 서울에 가서라도 도전해야겠다고 이미 결심한 듯했다. 참 성질 급하다고 해야 할지 결단력 있다고 해야 할지 재밌는 후배다 싶었는데, 역시 희망하는 자에게는 기회가 오게 마련인가보다. 때마침 지방청 교류 기간이 겹쳐 그녀는 속전속결로 서울 근무를 신청해놓고 또 냉큼 전화를 걸어왔다.

"선배님, 서울근무 신청했습니다. 기왕 가는 거, 선배님 계신 경찰서로 지원해도 되겠습니까?"

참 '말이 필요 없는' 친구네, 싶었다. 계속 머리만 싸안고 고민하기보다 몸이 먼저 나가는 그 저돌성을 응원하고 싶기도 했지만, 우리 경찰서에는 우직하게 버티고 제대로 할 놈이 필요한데, 은근과 끈기, 지구력도 있을지 걱정되었다. 어쨌든 그녀는 왔고, 나는 그녀를 강력팀으로 배치했다. 그리고 그녀에게 말했다.

"기회를 주었으니 살아남는 건 후배님 몫입니다. 알아서 하십시오."

　당시 여형사 배치는 어찌 그리 남자 형사들의 술자리 안줏거리이자 각종 입방아에 오르는 일이었는지. 훗날 들은 얘기지만 그 여형사를 두고 100일을 버틴다 못 버틴다 내기까지 했단다. 이것이 장난인지 진심인지 헷갈릴 때가 많았지만, 무심코 던진 돌에 개구리는 맞아 죽는다고, 이런 식의 구설이 지속되면 누군가는 끝내 상처받는다는 것을 그들은 알까?

　연습이 있을 수 없는 현장에서 낯선 존재에게 믿음을 가지기란 쉽지 않다는 것은 나도 안다. 그러나 신입 여형사가 현장에 낯선 존재일 수밖에 없는 것이 비단 개인의 문제일까? 다행히도 그녀는 여러 염려가 필요 없을 만큼 현장에 빠르게 적응하기 시작했다. 자기 생각의 틀에 갇히기보다 타인의 아픔에 몸이 먼저 빠르게 움직이는 타입이었다. 일이 잘못되면 위기를 맞을 수 있는 인질사건이 터져도 먼저 범인과 대화해보겠다고 나섰고, 예민한 데이트폭력 사건이 접수되어도 주저 없이 자신이 해보겠다고 지원했다. 두려움이 없는 걸까, 아니면 두려움보다 더 중요한 가치를 지켜내기 위해 두려움을 직면할 줄 아는 사람인 걸까. 지켜보고 기대할 만했다.

　그보다 더 큰 그녀의 장점은 일하면서 본인이 실수한 점이나 놓친 부분을 빠르게 알아차린다는 것이었다. 그래서 당시 상사였던 나로서는 그 지점들에 관한 대화를 나눌 수 있는 후배를 만난 기쁨이 컸다. 한번은 그녀가 남자친구에게 감금 폭행을 당한 여성의 데이트폭력 사건을 담당하게 되었다. 서로 일상을 공유하면서 이루어진 폭행사건이었고 애초에 사랑이라는 이름으로 시작된 일이다보니, 사건의 양상은 복잡하고 혼란스러웠다. 명목상 사랑하는 사이였으므로 남자친구는 피해자를 편하게 여기다못해 함부로 대했고, 피해자 역시 남자친구를 막 대했다. 두 사람은 서로 폭력적인 관계로 길들여져 있었고, 그마저도 사랑이라고 생각하는 지경이다보니 사랑과 폭력이 실타래처럼 엉켜 있었다. 피해자 역시 자신이 겪은 일이 무엇인지 또렷하게 진술하지 못했다. 이런 상황에서 대부분의 사람들은 자기 생각을 기준으로 피해자에게 쉽게 묻는 경향이 있다. 왜 헤어지지 않았는가. 완벽하게 가두어둔 것도 아닌데 왜 도망치지 못했는가.

무소의 뿔처럼 말보다 행동이 앞서는 그녀로서는 사실 이런 애매한 사건을 이해하기 어려웠을 터인데, 그래도 피해자와 일단 잘 대화하고 싶었나보다. 내게 와서 고민을 털어놓는다.

"계장님, 피해자의 행동이 이해가 안 될 때는 어떻게 해야 합니까?"

"상대방에게 물어봐."

"물어봐도 말을 안 합니다."

"말 안 하는 이유를 다시 물어봐."

"그래도 말 안 하면요?"

"여유와 호흡을 조금 갖고서 그 마음이 무엇인지부터 충분히 이야기를 나누어봐."

"아, 그렇게만 하면 됩니까?"

"아니! 물론 그것만으로는 부족하지. 그 사람을 이해할 마음은 있고?"

"네, 최소한 저와 그 사람이 같지 않다는 것은 압니다."

"그 말 해줘. 타인은 당신이 아니라서, 당신의 생각은 오직 당신이 말해야만 한다고."

"더 해야 할 것도 있나요?"

"네가 그것을 충분히 전달할 수 있는 실력과 믿음이 있는 사람이라는 것도 보여줘야지."

그러면 그녀는 매번 어김없이 "네, 한번 해보고 다시 오겠습니다"라고 한다. 무소의 뿔처럼 달리다가도 타인의 입장과 마음 앞에 멈추어 서서 생각할 줄 아는, 상대를 이해하려고 노력할 수 있는 그녀라서 좋았다. 조서 한 장 한 장을 넘기면서, 보고서 하나하나를 짚어가면서 단어와 문장의 의미를 법률적, 상식적으로 의논하다가도 법은 적용의 문제이기보다 피해자가 겪은 상황에 대한 해석의 문제임을 설명하면서 대화를 할 수 있었던 그녀가 나는 참 좋았다. 그때마다 아, 아, 아 하고 끄덕이며 찰떡같이 이해하던 그녀의 반응, 나에 대한 배려가 담긴 리액션이 그리울 때가 있다.

그런 그녀가 몸이 심하게 아프다는 소식이 들려왔고, 이어서 장기치료를 위한 휴직에 들어갔다. 복직 후에도 경비업무를 하는 기동대로 옮겼다는 소식을 들으면서 형사 생활이 너무나 힘들었나보다 싶어서 안타까웠다. 그런데 강력반을 떠나는 그녀의 대답이 의외였다. 한때 언론으로부터 맹비난받는 사건을 맡아도 당연하다 생각했고, 현장의 일이란 원래 그런 법이라 생각하며 버텨왔다고 했다. 그런데 인사 쇄신이라는 이름으로 형사들이 일제히 교체되고, 함께 근무하던 '형님'들을 다 떠나보내면서 열심히 살아 무엇하나 싶고, 현장에서 아무리 열심히 해봤자 윗선에서는 아무도 몰라주는 것 같아서 그 괴리감이 너무나 허망하고 허무해서 떠난다고 했다. 그 마음이 어떤 것인지 먼저 겪어본 자로서 십분 이해하기에, 조직을 이해하라는 말도 쉬이 할 수 없었다. 그저 그녀도 언젠가는 조직의 시간을 헤아려볼 날이 있을까 생각하며 지켜볼 뿐이었다.

그런 그녀가 다시 형사로 돌아왔다. 경찰로 살아가는 한, 떠났다 와 보니 자기가 있을 곳은 역시 현장이란다. 속으로 괜히 웃음이 샌다. 강도 잡겠다고 잠복하면서 며칠씩 집에 못 들어가는 불편보다도 편의점에서 속옷 사며 느낀 뿌듯함이 더 컸다는 그녀인 만큼, 잠복하다가 담배 피우러 가는 애연가 동료의 담배 냄새가 지긋지긋하다는 등의 이유로 현장을 떠날 일은 없을 것 같다. 상대방의 복잡한 마음 앞에 멈출 줄 알고, 한때는 선배를 잃는 아픔 때문에 떠날 수밖에 없었던 그녀가, 지금껏 그 모든 일을 견뎌낸 큰 마음을 무기 삼아 이제 다시는 떠나지 않고 어떤 형사로 커갈지 궁금하다.

만나는 형사마다 무조건 호칭을 '형님'이라 부르는 그녀가 스스로 '큰형님'이 되는 날까지 현장에 있기를. 세월 이기고 비바람 견뎌서 깊은 뿌리를 내리는 철학 있는 형사로 익어가길 기대한다.

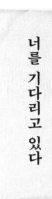

너를 기다리고 있다

경찰도 직장인이다. 매년 12월과 1월은 경찰 내부에서 승진 심사와 시험, 정기인사로 각자의 고민이 다양하게 표출되는 시기이다. 승진에 대한 욕심도, 자리에 대한 고민도 직장인이 단계적으로 성장해가기 위한 필수 에너지이자 자기 위치에서 감당해야 할 마땅한 과제이다.

승진시험에서 떨어진 후배가 전화를 걸어왔다. 형사소송법은 다 맞았는데, 형법에서 여덟 개나 틀렸단다. 그러고 보니 문득 "너는 절차에 대해 철저하게 원칙적이다보니 강직하지만 답답한 면도 있다. 사람과 사건에 대한 해석 여하에 따라 유연함이 필요하고, 원칙 있는 운영에도 다양한 방법론이 있는 것이다"라는 말을 자주 해주던 명예퇴직한 선배가 생각나 전화했다는 것이다.

"역시나 절차는 다 맞았는데, 저마다의 다양한 입장을 고려하지 못해 판례에서 여덟 개나 오답을 낸 저를 보니까 우습기도 하고 슬프기도 하더라고요."

스스로 이렇게 말할 줄 아는 후배와 오랜만에 대화를 하고 있자니, 시험에 떨어진 후배의 전화임에도 불구하고 웃으면서 기분좋은 통화를 나누었다. 자책하고 있는 후배에게 나는 현직 때와는 다른 조언을 해줄 수밖에 없었다. 어설픈 감성팔이와 부드러움으로 덤벼들었다가는 초반부터 이빨 빠진 호랑이가 되어 영원히 진정한 호랑이가 되지 못한다. 진짜 호랑이가 되려면 처음에는 무조건 원칙대로 물고늘어져 놓지 않는 무서운 호랑이가 되어보아야 한다. 그러니 너는 지금 잘 가고 있다고, 너무 자신을 책망하지 말라고 나는 다독여주었다.

난 그 후배의 경찰공무원 취업준비생 시절 면접관이기도 했다. 젊은 취업준비생이 수줍음을 숨기지 않고 인상적인 표정으로 자리에 앉았다. 나는 "자신이 어떤 사람인지 표현해보라"고 요청했다. 그러자 그녀는 "표현이요?"라고 되물었다.

"그래요, 준비된 발언 말고 본인이 어떤 사람인지 표현을 한번 해보십시오."

나중에 들은 말이지만 그때 그녀는 자기소개를 하라는 질문과는 분명 다른 느낌을 받았다고 했다. 그래서 '표현한다는 것이 과연 무엇일까?' 혼자 생각하다 내게 되물었던 것이다. 내 말의 취지를 제대로 이해한 면접자였다. 골똘히 생각하는 듯, 당황한 듯 답을 찾는 그녀에게 나는 "그럼 최근 읽은 책은 무엇이냐?"고 물었다.

그녀는 『이기는 습관』이라고 답했다. 나는 "경찰은 이기는 습관보다는 지는 습관을 먼저 알아야 하는데"라고 맞받았다. 이때도 그녀는 '아, 떨어졌구나' 하는 속내가 얼굴에 그대로 드러나도록 또 표정을 감추지 않고 쑥스럽다는 듯 웃었다. 취준생의 긴장감보다 상황을 순수하게 받아들이고 인정하는 인간적인 면모가 더 눈에 띄었고, 그 모습이 좋았다. 면접관들의 질문에 답하는 그녀의 태도에서 마음 열고 대화를 나눌 줄 아는 좋은 감성이 느껴졌다. 어떤 그림이 그려질지 궁금해지는 흰 도화지 같았다. 그녀는 그때 합격했고, 그렇게 나는 경찰관이 된 그녀를 다시 만났다.

옆 사무실에서 근무하는 그녀를 1년간 지켜보았다. 그녀는 기대 이상으로 좋은 감성과 태도로 잘 근무하고 있었다. 그래서 나는 그때 이미 명예퇴직을 준비하고 있는 상황이었지만, 1년 후면 경찰 그만둘 선배라고 그녀에게 솔직히 고백하면서, 내가 떠나기 전에 형사과에서 근무해볼 생각이 없는지 제의했다. 그녀는 냉큼 형사과로 왔다.

그녀는 다양한 사건들을 맡으며 형사로 성장해갔다. 한번은 중국인 불법 체류자가 수년간 벌어 베개 속에 넣어둔 5천만 원을 도난당한 사건이 접수되었다. 마침 중요한 현안 사건이 터져 형사과 전원이 다른 사건에 투입되어 있을 때였지만, 이 중국인의 사건을 뒤로 미뤄둘 수가 없었다. 불법 체류자임에도 불구하고 경찰에 신고할 때는 대체 얼마만큼 간절하다는 이야기인가. 수년간 불법 체류자로서 가슴 조여가며 번 돈, 너무 귀하고 아무도 믿을 수 없어서 베개 밑에 감춰둔 거액이 사라졌다면 인생을 도둑맞은 기분일 터였다. 그녀가 이 사건의 담당형사가 되었고, 나는 현안 사건에서 빼줄 테니 이 사건에 집중하라고 지시했다.

그녀는 담당형사로서 피해자의 상실감과 허무한 심정에 제대로 공감해주었다. 막상 신고는 했지만 한국에서 추방될지 모른다는 두려움에 언제든 도망갈 수 있는 피해자를 끝까지 신뢰해주고 모든 것을 의논했다. 반드시 범인을 잡겠다는 각오로 주변 CCTV 동선을 낱낱이 훑고 여러 방향으로 끊임없이 점검하더니, 마침내 사다리를 메고 와서 빌라 3층 피해자의 주거지에 가뿐하게 침입한 절도 용의자들을 확인했다. 하지만 이 경우엔 용의자들의 동선을 파악했다고 해서 인적사항을 쉽게 특정할 수 있는 상황이 아니었다. 중국인 브로커들이거나 중국 노동자들 사이에서 조직폭력배나 다름없는 횡포를 부리는 사람들이다 보니, 섣부르게 접근했다가는 주변 인물들로도 입을 나불어버릴 확률이 높았다. 아니나다를까 이 절도범들이 그쪽인 듯했다.

하지만 그녀는 포기하지 않았다. 계속해서 중국인 브로커들을 압박하면서 수사망을 좁혀 범인들의 아주 가까운 인맥에까지 접근했고, 그들은 위기감을 느낀 모양이었다. 택시를 이용해 피해자에게 피해금액을 고스란히 돌려보냈다. 아마도 절도 신고를 취소하게 할 계획이었던 듯하지만, 그녀는 역시나 포기를 모르는 형사였다. 범인들이 택시를 세운 장소 주변을 다시 이잡듯이 수사했고, 그 동선상에서 범인들의 주거지까지 확인, 사건 발생 서너 달 만에 범인을 잡았다. 그녀는 이 사건을 해결하면서 월급만으로는 절대 얻을 수 없는 자부심과 감동을 느꼈다고 한다. 이때의 보람이 가슴 깊이 새겨져 그녀는 다가오는 고통을 이겨낼 힘을 비축하고, 현장을 쉬이 떠나지 못하는 형사가 될 것이었다.

그녀는 지금 그 어떤 직위와 명예보다 '담당형사'라는 이름에 큰 책임감을 느끼면서 하루하루 형사의 길을 걷고 있다. 이런 형사의 첫 시작을 함께할 수 있었다는 것은 내게도 얼마나 큰 영광인지 모른다.

누군가의 질문을 심상하게 듣지 않고 골똘히 생각할 줄 아는 형사, 오늘보다 내일 더 성장하는 형사, 사건 속 사람들 저마다가 품고 있는 깊은 감정을 읽어낼 수 있는 형사, 그런 너를 우리는 기다리고 있다.

3부

교도소
담벼락 위를
걷다

어깨가 찰나에 움직였다

소매치기를 잡으러 가는데 블록버스터 영화 한 편 찍은 것 같았다. 그때 그 사건은 그랬다. 충정로 그 지하 다방으로 내려가는 계단부터 낡은 필름이 돌아가듯, 전혀 다른 시공간으로 빠져드는 기분이 들었다.

소위 소매치기 '야당'이라고 하는 정보원들을 만나러 가는 기분은 묘했다. 3~4년 차 형사였지만 어쨌든 젊은 여성인 내가 아저씨들만 우글거리는 그곳으로 제 발로 찾아가는 긴장감도 만만치 않았다. 그래도 나는 형사여야 했다. 형사로서 욕심날 수밖에 없는 정보를 얻기 위해서 간 자리였다. 듣자 하니 1호선을 장악한 소매치기 두목이 한국 최고의 기술자를 데리고 2호선까지 장악하러 들어왔다는 소문이 파다했다. 알고 보니 그 소문은 2호선 소매치기들이 1호선 두목을 제거하기 위해 일부러 경찰측에까지 정보를 흘린 것이었다. **상관없다. 서민들의 호주머니를 터는 놈들이 이전투구하다 튄 진흙덩이 같은 소문일지라도, 나는 파헤친다. 잡는다.**

문제는 소매치기 두목이 데리고 다니는 기술자가 한국 최고의 기술자라서 야당도 그 기술자가 물건을 훔치는 타이밍을 잘 모른다는 것이다. 하지만 행동을 유심히 관찰하면 물건을 '샀다'는 것을 알 수 있으니까 신호를 주면 그때 잡으면 된다는 것이었다. 물건을 훔친 놈들이 물건을 '샀다'고 표현하는 것도 어이없는데, 형사가 직접 범인을 잡는 것이 아니라 야당의 신호에 따라 범인을 잡으라니. 안 될 말이었다.

두목이나 기술자는 눈치 빠른 '꾼'들이었다. 그들에게 들키지 않도록 수시로 멤버를 바꿔가며 지하철을 탔다. 하지만 지하철을 그냥 타기는 쉬웠으나 소매치기들을 따라서 타고 내리는 데는 전혀 다른 호흡이 필요했다. 탈 듯하면서 타지 않았고, 탔다가도 금방 내려버리고, 내리는가 움찔하면 다시 자리에 붙박인 듯 멈춰 섰다. 우리는 고개를 길게 빼고 그들의 일거수일투족을 관찰하면서도, 그들에게 들키지 않도록 내 몸가짐을 먼저 단속해야 했다. 그들과 리듬을 같이한다는 것은 정말 쉬운 일이 아니었다. 한두 번 따라 하면 지치다못해 쉬어야 할 정도였다.

예전에 어느 수사 사례집에서 읽었던 소매치기 소탕 작전 실패기가 떠올랐다. 소매치기 수사전담팀까지 꾸렸으나 끝내 해체하게 된 아찔한 이야기였다. 소매치기 일당을 맨땅에 헤딩하며 찾아낼 수는 없으니 선배 경찰들은 야당 정보꾼들을 활용하기로 했고, 그들의 정보는 매우 정확해서 초반엔 많은 소매치기들을 알차게 검거했다. 하지만 정보꾼들이 그냥 정보를 내어줄리 없었다. 형사들에게 반대파의 활동지역을 알려주고는, 정작자신들은 형사들이 없는 곳에서 활개쳤고, 심지어 본인들 라인의 소매치기들에게는 별도로 보호비까지 받아 챙겼다. 야당들은 그들 나름대로 '안전과장'이라는 직책을 만들어 형사들과 친하게 지내면서, 정보를 흘리고 때론 빼가며 활동을 더욱 왕성하게 해온 것이다. 이 사실을 알게 된 형사들이 수습에 나섰지만, 이미 많은 비리와 부작용이 드러난지라 소매치기 수사팀은 해체 수순을 밟을 수밖에 없었다.

등골이 서늘했다. 이번엔 우리에게서 야당이 무엇을 건지려는 것일까? 다른 계파의 두목이 본인들의 영역을 장악하러 오자 제거하려는 목적까지는 맞을 것이다. 무엇을 캐내려는 건가. 아무래도 여형사가 목적일 거란 생각이 들었다. 지금껏 남자들의 세계로 여겨졌던 영역에 여형사가 등장했고, 소매치기를 가차없이 현장 검거한다는 풍문이 들려온다. 아무래도 소수의 여형사들 얼굴을 익혀 무리들끼리 공유하려는 것 같았다. 뉴페이스 여형사들을 손쉽게 피해가보겠다는 속셈이었다.

나는 소매치기 두목을 너무나도 잡고 싶었다. 하지만 야당의 놀음에 놀아나고 싶진 않았다. 그래서 정보원을 연결해준 선배님을 찾아갔다. 돌직구로 말했다. 야당을 끊어달라. 그들에게 선택하라고 전해달라. 1호선 두목에게 잡아먹힐지, 아니면 일단 형사에게 맡겨볼 것인지. 어떻게든 1호선 두목이 잡히길 바란다면 야당도 2호선에서 물러나 있으라고 통보했다.

얼마 후 야당으로부터 지하철에서 나가겠다는 연락이 왔다. 우리는 그들이 짐작하지 못할 만큼의 시간을 기다렸다가 다시 지하철로 들어갔다. 소매치기 두목은 계속 그 기술자와 왕성하게 활동하고 있었다. 15일을 따라다녔다. 지하철을 따라 타고 내리는 것이 조금 나아질 즈음이 되었지만, 여전히 기술자의 타이밍이 보이질 않았다. 소매치기의 절도는 그야말로 형사가 목격자가 되어 현장에서 검거해야 하는 사건인데, 이렇게 보이질 않아서야. 답답했다.

눈으로 보이질 않는다면, 다른 감각으로 그 타이밍을 알아낼 순 없을까? 나는 과감한 도전을 해보기로 했다. 범인은 지하철 안에서 순간적으로 사람들이 밀리고 부딪칠 때 물건을 훔친다. 나는 그 타이밍에 범인의 등에 내 어깨를 살짝 대보기로 했다.

찰나의 순간, 범인의 어깨뼈가 움직였다. 바로 이 타이밍인가? 범인으로부터 약간 떨어져 다시 바라보았다. 이제야 물건을 훔치는 타이밍이 보이기 시작한다. 어깨뼈가 꿈틀하는 그 찰나의 시간. 나는 범인이 물건을 훔쳤다는 신호를 동료 형사들에게 보냈다.

두목과 기술자가 피해자의 지갑을 버리기 전에 검거해야 했다. 피해자는 지갑을 잃어버린 것도 눈치채지 못했는지 지하철을 타고 다음 역으로 떠나버렸다. 개찰구로 올라가기 직전 계단에서 우리는 두목과 기술자에게 수갑을 채웠다. 피해자도 현장에 없는 상태인지라 그들은 극렬하게 반항했지만, 내가 직접 목격한 만큼 자신 있게 제압했다. 피해 상황에 대해 진술받고 지갑을 돌려주기 위해 피해자에게 전화했을 때, 피해자는 귀가한 상태였지만 그때까지도 자신이 지갑을 잃어버린 줄도 모르고 있었다. 내가 소매치기 기술자를 잡지 못했더라면 피해자는 자신의 부주의로 지갑을 잃어버린 줄 알고 스스로를 탓했겠지.

흔히 형사는 세상을 떠들썩하게 하는 강력사건이나 흉악범들이 회자될 때 스포트라이트를 받곤 하지만, 형사들이 자신의 업에 뿌듯함을 느끼는 건 바로 이런 순간이다. 범죄자가 움직이는 찰나를 놓치지 않고 붙들어 범죄 피해를 막아냈을 때, 뉴스에도 한 줄 나가지 못할 작은 사건일지라도 서민들이 가슴 칠 일을 막아냈을 때 말이다.

내가 나 자신을 기특하게 여길 일이 필요했을 때, 소매치기 두목과 기술자를 잡았다. 우리에게는 이렇게 자주 내 일에 대한 성과와 보답이 필요한 것 같다. 그래야 비로소 다음을 향해 넘어갈 수 있고 힘들어도 견딜 수 있는 에너지를 비축한다.

일의 고통을 이겨낼 힘도, 일하다 얻은 상처를 싸매고 다시 앞으로 나아갈 동력도 모두 일이 주는 기쁨과 슬픔 속에 있었다.

교도소 담벼락 위를 걷는 사람

한 여성이 나를 수소문해 찾아와서는 두툼한 편지 뭉치를 내밀었다. 겁에 질린 여자가 떨리는 손으로 건넨 편지에 적힌 내용은 뜻밖에 아름다웠다. 온갖 시어들이 나열된 문장마다 여자를 향한 사랑의 감정이 너울거렸고, 반듯한 글씨체와 줄맞춤은 정갈했다. 하지만 계속 읽다보니 편지에 서늘한 광기가 실려 있었다. 열렬한 사랑 고백처럼 보이지만, 그것은 여자를 향한 사랑이 아니었다. 무서운 자기애적 집착일 뿐이었다.

편지는 무려 8년째 이어지고 있었다. 8년 동안 대면한 것은 고작 다섯 번이었고, 그마저도 나는 당신을 만날 생각이 없다는 뜻을 전하거나, 제발 이러지 말아달라고 부탁하기 위해 만난 것이 전부였다. 남자는 급기야 여자의 집에 무단 침입해 증명사진

한 장을 가져갔고, 그것을 매일 한 장씩 복사해서 편지와 함께 보내오고 있었다.

당시는 스토킹, 스토커라는 용어조차 일반적으로 쓰이지 않던 때였다. 이상한 남자가 너무 쫓아다녀 힘들다고 하면, 사람들은 "너 좋다는 사람 있으면 좋지, 뭘 그래" 하면서 웃어넘겼다. 남자의 지극한 순애보를 상찬하는 사람들까지 있었다. 여러 곳에서 상담해보았지만 형사처분은 어렵다는 답변만 거듭 들려왔다. 그러다 어느 상담소에서 여형사와 연결해주겠다는 얘기를 듣고, 고소할 방법을 알아보거나 하다못해 이해라도 받을 수 있을까 하여 찾아왔다고 했다.

그녀의 사진 복사본들을 보는 순간, 원본은 도둑맞고 매일 집요하게 복사된 자신의 얼굴을 돌려받는 기분이 얼마나 끔찍할까 싶었다. 그리고 다시 편지를 읽어보니 꽃도 흉기가 될 수 있다는 말이 실감됐다. 편지에 적힌 한 글자, 한 문장마다 일방적인 서늘한 미소가 보였다. 하지만 실질적으로 물리력을 행사해 때리지 않는 이상 폭력이라고 말하지 않던 시절이라, 나는 이 고요하고 무자비한 폭력을 어떻게 처리해야 할지 알 수 없었다.

그래, 법으로 처벌할 길이 안 보이면 그녀의 말마따나 원 없이 얘기라도 들어주자는 마음으로 나는 다시 자세를 고쳐잡았다. 홀로 어떤 일을 겪어온 건지 자초지종을 다 이야기해보라고 여성을 다독이고는, 내심 조금이라도 범죄사실이 될 만한 요소가 있는지 낱낱이 밝혀보자고 마음을 굳혔다.

어느 날 친구 오빠의 동기들과 단체미팅을 했다. 짝짓기 룰에 따라 임시커플을 정해 데이트해보기로 했는데, 한 남자가 제멋대로 여자의 파트너를 자청했다. 그 일방적인 당당함에 질려서 만날 의사가 없다고 분명히 일러주고 헤어졌다. 바로 그때부터 지옥은 시작되었다.

학과사무실로 구애하는 편지가 4년 동안 내리 날아들었다. 처음에는 미친놈인가 싶어 그저 웃었고, 이후엔 저러다 말겠지 체념했다. 그다음엔 공포를 느꼈다. 불편하고 힘겹고 두려웠다. 남자의 집요함은 상상을 초월했다.

대학을 졸업하면서 여자는 비로소 모든 학과 과정을 끝내고 사회로 나간다는 사실보다, 더이상은 남자의 편지를 전달받지 않아도 된다는 데 안도했다.

그런데 그걸로 끝이 아니었다. 전자제품 회사에 취직한 남자는 가전제품 판매 기록을 조회해 여자의 집주소를 알아냈고, 집으로 찾아오기 시작했다.

"너는 내 것이다. 너는 나와 결혼해야 한다."

고래고래 외치는 소란이 잦아지자 경찰에 신고도 했고, 그때마다 남자는 경범죄로 처벌받았지만 그뿐이었다. 이사도 여러 번 했지만 소용없었다. 그러다 어느 명절날 반갑지도 않은 사람이 여자의 가족들에게 기어이 인사를 해야겠다며 버티다가, 가족들이 친지를 방문하러 간 사이에 빈집 창문을 열고 침입했다. 아무도 없는 집에서 남자는 여자의 대학 졸업사진을 훔쳐냈다. 그후로부터 계속해서 그 사진을 복사해서 보내고 있는 것이었다. 학교는 졸업해도 넌 내게서 졸업할 순 없어, 네 졸업사진마저도 다 내 거야, 라고 경고하는 듯이.

여성의 이야기를 들을수록 소름이 끼쳤다. 이래도 안 되고 저래도 안 되는 시간을 보내면서 얼마나 절망과 무력감을 느꼈을까. 말려봐도 안 되고, 제삼자로부터는 방법 없다는 소리만 8년을 들었구나 생각하니, 나까지 미비한 법 타령만 하고 있을 순 없었다. 나는 피해자에게 구속 수사할 자신은 없지만 어떻게든 형사입건까지는 해보겠다고 약속했다.

결국 이 사건의 해결점은 디테일에 있었다. 내가 여성에게 자초지종을 듣고서 반드시 입건해야겠다고 결심한 것처럼, '남자가 여자를 쫓아다닌다'는 사건의 발단이 아니라 디테일을 해부해서 세상에 펼쳐 보여야 했다. 행위 하나하나를 추적해서 남자의 행동을 개별 범죄사실로 만들어보자, 그 범죄사실의 목록을 읽으면서 고개가 자연스럽게 끄덕여진다면 승산이 있을지도 모른다는 생각이 들었다. 이를테면 집에 침입하여 사진을 훔친 행위는 명백한 주거침입 절도죄였고, 아무리 '좋아해서'라는 명분을 들이대도 처벌받아야 마땅한 범죄였다.

목격자 조서, 정보제공 담당자 조서를 받고 경찰 출동 기록, 출동 경찰관의 진술, 판례 자료 등 조각조각의 기록을 모아 수십 개의 범죄사실을 써내려갔다. 처음엔 이거 사건 되겠느냐고 우려하던 형사들과 팀장들 사이에서도 점점 이 사건 구속 수사해도 되겠다는 분위기까지 만들어졌다. 나는 결국 남자를 체포했다.

마침내 남자를 내 앞에 앉혀놓고 조서를 받기 시작할 무렵이었다. 그런데 이 남자, 웃지 못할 행동을 한다. 조서에 인쇄된 서울지방경찰청 한자 중 '지' 자가 잘못된 것 같단다.

"이보십시오, 이 조서는 인쇄된 양식이고 서울지방경찰청 공식 서류입니다. 한자가 잘못될 리가 있습니까. 설령 오타가 있다고 할지라도 지금 당신한테 그게 중요합니까?"

나는 어이가 없어서 쏘아붙였다. 그래도 남자는 혼자 웅얼거렸다.

"그래도 잘못되었는데…… 진짜 잘못됐는데……"

도대체 이 남자의 머릿속엔 뭐가 든 걸까. 뭔가에 꽂히면 본인 생각이 정답이 될 때까지 가봐야 직성이 풀리는 성격인가. 자기가 원하는 답을 들어야만 만족하고, 거절당하면 오기와 분노에 사로잡히는 인간인 걸까. 혹여 이 범죄도 그렇게 시작되었나.

나는 다시 범죄 혐의를 인정하느냐고 추궁했다. 남자는 고개를 수그리더니 이렇게 말했다.

"제가 미쳤나봅니다."

단순히 처벌을 면하려고 하는 말인지, 진심인지 궁금했다. 그래서 왜 그리 답했는지 되물었다.

"저를 왜 체포하러 왔는지 설명해주셨을 때나, 제가 저지른 행위가 기록된 서류들을 보면서 8년간의 제 행동이 보였습니다. 뭐에 씐 사람처럼 어떻게 그런 행동들을 했는지 모르겠습니다. 어디 딴 세상에 홀려 있었던 것 같아요."

이렇게 자분자분 멀쩡하게 대답하는 남자를 보고는 순간 이제야 정신 차렸나 했다가도, 행여나 내가 속아넘어가는 것일까 싶어 온전히 그 말을 다 믿지는 않았다.

이어 피해자의 부모님이 한달음에 달려와 남자와 이야기를 나누었다. 피해자와 가족은 또다시 같은 일이 반복될 위험성만 없다면, 구속 수사까지는 원치 않는다고 말했다. 그 결정은 여러모로 우리 가슴을 쓸어내리게 한 용단이었다. 사실 당시 사회상을 감안하면, 우리가 아무리 범죄사실을 소상히 밝혀 조서를 단단히 꾸렸더라도 이 건에 과연 구속영장이 발부될지 장담하기 어려운 게 현실이었다. 그래서 과감하게 실리적으로 결정했다. 우리는 피해자의 안전과 회복이 우선이다. 가해자에게 향후 조금이라도 이상한 행동을 한다면 구속 사유를 당신 스스로 만들어내는 것임을 경고하고, 혹시나 마음을 정리하는 데 도움이 필요하다면 언제든 찾아오라는 말과 함께 불구속 석방했다.

그리고 몇 달 동안 나는 여자의 안전을 확인하고 마음의 안녕을 물었다. 별일 없이 시간이 흐르는 사이에 어느덧 그 사건도 내 기억에서 점점 희미해져갔다. 그로부터 이삼년쯤 지났을까. 돌연 남자로부터 전화가 걸려왔다. 그간 남자는 인생의 파고를 넘고 있었던 모양이었다.

불구속 석방되었지만, 양심상 개인정보를 무단으로 빼낸 회사에 계속 다닐 수가 없어 그만두었다고 했다. 그리고 남자는 사법고시를 보기 위해 이를 악물고 공부했다. 마침내 1차 합격까지 했는데, 문득 그때의 기록이 걱정되어 내게 전화를 걸어온 것이었다.

나는 솔직히 대답해주었다. 당신이 훔쳐서 피해자에게 보낸 사진 때문에 주거침입 절도죄가 적용되어 있다. 그것은 단순 폭력 기록과는 달리 의도성과 계획성이 농후한 '수법범죄'로 보기 때문에 죄질이 좋지 않은 것으로 평가된다. 그러나 혹 실제로 문제가 되어 담당형사의 진술이 필요하거든 언제든 연락 달라고 말했다. 남자는 연락이 없었다. 어떻게 되었을까, 어찌 살고 있을까.

형사 생활을 하면서 수많은 갈등과 딜레마를 겪었다. 언제나 피해자가 상처로부터 회복하고 안전을 보장받을 수 있도록 하는 데 전력을 다했지만, 다른 한편으로는 범죄로 인해 타인뿐만 아니라 스스로의 삶도 망가뜨린 한 사람의 인생이 보일 수밖에 없었다. 형사처분은 한 인생의 향방을 완전히 뒤집어놓고, 가족들에게는 엄청난 절망을 안겨줄 수도 있는 일임을 매번 무겁게 실감한다. 사건 앞에서 균형감각을 잃지 않고 자기만의 명확한 기준과 원칙을 가진 냉철한 형사가 되고 싶지만, 언제나 사람이 얽히고 인생이 급변하는 크고 작은 사건 앞에서 나는 늘 고뇌하고 가슴 친다.

형사란 교도소 담벼락 위를 걷는 사람이라는 말이 있다. 나는 오늘도 아슬아슬하게 교도소 담벼락 위를 걷는다. 어설픈 경험으로 섣부른 판단을 내려 피해자에게 한번 더 죄짓는 일이 없도록, 과도한 감정이입으로 오판하는 일이 없도록, 나로 인해 누군가의 인생이 억울하게 망가지거나 위험해지지 않도록 나는 경계하며 교도소 안과 밖을 가르는 담장 위를 걷는다. 실수하면 나 또한 교

도소 안으로 굴러떨어질 것이다. 모든 죄와 벌은 한없이 무겁고, 그 죄와 벌에 얽혀 살아가야 하는 사람들의 남은 생은 훨씬 더 무겁다.

가출 신고도 꽃바구니가 되도록 사는 게 형사다

아내가 남편이 가출했다고 신고하러 왔다. 어른의 가출은 신고를 받지 않는다고 했더니, 이내 말을 고쳐 실종이라고 주장한다. 처음엔 분명 가출이라 하지 않았나. 아무래도 남편이 수시로 가출하는 버릇을 알면서도 홧김에 신고하러 온 듯했다. 과연 남편은 얼마 지나지 않아 돌아왔다. 그런데 뭔가 뒷맛이 썼다. 형사들 특유의 촉과 열정은 이게 단순 가출 사건이 아니라고 사이렌을 울리고 있었다. 아내의 진술을 듣다보니 남편이 범죄자일 가능성이 있다는 생각이 들었다. 범죄경력을 조회해보니 아니나다를까, 차량 절도범이었다. 더군다나 매우 전문적이고 조직적인.

남편의 뒤를 쫓기로 했다. 아직 피해자는 없지만, 잠재적 범인이다. 쫓다보면 시작할 것이고, 전문 차량절도단을 잡을 기회인지도 몰랐다. 미행은 두어 달 동안 이어졌다. 포기하지 않고 집요하게 따라붙은 끝에 차량절도단의 총책까지 추적해서 그 집을 감청할 수 있었다.

새벽이면 전화가 울리고 젊은 남자가 'T자 4개, C자 3개'라는 등의 암호 같은 말만 하고 전화를 끊는다. 이것은 도대체 뭔가? 공범의 범죄경력을 분석하다보니, 훔친 오토바이의 상표 약자와 그날 절도한 오토바이 대수를 보고하는 은어라는 것을 알아챘다.

감청한 전화 내용으로 미루어보건대 어딘가에 장물창고가 있는 게 분명했다. 추적 끝에 어느 공터에서 허름한 벽돌창고를 발견했지만, 아직은 수색할 명분이 없었다. 멀리 떨어진 후미진 길목에서 야간망원경으로 어둠이 깔린 창고를 막막하게 바라보는 수밖엔 없었다.

그런데 신이 내려준 선물처럼 중형 탑차 한 대가 장물창고에 머물렀다 가는 것을 발견했다. 바로 덮칠까 싶었지만, 점점 욕심이 났다. 절도범을 잡고 여기 있는 장물만 확보하고 끝내기엔 너무 아까웠다. 이들과 연결된 장물아비들까지 싹 잡아들이기로 하고 절도범들의 동태를 주시했다.

몇 번의 시도 끝에 장물창고에서 나가는 탑차를 미행할 수 있었다. 그런데 이럴 수가 있나. 탑차는 극도로 주위를 경계하며 고속도로를 시속 60킬로미터로 달렸고, 그것도 모자라 두 시간여 수행하는 동안 모든 휴게소를 일일이 들렀다. 이러니 어떻게 우리의 미행이 노출되지 않을 수 있겠는가? 탑차는 도리어 우리를 추격하기 시작했다. 장물아비들과 마주치고 나면, 모든 것이 물거품이 될 판이었다. 절도범이고 장물아비고 다 일시에 숨어버리거나 도망칠 것이고, 장물을 확보한다 해도 실체는 공중분해될 것이다. 그냥 밑도 끝도 없이 사건이 끝날 판이니 우리는 미행을 포기하고 돌아와야 했다.

다른 팀에서 동원되었던 형사들은 이 정도면 이 사건은 답이 안 나온다면서 포기하는 게 나을 거라고들 했다. 듣고 싶지 않은 말이었다. 그동안의 노력이 허무하게 무너져내리는 것만 같았다. 혹여 나도 다른 팀 사건에 이런 설레발을 친 적이 있었나 반성하며, 남몰래 입술을 깨물었다.

그 일이 있고 나서 한동안 범인들은 수사의 낌새를 차리고 범행을 멈추었다. 하지만 나는 멈추지 않았다. 그들이 조용하게 칩거하는 그 시간을 활용해 수사 대상자 리스트를 완전히 특정했고, 수색해야 할 장소의 지도들도 철저하게 그려나갔다.

고맙게도 얼마 지나지 않아 그들은 다시 범행을 시작했다. 동시 작전을 펼쳐 절도범들을 속속 검거해나갔다. 그런데 한 가지 결정적 문제가 생겼다. 그간 아지트를 변경했는지 장물을 확보하리라 예상했던 곳에 장물이 없었다. 범인들의 혐의점이야 분명하지만, 증거가 없다면 무죄다. 어떤 수를 써서라도 장물을 확보해야 사건이 깔끔하게 해결될 판이었다. 장물을 확보하지 못한다는 것은 피해자를 찾아낼 단서가 없는 꼴이었고, 기껏 고생해서 잡아놓은 범인들을 놓아주어야 한다는 의미였으며, 억울한 체포를 당했다고 국가소송이 들어와도 경찰 쪽에선 할 말 없는 상황이 될 수도 있었다. 초조하고 불안했다. 범인은 잡았는데 증거가 없다니.

그때 일전에 찾아놓은 폐공장으로 달려간 팀에서 급히 연락이 왔다. 폐공장에서 선적용 대형 컨테이너를 싣고 나가는 화물차를 발견했다는 것이다. 일단 무조건 따라붙어 미행중인데 화물차가 이제 곧 고속도로로 빠지려는 모양이라 이대로 보냈다가는 어디까지 쫓아야 할지 아득해져서 결단이 필요한 순간이라고 했다. 나는 고속도로 톨게이트 진입 전에 어떻게든 차량을 멈춰 세우라고 지시했다. 그리고 나도 정신없이 그 화물차 쪽으로 이동했다.

현장에 도착했더니 화물차 운전자는 컨테이너 주인이 아니라면 절대 문을 열 수 없다고 완강하게 버티고 있었다. 내심 철렁했다. 실제로 사전 압수수색 영장을 발부받기 전의 대상 차량이었고, 저 안에 장물이 들어 있다고 장담할 수도 없었다. 잘못하면 위법이다. 하지만 장물이 있다면? 긴급 압수 대상이다. 나는 이 안엔 분명 장물이 있다고, 이 수색에 대해서는 내가 일체 다 책임진다고 호언장담하면서 문을 열게 했다.

아, 문을 열고 나서 나는 외마디 탄성을 내질렀다. 컨테이너 안엔 화물칸에 중형 승용차까지 실은 탑차 한 대와 탱크로리 석유배달차가 실려 있었다. 곧장 차번호를 조회했더니 석유배달차는 바로 어제 도난 신고된 차량이었다. 그 자리에서 기쁜 마음으로 차량 소유주에게 전화했다. 평생 남의 차 운전하는 비정규직으로 일하다가 돈 모아 자차 샀는데, 탱크로리 주인이 된 기쁨도 며칠 못 누려보고 하늘이 무너졌다고 했다. 그런데 하늘이 무너져도 솟아날 구멍은 있다고 이렇게 차를 다시 찾게 되다니 정말 고맙다며 거듭 감사를 표한다. 전화기 너머로 고개 숙여 인사하는 모습이 보이는 것만 같았다. 그러나 고마운 것은 도리어 나였다. 이 차가 만약 도난차량이 아니었더라면, 나는 불법하고 위법한 강제 수색으로 골로 갈 뻔했다. 큰소리치며 당당하게 차량을 압수하고, 절도범 일당과 그 총책, 장물아비에 해외밀수출 총책까지 소탕하며 대형 사건을 해결한 형사가 되게 해주셨으니, 피해자분의 도움으로 나도 살아난 것이나 마찬가지였다.

피해자가 차량을 인수해가고 며칠 후 서울경찰청 정문 앞에 행여나 받지 않을세라 그냥 말없이 두고 간 선물이 도착했다. 화사한 꽃바구니와 그 집안의 따님들이 직접 쓴 손편지였다. 아빠의 한평생 노고와 차를 산 날의 기쁨, 그리고 차를 잃어버린 뒤 집안에 드리운 상실감, 기적처럼 다시 찾은 집안의 웃음이 손에 잡힐 듯 편지지에서 흘러갔다. 세상은 역시 살 만하다고 생각하게 해주셔서 감사하다는 그 뭉클한 말을 나는 피해자분과 그 따님들에게 돌려드리고 싶었다.

형사의 촉이란 희한해서 별거 아닌 일에서도 범죄의 기미를 감지하고, 남들은 다 이제 그만 놓으라 하는데도 내 손으로 끝장을 봐야만 직성이 풀릴 때가 있다. 단순 가출신고에서도 형사의 촉이 꿈틀거리고, 사건을 해결한 보답으로 꽃향기 짙은 마음이 실린 손편지가 배달되는 이곳을 어떻게 떠날 수 있을까.

수사가 어렵고 험난할 때마다 형사의 몸엔 깊은 상흔이 남지만 마음엔 그보다 더 깊은 여운이 남는다. 현장이란 언제나 그 깊이가 짐작되지 않는 늪이고 절벽이어서 때론 사건을 해결하지 못하고 무릎 꿇기도 하지만, 이렇게 해결할 수 있는 기쁨이 찾아오는 날에는 짜릿함과 보람을 만끽한다.

가출신고도 꽃바구니가 되도록 사는 게 형사다. 형사인 내게

별거 아닌 신고는 하나도 없었고, 가볍고 손쉽게 해결되는 사건

또한 없었다.

눈빛에서
두려움을 보았다

나도 두렵지만, 너도 두렵다는 것을 안다. 우리가 진작 서로의 두려움을 알았더라면 세상이 좀 바뀌었을까? 현장에서 나의 두려움은 항상 억눌려 있다가 범인을 체포한 후 자동차 액셀 위에서 터져나왔다. 달달 떨고 있는 발을 보면서 나의 두려움과 긴장을 인정했고, 호흡을 가다듬으면서 평정심을 찾은 후에야 다음을 준비할 수 있었다. 그럼 범인은 언제 가장 두려울까?

형사의 두려움은 예견되어 있고, 범인의 두려움은 자초한 것이다. 그러나 피해자의 두려움은 난데없다. 왜 겪어야 하는지 모를 세상 억울한 두려움이 될 수 있다.

낯선 남자가 집에 자꾸 침입하여 서울살이를 접고 고향으로 내려가려는 피해자가 있다는 정보를 입수했다. 고향으로 내려가도 겪은 이야기 부모에게 다 못 할 테니, 일단 우리에게 이야기하고 의논할 것이 있으면 하고 가야 그나마 마음을 달랠 수 있지 않겠느냐고 그녀를 설득했다.

여자는 간호사였다. 교대근무를 하고 돌아온 날 퇴근해 보니 침대에 누군가 놀고 간 듯한 흔적이 보였다. 이때까지만 해도 불안했지만 자신의 착각일 수도 있다 싶어 개의치 않으려 했다. 그런데 어느 날 야간근무중에 병원으로 본인을 찾는 전화가 걸려왔다. 낯선 남자가 지금 그녀의 방에 들어와 있다며 소름 끼치게 웃었다. 속옷의 종류와 색상, 디자인까지 언급하면서 속옷이 마음에 들지 않으니 바꾸라고 하더란다. 너무 놀라고 어이없어 어떻게 이 상황을 해결해야 할지도 알 수 없었다. 속옷과 방을 묘사하는 남자의 목소리와 표현 하나하나가 공포 그 자체였다. 그녀가 겁에 질릴수록 범인은 대담해졌다. 차츰 돈을 훔쳐가기도 하고, 그녀가 집에 있는 날에도 아랑곳없이 침입하는 지경에 이르렀다. 집요하고도 섬뜩한 집착이었다. 잠금장치를 바꾸거나 이사하는 정도로 이자의 손아귀에서 벗어날 수 있으리란 생각이 들지 않았다. 결국 그녀는 서울 생활을 계속할 수 없다는 결정까지 하게 되었다.

거주지에서 범죄 피해를 당한 이들은 오랫동안 불안과 트라

우마에 시달린다. 세상에서 자신이 편안히 머물 곳, 기댈 곳, 쉴 곳이 사라지는 셈이기 때문이다. 남의 집을 제집처럼 드나들며 누군가의 마음을 폐허로 만드는 이 범죄자의 내면엔 어떤 심리가 있는 걸까? 잡아서 꼭 물어보고 싶었다.

피해자에게 안전하게 고향으로 돌아가서 몸과 마음을 회복하시라 전하면서 한 가지 부탁을 했다. 그 방을 잠시만 빌려달라고, 우리가 거기에 머물면서 범인을 잡겠노라고 약속했다. 범인이 잡혀야만 그녀도 진정 회복할 수 있을 터였다. 범인이 안개에 가려져 있으면 실체가 없기에 두려움은 배가되지만, 범인을 잡고 나면 피해자가 심리적으로도 안정을 찾는 데 도움이 될 것이다. 내가 그놈을 꼭 잡고야 말겠다. 고맙게도 그녀가 허락했다.

그날부터 그녀의 집에서 잠복하기 시작했다. 첫날 그녀의 집에 도착해 작은 쪽문으로 된 입구를 보는 순간, 놀랐다. 쪽문 자체 열쇠 외에 아주 단단한 잠금장치를 세 개나 설치해두었다. 이 문을 통해서 침입하긴 어려워 보였다. 쪽문을 열고 들어가니, 좁고 긴 형태의 부엌 겸 세면 공간이 나왔다. 오른쪽 벽에는 사람 머리 하나도 통과하지 못할 것 같은 아주 작은 환기구가 보였다. 그리고 정면에 허리를 굽혀야 간신히 방으로 들어갈 수 있는 방문이 하나 있을 뿐이었다. 다른 창문이나 출입구는 전혀 없는 이 공간에 범인은 어디로, 어떻게 침입한 것일까.

방안은 더블침대만으로도 꽉 찬 크기여서 많은 사람이 잠복하긴 어려웠다. 또 범인에게 노출되어선 안 된다는 판단에 여형사 세 명만 잠복하기로 했다. 잠복 시점은 크리스마스가 코앞에 다가온 12월 20일경, 새벽에 자주 기어드는 범인의 특성상 잠도 전혀 못 자고 하루를 보냈다. 이틀째는 세 명이 번갈아가며 수면을 취했지만 여전히 불안하고 불편할 수밖에 없었다. 사흘째 되던 날엔 간식이나마 씹을 수 있을 정도로 마음의 여유가 약간 생겼지만 차마 목구멍으로 넘기진 못했다.

나흘째 되는 날은 잔인하게도 크리스마스이브였던 것 같다. 치킨 한 조각이라도 먹고 용기를 내자고 한 직후라 약간 배부른 김에 순간 잠이 들었던 것 같다. 새벽 4시경이나 되었을까? 시골집 천장에서나 들을 수 있었던 쥐새끼가 움직이는 듯한 미세한 소리가 들렸다. 셋 다 동시에 잠을 깬 것 같다. 설마 숨구멍 같은 환기구로 범인이 들어온단 말인가. 방문의 반투명 유리 너머로 무언가를 넣어 문고리를 제치는 실루엣이 보이더니, 이내 범인이 들어왔다. 몇 걸음 채 움직이기도 전에 내가 누운 곳 근처까지 범인이 접근했다. 순간 나는 이불을 홱 걷어젖히고 범인을 붙들었다. 섬광인 듯 선명하고 강렬하게 빛나던 범인의 안광을 잊을 수가 없다.

한참을 범인과 이리저리 뒤엉키다가 완전히 제압하고 수갑을 찾는데 어라, 내 수갑이 없다. 옆에 있던 형사의 수갑을 받아 채우고 보니, 내 이마에는 봉긋 혹이 생기고 그 위에 삼단봉 자국이 낙인처럼 찍혔다. 좁은 방안에서 뒤엉키다보니 다른 형사가 범인을 제압하기 위해 내리친 삼단봉이 내 이마를 강타했나보다. 그런데다 내 손목에 난 이 이빨 자국과 생기를 잃은 채 썩어가는 듯한 검은 살점, 그리고 갑자기 맹렬하게 치솟는 이 통증은 뭘까? 범인을 보자마자 나는 평소 연습했던 대로 본능처럼 수갑을 채웠다. 그런데 범인도 반사적으로 짐승처럼 나의 손목을 깨물었고, 그 아픔에 나도 모르게 수갑을 놓쳤던 모양이다. 모든 상황이 종료된 후에야 비로소 살점이 떨어져나가는 듯한 통증이 밀려왔다.

사무실 복도에서 만난 계장님과 동료 형사들은 괜찮으냐는 뻔한 염려에 앞서 "야, 네가 이 지경이면 그놈은 어찌되었느냐? 반 죽은 거 아니냐!"고 유머 아닌 유머로 나를 위로한다. 마음을 진정하고 범인과 마주했다.

마흔 살 넘은 일식집 주방장인 그는 간절하게 가정을 꾸리고 싶었으나 아직까지 소망을 이루지 못한 노총각이었다. 어느 날 귀갓길에 우연히 마주친 여성이 가뿐한 발걸음으로 출근길에 나선 것을 보았다. 여자는 혼자 사는 듯했다. 갑자기 그 여자가 사는 방이 궁금해졌다. 묘한 전율과 함께 아가씨와 대화를 나누고 싶다는 충동에 빠져들었다. 그리고 자신이 다가갈수록 위축되고 겁내는 아가씨를 보면서, 자신과 여자가 아무도 모르게 가까워지고 있다는 희열에 젖어들었다. 이 인간, 도대체 이해하고 싶지가 않은데 어쩌다 이런 유형의 범인이 탄생하는 걸까. 나는 범인과 마주앉아 말을 이었다.

"당신이 물어뜯은 내 손목의 검은 상처와 혹 달린 이마가 보이느냐. 그럼에도 나도 사람인지라 이성을 찾고자 노력한다. 오늘 새벽, 당신의 눈빛을 기억하기 때문이다. 당신이 어이없고 잔인한 범죄를 저지른 범인인 것과는 별개로, 당신도 그 새벽에 형사들이 잠복해 있을 줄 몰랐고 공격당할 줄도 몰랐겠지. 그 황망한 눈빛 하나만으로도 느낄 수 있었다. 당신도 엄청나게 당황했고 두렵고 불안했기에 저도 모르게 본능적으로 수갑을 채우려는 내 손목을 물었다는 것을 안다. 나는 상해진단서도 받지 않고 특수공무집행방해죄를 적용하지도 않겠다. 이것이 당신에 대한 나의 인간적 이해다.

그러나 잘못에 대한 죗값은 마땅히 치러야 한다. 그후엔 두 갈래 길이 있다. 세상을 원망하며 주저앉느냐, 아니면 당신 스스로를 잘 보듬어 데리고 살 것이냐. 이것은 온전히 당신에게 달렸다."

오랫동안 범인으로 인해 고통받고 두려워했던 그녀에게 전화를 걸었다. 범인은 잡혔다. 앞으로 너무 많은 불안과 두려움을 안고 살지 않기를 기도하겠다고 전했다. 당신의 집을 우리에게 빌려주어 범인 잡을 기회를 주어서 고맙다고도 했다.

내 손목에 남은 상흔은 한동안 담배빵으로 오해받곤 했다. 그 후로도 아주 오랫동안 흔적이 남아 그날의 어둠 속 격투를 떠올리게 했다. 그때 더 강한 처벌을 받게 할 수도 있었고, 그게 더 정당한 길이었을까 떠올릴 때도 있었다. 하지만 나는 한없이 두려워하던 범인의 눈빛을 외면할 수 없었다.

범인도 그 순간의 두려움을 부디 잊지 않기를 바란다. 단지 경찰에 잡혀가는 두려움이 아니라, 내가 무심결에 타인을 해칠 수도 있다는 두려움을. 순간의 몽매한 집착이 자신의 인생도 누군가의 한 시절도 구렁텅이에 처박을 수도 있다는 두려움을. 방심하면 자신의 마음에 이해할 수 없는 돌연변이가 자라나 또다른 범죄를 저지를지 모른다는 두려움을.

세상 무서울 게 없는 안하무인 범죄자의 뱀 같은 눈보다 두려

움에 젖은 범인의 흔들리는 눈빛이 내 마음에 더 오래 각인된다. 그것은 그들 역시 인간이라는 증거이므로. 인간이기에 변할 수 있다는 희망이므로.

모든 현장이 두려웠다

무엇을 해야 할지 알게 되는 순간 마주하는 두려움이 있다. **형사는 두려움 없이 일하는 것이 아니라 그 두려움을 알고도 달려들어야 하는 일이었다.** 형사 3년 차에 접어들 무렵, 미용실 연쇄 강도사건 검거 작전에 여자 형사 지원 요청이 왔다. 오죽하면 미용실에 여경들을 손님으로 위장 배치할 작전을 세울 정도로 연일 사건이 발생했고, 서울청의 분위기는 심각했다. 그때 옆 사무실 형사가 정보원으로부터 범인의 애인이 임신중절수술을 받기 위하여 산부인과에 입원해 있다는 첩보를 입수했다. 곧장 병원 앞 잠복근무조가 조직되었고, 사복으로 위장한 여형사가 필요하다고 하여 내가 투입되었다.

하지만 범인은 나타나지 않았고 애인은 퇴원해서 집으로 돌아갔다. 그 사이 우리는 감청영장까지 받아서 그 집 앞으로 잠복 장소를 옮겼고, 다행히 그곳으로 전화가 걸려왔다. 그런데 범인은 경찰의 추적을 염두에 두고 공중전화를 이용해 애인과 아주 짧게 통화했고, 수시로 장소를 옮겨다녀서 쫓기가 쉽지 않았다. 보름이 지나도록 실체가 쉽게 드러나지 않는 범인을 놓고 형사들은 힘들어하기 시작했다. 무작정 애인의 집 앞만 지킬 것이 아니라 분석한 공중전화 위치를 중심으로 잠복하자는 의견이 나왔고, 장기간의 잠복으로 다들 지친 상황이라 집에 들러 옷도 갈아입고 다시 뭉치기로 했다. 그렇게 남녀 각 1명씩 2인 2개 조만 남기고 모두 집으로 갔다.

하지만 중요한 일은 꼭 이럴 때 터진다. 밤 11시가 넘은 시각, 범인의 전화가 걸려왔다. 늦은 밤이라 기분이 가라앉아 그랬는지 애인은 아이가 유산되었다고 거짓말을 하면서 울기 시작했다. (실은 스스로 중절수술을 받은 것이었다.) 범인도 함께 울면서 흥분하기 시작했고 감정은 폭발했다. 급기야 실은 가까이 있다는 말까지 하면서 지금 당장 만나야겠다고 하는 것이다. 그렇게 한참 둘이서 울음을 주고받는 긴 통화는 처음이었다. 나와 한 조였던 형사 선배는 감청기를 들고서 그 자리를 지켜야만 했고, 일단 범인이 나타난다면 지나쳐갈 만한 가장 유력한 길목에서 대기중인 잠복조에 현상황을 알리고, 나는 혼자서 범인을 찾아

나섰다.

여자 혼자 걸어가는데 범인이 이상하게 생각하진 않겠지, 날 형사로 생각할 리 없잖아, 지금 애인 때문에 한껏 슬픔에 빠진 범인이 밤길에 여자가 보인다고 설마 강도강간 짓거리라도 하랴 등등 오만 가지 걱정도 하고 스스로 위로도 하면서 걸었다. 한밤중 무전기 소리가 들릴세라 무전도 끄고, 손전등을 비추면 범인이 자극받을 것 같아서 그냥 어둠 속을 걸었다.

골목 입구는 잠복조가 대기하고 있으므로 재래시장이 있는 뒷길을 걸어가면서 근처에 공중전화가 있는지 살폈다. 수화기 너머로 들려오는 목소리 외에는 주변이 쥐죽은듯 고요했던 것으로 보아 부스 안에 있는 공중전화인지도 모르겠다고 생각했다. 너무나 겁이 났음에도 불구하고 태연한 척 어둠이 깔린 그 길을 걸었다. 재래시장에 쌓인 물건 하나하나가 이상한 괴물처럼 보일 때마다 소스라치게 놀랐다. 선배 형사가 있는 주차장으로 돌아가고 싶은 마음이 굴뚝같았다. 그러나 주저하면서도 나는 계속 걸었다.

순간, 어두운 그림자가 훅 다가오는 느낌이 들었다. 괜찮아, 괜찮아, 수십 번 되새기며 다가오는 그림자와 마주했다. 남자였다. 범인의 키와 비슷하다는 생각이 들었다. 하지만 어둠이 너무 짙어 얼굴을 구분할 수 없었다. 더구나 그 시절 흑백사진으로 본 범인의 얼굴을 이 어둠 속에서 구분하기란 거의 불가능했다. 그런데 재래시장의 희미한 불빛이 그 남자의 얼굴을 스칠 때 언뜻 물기를 본 듯했다. 울었다. 운 것 맞지? 눈물이 맞나? 아까 범인이 심하게 울었지, 그렇다면 내 눈앞의 이 사람이 범인인가? 도저히 판단이 서질 않았고, 그 어두운 골목길에서 발목에 칼을 차고 다닌다는 강도범을 혼자서 검거할 자신도 없었다.

범인을 지나쳐 걷다가 생각을 멈추고 뒤돌아서 따라 걸었다. 애인의 집 앞으로만 가라, 그리고 그곳에서 멈추어라. 그럼 넌 범인이다. 그때 주차장에 계신 선배님과 함께 검거할 수 있을 것이다. 범인이 눈치채지 않게 뒤따라 걸으면서 그가 제발 범인이기를 기도했고 마음의 평정을 찾으려고 노력하면서 미행했다. 재래시장을 지나 애인의 집 방향으로 그 남자가 걸었다. 네가 인간이라면 조금이라도 대문 입구에서 주저하지 않을까? 한 걸음이라도 멈추지 않을까?

그런데 그는 무심하게 한 치의 망설임도 없이 애인의 대문 앞을 지나쳐 걸어갔다. 나는 재빠르게 감청장치를 들고 있는 선배님의 차 안으로 뛰어들었다.

"아직도 범인이 전화를 사용하고 있나요?"

선배 형사가 답할 필요도 없이 감청기는 조용했다.

"재래시장 안에서 운 것 같은 남자를 봤습니다. 지금 애인 집 앞을 지나갔는데 판단을 못 하겠습니다. 어떡하죠?"

선배님이 내 손목을 강하게 잡았다.

"우리는 오늘 아무것도 보지 않았다. 밤늦게 걸려온 범인의 목소리를 들었고 이 주변에서 전화했다는 것만 알 뿐이다. 그 남자가 범인일 수도 있지만 아닐 수도 있잖아. 무엇보다 지금은 그 남자가 범인이라고 해도 우리 둘이선 너무 위험하다."

나는 아무 말도 할 수가 없었다. 새벽까지 아무 말도 아무 판단도 하지 못한 채 적막하고 어색하게 시간을 보냈다. 재래시장의 어둠보다 더 암담한 마음으로 차 안에 앉아 있었다. 범인인지 확인도 못 한 채 못 본 척부터 해야 하는 상황이, 조금 전 느꼈던 두려움보다 더 어둡고 무겁게 느껴졌다.

이후 범인은 우리의 끈질긴 추적에 쫓기는 상황을 견디지 못하고 다른 경찰서로 자수해버렸다. 자수하기 전 경찰서 정문 앞에서라도 검거하고 싶었을 만큼 나는 범인의 자수가 싫었다. 그것은 한 달여간의 긴 잠복 기간으로 인한 고단함도 아니고, 닭 쫓던 개 지붕 쳐다보는 심정 정도의 허무함도 아니었다. 꼭 내 손으로 잡아 그 재래시장의 기억을 지워버리고 싶은 마음뿐이었다.

그렇게 잘 잡는 형사가 되기도 전에 범인에게서 느낀 긴장과 두려움이 내 안에 깊이 새겨졌다는 것이 너무도 힘들었다. 여자인 내가 과연 흉악범을 검거하는 형사가 될 수 있을까, 설령 할 수 있다 해도 꼭 내가 이 일을 해야만 할까.

그 시절 내가 여자 형사로서 수없이 벽에 부딪친 건 사회 전반에 광범위하게 깔려 있던 성차별과 '여자가 뭘 할 수 있겠어' 하는 세간의 편견만은 아니었다. 편견은 대중 속에서 무리지어 있기도 했지만, 개개인의 마음속에 똬리를 틀고 한 걸음이라도 더 나아가보려는 자의 발목을 붙들었다. 이를 쉬이 탓할 수 없는 이유는 내 안의 편견도 만만치 않았기 때문이다. 추상적인 편견과 고뇌보다는 실제로 여성으로서, 인간으로서 범죄자와 맞닥뜨린 후부터 본능적으로 올라오는 두려움이 더 컸기 때문이다.

하지만 그 종잡을 수 없는 인간에 대한 두려움, 가늠할 수 없는 세상 속에서 계속 살아내는 것이 결국 내 길임을 깨달았다. **한시도 두렵지 않고 언제나 충만하게 재미있어서 이 일을 계속한 것이 아니다. 비밀과 어둠을 품은 모든 사건과 현장과 범인은 언제나 두려웠다. 형사란 이 세상과 사람을 두려운 마음으로 지켜보는 자였다. 그 무엇도 속단하지 않고 만만하게 여기지 않으며, 끝없이 덮쳐오는 내면의 두려움조차 끌어안고 현장으로 나가는 것이 형사였다.**

그후 사건이 계속 나를 훈련시켰다. 여전히 내게 들이닥치는 사건들은 매번 어렵고 두렵지만, 내 두려움을 다스리고 견디는 것까지가 형사의 업이었다. 그리고 지금은 사건을 넘어 내 삶 속에 자리한 두려움을 직면하고 또 그것을 넘어서는 연습을 하고 있다. 형사로 살면서 내가 얻은 선물 같은 가르침은 삶에서도 유효했다.

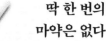

딱 한 번의
마약은 없다

때로 두려운 마음이 현장에 보이지 않는 확성기를 켠다. 그날 밤 계단을 올라오는 범인의 발소리가 유독 크게 들려왔다. 여기까지 오면 안 되는 범인인데 점점 다가온다. 발소리가 또렷해지고 커진다. 심장박동 소리도 귓가에 들릴 듯 쿵쿵 거센데, 발소리는 마침내 심박보다 가까워졌다. 그렇게 거물급 마약 상선은 골목길에 깔아놓은 1차, 2차 검거 저지선을 지나 고급빌라 5층 현관 입구까지 올라오고 있었다. 골목길에서 잡히지 못해도 최소한 대문 앞 또는 안에서 검거될 줄 알았는데, 범인은 우리의 경계를 뚫고, 마약사범들에게 아가씨를 제공하는 마담의 집 입구에, 거기 혼자 있는 나에게까지 다가오고 있었다.

이곳에 내가 혼자 서 있다는 것 말고도 더 심각한 문제는 저

안에 후배가 아가씨로 위장하여 마담과 함께 있다는 것이었다. 최대한 저지선을 만들었다고 생각했는데 여기까지 범인이 오다니. 빌라 안에 후배가 있고 내가 무너지면 후배가 위험해진다. 5층 입구에서 검거하게 되면 범인은 당연히 강하게 저항할 것이고, 그 소리에 후배도 불안해지고 마담은 동요할 것이 뻔했다. 발소리가 2층에서 3층, 다시 4층으로 올라오고 있었다. 더 올라오기 전에 내가 계단 아래로 내려가야 한다. 계단 너머로 발소리의 주인이 범인임을 다시 확인하고 걸어내려갔다. 나는 스쳐지나칠 듯하면서 살며시 손을 내밀어 범인의 손을 잡았다. 그런데 어쭈, 범인의 반응이 의외다. 범인이 도리어 내 손을 살포시 잡는다. 당황할 틈도 없이 얼른 수갑을 채웠다.

잠시 후 서에 마주앉아서 그에게 물었다.

"왜 내 손을 잡았어요?"

범인은 누군가 너무 부드럽게 자기 손을 잡길래 저도 모르게 반응한 것이라고 했다. 자신에게 내밀어온 손을 스스럼없이 자연스럽게 마주잡는 그 마음은 어디서 비롯된 것일까 궁금해졌다.

남자는 1970년대 해외 출국이 제한되어 있던 시절에 유학을 떠난 부유층 자제였다. 영화에서나 보던 파티에서 처음 마약을 접했을 때만 해도 저게 도대체 뭔데 그렇게 금지하는 걸까 하는 호기심이 드는 것과 동시에, 설마 저까짓 것 하나 내가 이기지 못하랴 자신했다고 한다. 그러니 인생에서 한 번쯤 경험해보는 것도 괜찮지 않을까, 딱 한 번만 하고 다시는 안 하면 된다 장담하며 첫 경험을 했단다. 그러나 딱 한 번의 마약은 없다. 그는 다음 파티 때 이미 누구보다 먼저 팔을 내밀고 주사를 맞고 있는 자신을 발견했다. 그후 20년이 넘는 세월 동안 마약이 인생을 지배했고 점점 망해갔지만, 그럼에도 마약에 대한 열망은 참고 견디고 할 만한 게 아니었다. 그것은 거의 자동적인 반사에 가까웠다. 그렇게 오늘도 새 여자가 들어왔다는 소식을 듣자마자 집에 있는 이쁜 늦둥이를 두고서 부랴부랴 옷을 챙겨입고는 발걸음을 재촉해 달려왔다는 것이다.

그는 마약을 할 때의 느낌을 매우 구체적으로 진술했지만, 여기에는 옮기지 않으려 한다. 또 누군가가 단순한 호기심에서 그 표현을 기억했다가 자기 삶을 내던져가며 그 호기심의 대가를 치를까봐 두렵기 때문이다. **우리 삶은 각자의 것이지만, 인간이 인간으로서, 내가 나로서 그다음을 장담할 수 없는 영역도 있다는 것을 나는 마약수사를 할 때마다 실감한다. 마약의 중독성보다 강인한 인간의 의지는 없으며, 마약은 인간의 의지를 희미하게 하고 한 인간을 한낱 마약의 숙주로 전락시킨다. 내가 통제할**

수 없는 삶의 영역도 있다는 것을, 인생엔 언제나 겸손이 필요하다는 것을 나는 마약에 휘둘린 사람들을 보면서 늘 되새긴다.

마약 수사 도중 만난 가장 충격적인 범인은 탁아저씨였다. 세탁소를 운영하며 "탁~ 탁~" 외치면서 세탁물을 거두고 다녔던 탁아저씨는 마약 투약자이자 판매 상선이기도 했다. 마약 사건은 일단 한 명을 검거하면 함께 투약한 사람과 약의 구매처인 상선 등을 수사해야 하기 때문에 고구마 줄기 당기듯 줄줄이 엮어 수사해나간다. 몇 날 며칠을 집에 못 들어가고 약을 한 사람들을 싹쓸이해야 하는 작전인 만큼 어느 때보다 긴장도 높게 지낸다.

그런데 탁아저씨는 추적에 실패해서 잡지 못한 범인이었다. 그런 아저씨가 몇 년을 쫓기다못해 가슴에 못을 박고 자수하러 왔다. 자신 없는 자신에게 자신감을 느끼고 싶어 시작한 마약으로 도리어 더 큰 불안을 느껴야 했고, 그 불안이 더해지고 더해져서 죽을 것 같은 두려움까지 느끼다못해 제발 날 유치장에 가두어달라고 제 발로 찾아왔다. 그러나 법이 가슴에 못 박힌 처절한 초범을 구속할 리 없다. 그럼에도 불구속은 그에게 비극이었다. 갇히기 위해 자수했으나 구속조차 되지 못한 처지에다 마약 후유증으로 인한 환청과 환각은 악마처럼 그를 물고 늘어졌다.

그 두려움과 불안을 견디지 못하고 탁아저씨는 결국 자살했다.

그렇게 일명 탁아저씨 사건은 대상자가 사망하여 공소권 없음으로 송치해야 했지만, 내 마음에는 영원히 송치하지 못한 사건이 되었다. 비단 마약 사건만이 아니라 형사로서 경력이 쌓일수록 내 마음에서 송치하지 못한 사건들은 늘어만 간다.

인간은 왜 자신을 망치는 중독에 빠져드는 걸까? 호기심이 중독으로 이행하려 할 때 인간은 왜 멈추지 못하는 걸까? 사랑하다 생긴 중독, 슬퍼하다가 생긴 중독, 분노하다가 생긴 중독, 외로워서 생긴 중독, 스스로를 위로하다가 생긴 중독…… 나는 형사로 살면서 호기심도 병이 되고 감정도 습관이 되며 인간은 너무도 맥없이 자신을 망치는 것에 중독된다는 사실을 깨달았다. 세상엔 긍정적 중독도 있으나, 집착이 비극을 낳는 현장을 겪으면서 나는 서서히 무언가에 중독된다는 것에 대한 거부감을 갖게 됐다.

생텍쥐페리의 『어린 왕자』에는 길들인다는 것은 관계를 맺는다는 것이고, 그래서 네가 나를 길들인다면 우리는 서로를 필요로 하게 되는 것이라는 말이 나온다. 오랫동안 마약 중독자들을 쫓다보니 나는 이 이야기를 마냥 따뜻하게만 받아들이지는 못한다. 무언가에 길들이는 것을 거부하며 우선은 나로서 건강하게 살고자 한다. 나를 길들이려는 것들을 거부하고 누군가가 내미는 손을 쉽게 잡지 않는 것은 현장 탓일까, 아니면 현장 덕분일까? 일단 지금의 나는 길들지 않은 내가 좋다. 하지만 내가 진작 누군가의 손을 잡을 수 있었다면, 잡아주었더라면, 한 사람쯤은 중독에 덜 빠져들 수도 있었을까? 중독의 늪에서 그를 건져낼 수도 있었을까? 알 수 없는 일이다.

범인의
터진 손등을 보면서

세상엔 지능범도 많고 철저하고 치밀한 범죄자들이 널렸지만, 그들도 난감하고 답답한 순간이 있을 것이다. 담벼락에 매달려 있던 절도범을 현장에서 그대로 잡아왔다는 보고를 받았다. 헛웃음이 나면서도 그 범인 참 당황스러웠겠다는 생각이 든다. 건너편 집에서 남의 집에 침입하고 있는 절도범을 목격하고 신고했는데, 형사들이 도착했을 때는 범인이 절도를 마치고 나오는 길이었다. 형사들을 본 범인은 담벼락에 매달린 채 나오지도 들어가지도 못하다가 검거되었다.

영락없는 현장범이었는데 웬걸, 잡혀온 범인은 자신은 도둑이 절대 아니고 호프집 아르바이트생일 뿐이라고 주장하면서 서너 시간을 버티고 있었다. 묻는 말엔 입을 꾹 닫고 죽고 싶다는 말만 반복했다. 범죄경력을 조회했더니 당연히 절도 전과가 수두룩했다.

내가 가본다고 딱히 무슨 수가 있으랴 싶지만, 담당팀에선 어찌해야 할지 모르겠다며 지원을 요청해왔다. 가보니 30대 중반이라던 범인의 체격은 중학생 정도로밖에 보이질 않았다. 게다가 손등에는 때가 덕지덕지 붙었고 피부는 터 있었다.

원만한 가족관계나 인간관계를 갖고 있는 사람이라면 제 몸을 저렇게 두진 않을 것이다. 그러나 경찰이 보는 앞에서 잡혀놓고도 그냥 호프집 아르바이트생이라고 우기는 것은 삶에 대한 어떤 의지처럼 보이기도 했다. 도둑이 되고 싶지 않은 간절한 마음. 더는 나락으로 떨어지고 싶지 않은 절박함.

절도범에게 다가가 나는 마흔 넘은 강력계장이라고 소개하면서, 혹시 대화하기 전에 손을 한번 잡아봐도 될지 물었다. 그 튼 손을 보면서 한 번쯤 잡아주고 싶다는 생각을 했다. 안쓰럽고 애처로운 손이었다. 다행히도 범인은 나의 뜬금없는 제안을 들어주었다. 나는 조심스럽게 옆에 다가앉아 범인의 한 손을 잡았다. 그리고 내 손의 느낌이 어떠냐고 물었다. 곧장 돌아온 대답은 따뜻하고 부드럽다는 것이었다. 어쩌면 지금 이 범인에게 필요한 것이 따뜻함과 부드러움일지도 모른다는 생각이 들었다. 나는 손을 놓고 그의 진심에 천천히 말을 걸기 시작했다.

"세상이 참 춥고 어둡게만 느껴져도 알고 보면 우리가 방금 손을 잡았을 때처럼 따뜻하고 부드러운 곳이기도 합니다. 조회해보니 범죄경력이 많이 나오더군요. 하지만 호프집 아르바이트를 하고 있다고 내내 반복한 당신의 말을 듣고, 도둑질하고 싶지 않은 사람이구나, 생각했습니다. 제대로 살고 싶은 의지가 있는 사람이구나 싶었어요. 다른 형사들에게 죽고 싶다는 말만 거듭했다고 들었습니다. 형사들이 많이 힘들어하는 걸 보았어요. 당신이 범죄를 부인해서가 아니라, 당신의 여린 마음과 두려움이 보였기 때문일 거예요.

당신이 반복해서 말하는 죽음 이후에 가는 세상이 어떤 곳인지 나는 잘 모르지만, 아마도 어둡고 무서운 곳일 거라 생각합니다. 모르는 길, 어두운 길을 걸을 때 가로등 하나라도 나오길 간절히 바라게 되는 것처럼, 차라리 지금 이곳에서 불을 밝히는 게 더 낫지 않겠습니까. 죽지 않고 살아서, 호프집 아르바이트를 하며, 어떻게든 계속해서 살아가고 싶은 것이 당신의 솔직한 마음 아닙니까. 지금 마음에 지옥을 펼쳐놓지 말고, 혼자 깊은 한숨만 쉬지 말고, 조금이라도 가벼워지길 바랍니다. 저에게, 아니면 다른 형사에게 조금이라도 이야기하고, 당신이 편해지면 좋겠습니다."

긴 이야기를 묵묵히 듣고 있던 그가 곁에 있던 형사에게 담배

한 대만 달라고 부탁했다. 그렇게 담배 피우러 가는 뒷모습을 보고 나는 자리로 돌아왔는데, 잠시 후 범인이 자백했다는 이야기를 들었다.

나이대로 성장하지 못한 듯한 모습에 안쓰러움을 느낀 것일까. 아니면 튼 손등에서 범인의 외로움이 만져졌기 때문일까. 호프집에서 아르바이트한다는 진술이 사실임을 확인한 후에는 측은지심까지 들어서 그와 조금 더 많은 이야기를 나누고 싶어졌다.

담당형사에게 혹시 좀더 대화할 수 있을지 물어봐달라고 했다. 범인은 곧장 내 방으로 왔고, 담당형사가 별도의 공간에서 지켜보는 가운데 나와 그는 두 시간가량 이야기를 나누었다.

태생과 가정사, 부모님에 대한 마음을 털어놓을 때는 제대로 된 사랑을 받고 싶어하는 어린아이 같았다. 끝없이 사랑을 갈구하면서 청소년기를 보냈고, 이후 처음 절도를 시작할 때의 이유와 상황을 자분자분 이야기했다. 마치 오랫동안 이런 이야기를 하길 기다려온 것처럼 그는 많은 이야기를 토해냈다. 나는 그의 이야기에 공감해주었다. 나 또한 늦둥이로 태어나 연로한 부모님 슬하에서 자라며 느꼈던 슬픔과 내 생일날 단 한 번도 미역국을 끓여주지 않았던 엄마 이야기를 나도 모르게 고백했다. 그래서 나도 알 것 같다고, 당신이 부모님으로부터 받고 싶었던 인정 욕구와 집안 사정으로 인해 겪어야 했던 상처 등을 모두 이해할 수 있다고 말해주었다.

그런데 교감과 공감으로 가득했던 그 대화에서 한 가지 이상한 점이 있었다. 남자에겐 사랑한 이야기가 없었다. 결혼은 했는지, 사랑하는 사람은 있는지를 물었더니, 외국인 여성과 잠시 결혼했지만 대화도 제대로 이어지질 않고 정서가 맞지 않아 헤어졌다고 얼른 입을 다물어버린다. 어린 시절과 청소년기의 희망과 절망은 그리도 상세히 이야기하면서, 여자와 사랑한 기억은 너무나 짧게 끝내버린다. 성인 여성과 자연스럽게 주고받는 대화나 사랑이 잘 안 되었나 싶은 생각이 들었다.

범인을 돌려보낸 후, 담당형사를 불렀다. 다른 이야기는 너무나 잘하는 사람이 연애사에 관한 이야기만 유독 회피한다. 30대 중반의 남성이라기보다는 아직 다 자라지 못한 어린아이 같은 감성이 많이 느껴진다. 혹시 모르니 유전자 감식을 의뢰해보라고 했다.

아니나다를까 긴급 감정 결과 심상치 않은 사건이 걸려들었다. 5년 전 초등학생이 귀가 후 집에 혼자 있는데 보일러 기사를 가장한 범죄자가 침입했다. 부모님이 보일러 수리를 신청했다고 아이를 속여 침입해서는 강간, 도주한 미제 사건의 범인이 남긴 유전자와 이 남자의 유전자가 일치한다는 통보였다. 또

하나의 강력 미제 사건을 해결한 기분은 시원하기 이를 데 없었다. 형사들끼리 칭찬과 덕담을 나누며 술자리를 가졌고, 나는 얻어걸린 예감 하나가 마치 나의 실력인 것처럼 자만심만 키우고 사건을 송치했다.

그런데 그후 자주 그 남자의 손과 눈빛이 어른거렸다. 자초지종 설명도 듣지 못하고 더 많은 죄와 벌을 끌어안고 송치되어야 했던 남자에게 미안한 마음이 커졌다. 최소한 내가 청한 대화를 통해 알아낸 사건인 만큼 단 한 번이라도 더 대화를 깊이 나누었어야 한다는 후회가 밀려들었다.

입과 마음에 철문을 쳤던 그는 자신의 손등을 읽어준 사람에게 본인을 표현해주었다. 다만 자신의 부끄러운 부분과 결점은 말하지 않았을 뿐이다. 그런데 난 그 순간 결국 형사로서의 근성만 발동시켰다. 그와 마주앉아 당신의 손을 내가 잡아도 되느냐고, 세상은 이 손처럼 따뜻하고 부드럽다고 말해놓고도 나는 결국 그의 솔직한 모습을 통해 사건만 해결했다.

어떻게든 용의자를 구슬리고 입 벌리게 해 사건을 해결해야 하는 것은 형사의 사명이고 중책이다. 더구나 대화를 통해 중요한 강력사건이 해결된 것은 매우 감사한 일이다. 하지만 형사의 일은 그렇다 할지라도 인생은 그게 다가 아니지 않은가. 이것은 옳고 그름의 문제가 아니다. 한 사람에게 최소한의 예의를 갖추지

못한 데 대한 미안함이다.

누군가는 너무 지나친 감상이라고 말할 수도 있겠다. 나는 그늘에게 선악의 피안을 설득하고자 하는 것이 아니다. 범인과 형사의 숙명을 넘어 인간 대 인간으로서의 미안함이라고 분명히 말한다. 그것이 타인에게 세상은 따뜻하다고 위로했던 사람의 태도가 아닐까 한다.

처음 본 나에게 자신의 이야기를 들려준 그에게 나는 최소한의 인간적 배려를 해주지 못했다. 아니 신뢰를 저버렸다. 범인이기에 앞서 누군가를 믿고 싶었던 한 사람에게 인간적 배신감을 안겼다는 자책감에 오늘도 이런 고백을 쓴다.

유전자에 아버지 성씨가 있다

　　오늘 새벽꿈을 생각한다. 어느 경찰서를 찾아가 한 형사에게 물었다.

　　"그 사건, 어떻게 생각하십니까."

　　담당형사는 내게 되물었다.

　　"대체 무슨 생각으로 찾아와 그걸 또 물으십니까."

　　일어나 꿈을 복기해보니 현실처럼 생생하다. 나는 여자와 아이가 사라진 사건을 담당형사가 살인사건으로 보는지 확인하고 싶었나보다. 경찰직에서 명예퇴직한 지 어느덧 1년이 넘어가는데도 아직까지 이런 꿈을 꾼다. 꿈에서라도 간절히 잡고 싶었던 범인들이 내겐 이리도 많은가.

예전에 지방 경찰서 형사과장으로 부임했을 때는 별의별 말들을 다 들었다. 여자 과장이 와서 이상한 사건이 터졌나 보라고 나더러 들으란 듯 힐난하는 지역 유지도 있었고, 제보받아 사건을 해결하는 것만이 상책이라 생각하던 형사들에게 시스템과 과학수사에 기반한 해결책을 강조하다보니 부딪치는 일도 왕왕 있었다. 그럼에도 여자라는 편견도, 불필요한 주목도 훌쩍 뛰어넘어 기필코 내 손으로 범인을 잡고 싶었던 사건들이 있었다.

중대한 사건은 꼭 수사하기가 불편한 주말이나 공휴일에 터지곤 한다. 그날도 토요일 이른 새벽, 여자 혼자 운영하는 술집에서 주인이 살해당했다고 빨리 나오라는 전화가 걸려왔다. 피해자는 마흔 군데가 넘는 곳에 자상을 입고서 사망해 있었고, 살해도구는 수도꼭지가 틀어진 싱크대에 잠겨 있었다. 내가 도착했을 땐 가게 밖으로까지 물이 넘쳐흐르고 있었다. 참혹한 현장에 탄식부터 나왔다.

소도시 뒷골목에 있는 작은 실내포장마차였다. 금품을 빼앗긴 흔적은 없었고, 피해자의 시신에는 여성의 중요 부위까지 공격한 가해자의 난폭한 흔적만이 남아 있었다. 형사들은 성적 이유 등에 의한 면식범의 소행이라 판단하면서, 월요일에 통신 조회만 하면 금방 범인이 잡히리라 장담했다.

그러나 내가 프로파일링에 대해 공부하면서 깨달은 것은 잔혹한 공격성이 드러나는 살인사건이 반드시 피해자와의 면식 관계나 원한에서 비롯되는 것은 아니란 점이었다. 오히려 가해 자가 평소 강한 분노를 억눌러온 사람일수록 별거 아닌 일에도 버튼이 눌려 잘 모르는 사람에게도 난폭한 공격성을 보일 수 있었다. 나는 현장만 보고 피해자와 범인의 면식 관계를 판단하기는 쉽지 않다고 생각했다. 게다가 실내포장마차라는 공간의 특성상 종잡을 수 없는 다양한 손님이 오가는 만큼 초기 단계부터 수사 범위를 넓혀서 증거자료를 확보해야 한다는 의견을 냈지만, 다른 이들의 생각은 달랐다. 지방의 소규모 실내포차에는 단골손님들만 드나들고 범인은 빤하다는 것이다.

그래도 나는 대비해야 했다. 담당형사들은 검거에 집중하게 하고, 지원팀은 만약의 변수에 대비하는 수사를 진행하게 했다. 그리고 나는 미제로 빠질 여지가 없는 방향으로 고민해보기로 했다. 각자의 역할에서 나온 의견들로 스트레스 받지 말고, 서로가 서로를 보충 보완하고 있다고 생각하면서 뛰자고 의욕을 북돋웠다.

담당팀은 피해자 주변, 주점 거래처 등등 면식범의 가능성을 수사하고, 지원팀은 현장에서 시간이 지나면 사라질 증거들 (CCTV, 버스 운전기록 등)로 탐문수사의 범위를 넓혀갔다. 그런데 사건 발생 일주일이 지나가는 시점까지 드러난 것은 피해자

주변은 매우 깨끗하다못해 단조로웠다는 사실이다. 파면 팔수록 별다른 내용이 없었다. 그사이 나는 과학수사요원들과 수차례에 설쳐 현장감식을 거듭하고 혈흔의 패턴 등으로 범죄를 재구성해보며, 행동분석팀과 프로파일러들에게 유사사례 연구를 의뢰해두었다.

그렇게 7월 말경 사건이 터진 뒤로 아무도 여름휴가를 떠나지 못한 채로 8월 중순을 넘기고 있었다. 여느 해보다 된더위에 생수를 냉동실에 얼려두었다가 수사 나갈 때 들고 나가는 일도 일상이 되어가던 무렵이었다. 국립과학수사연구원에서 현장에서 채취한 타액 분석 결과가 나왔다는 단비 같은 소식이 왔다. 그것도 범인의 성을 특정할 수 있었는데, 성별뿐만 아니라 이름의 성씨까지 알아냈다는 것이었다. 이게 웬일인가 했더니, 수많은 데이터베이스에 근거하여 DNA에서 성씨를 가려낼 수 있다고 했다. 단, 입양이나 혼외관계 등의 사유로 인해 혈연과 다른 성씨를 가진 자라면 당연히 추적이 불가능하다는 점을 염두에 두고 수사에 임해야 한다. 나는 바로 유전학책을 펼쳤다. 수사 범위를 어디까지 할 것인지 고민했다. 희귀 성씨도 아니었으므로 추적하자면 한도 끝도 없을 것 같았다. 그러나 일단 기존 수사자료에서 해당 성씨인 사람들만을 재탐문해보기로 했다. 그렇게 모든 일에는 다행함이 존재한다. 이때만큼 그 다행이 고마운 적도 드물었다.

　수사 대상자 중 한 명을 만나 질문하는데, 사건 발생 후 한 달여가 지나가고 있는 시점이었고 몇 월 며칠이라고 말하지도 않았는데, 그날 자신이 무엇을 했는지 너무나 자세히 말하는 자가 있었다. 훈련된 형사의 촉은 탁월했다. 조목조목 말하는데도 대번에 뒷골이 확 당기더란다. 우리는 바로 긴급 감정을 보냈고, 반나절 만에 범인이 맞다는 통보를 받았다.

　신속하게 범인을 검거해 이제 다 끝난 게임이라고 생각했는데, 의외의 복병이 나타났다. 범인은 무지했다. 현장에서 채취한 증거물에서 당신의 DNA가 발견되었다는데도 도통 영문을 모르겠다는 표정으로, DNA고 뭐고 자신은 무조건 절대로 범인이 아니란다. 형사는 열이 뻗쳐서 숨이 넘어가는데 범인은 고개 숙이고 "몰라요"만 되풀이한다. 그런데 범인도 마냥 태연하고 뻔뻔해 보이는 것은 아니었다. 가만 보니 지친 기색이 역력했다. 그는 직장에서는 착하디착한 사람으로 정평이 나 있다고 했다. 무지하고 지쳤으며 그저 자신의 일상으로 돌아가고 싶어서 입도 마음도 꾹 닫아건 사람 앞에서 펄펄 뛰어봐야 나올 게 없겠다 싶었다. 나는 보다못해 팀장에게 말했다.

　"팀장님, 아무래도 저 사람 DNA 증거로 설득될 수 있는 사람 같지가 않습니다. 큰형님처럼 사는 게 얼마나 힘드냐 묻고, 지금 무엇이 필요하냐 고민도 들어주고 어깨도 두드리며 달래봐야 할 것 같습니다."

아니나다를까 자신을 위로하고 다독이는 형사 앞에서 범인의 태도가 서서히 바뀌어가기 시작했다. 엄마와 누나부터 먼저 만나게 해달란다. 그리고 만나자마자 울기 시작했다. 아버지, 형님 다 돌아가셔서 본인도 일찍 죽을까 두렵고, 누나가 빌려간 돈 갚지 않는 것도 원망스럽고, 아내와 이혼 후 외롭지 않으려고 외국인과 결혼했는데 말도 안 통하고, 아들은 아버지와 말도 섞지 않으려 한다고, 사는 게 너무 힘들고 외롭다고, 본인이 얼마나 힘든지 아느냐고, 한참을 원망하면서 울었다.

매일 퇴근길에 막걸리 두 병을 먹어야 집에 들어가는데, 그즈음엔 어머님이 병원에 입원해 있어서 평소 자신이 다니던 술집이 아닌 낯선 술집을 가게 되었다고 한다. 그 술집을 두번째 간 날, 사장이 알은체하면서 가족관계를 묻더니 아내가 외국인이라는 말에 외국인과 살 만한지, 속지는 않고 데려왔는지 등 오지랖 섞인 말을 하는데, 점점 화가 치밀어 참을 수가 없는 지경에 이르렀다. '제발 그만, 그만 좀 해라'라는 속엣말을 열두 번쯤 반복하다가 순간적으로 열이 터져 정신없이 찔렀다고 자백했다. 범인의 억눌린 분노가 애먼 데서 터져나온 것이다. 하지만 현장에서 본 워낙 엄청난 공격성과 분노, 그리고 피해 가족을 생각하니 할 말이 없고 그 사람의 나약함이 미울 수밖에 없었다.

가족이 먼저 떠나고 홀로 남겨진 아픔에 평생 아파했으면서도 그는 또다른 아들에게 자신과 똑같은 고통을 겪게 했다. **어떤 사람들은 왜 자신이 겪은 가장 끔찍한 고통에서 벗어나지 못하고, 그 고통에 꽁꽁 묶인 채 마침내 그 고통의 피해자에서 가해자가 되어버리고 마는 걸까. 자신이 맞닥뜨린 고통의 근원과 직면하지 못하고, 왜 자신보다 약하고 낯선 존재에게 화풀이하듯 엉뚱한 분노를 표출하고는 자신의 인생 전체를 나락으로 빠뜨려버리고 마는가.**

범인들을 검거할 때마다 그의 가족관계가 쓰인 글자를 천천히 읽어본다. 그리고 경악 속에 달려온 가족들의 얼굴을 마주하기도 한다. 가족이란 어찌 그리 본능적인 사랑을 눌러버릴 정도로 무겁고 버거운 감정을 안겨주는 걸까. 그토록 가까이 있는 사람이건만 왜 내 아픔밖에 보이지 않을까. 우리는 왜 아픔을 합리화해야만 견딜 수 있을까. 도대체 인간의 이 나약함은 무엇 때문이고 어디까지일까.

수많은 현장에서 느낀 이 답답함을 오늘 아침 꿈에서라도 간절히 묻고 싶었나보다.

너는 어디서 무엇이 되어 살고 있을까?

첫 전과를 만드는 일은 힘들다. 형사들에게도 누군가의 첫 범죄경력이 되는 사건을 맡는 것은 마음부터 힘든데다 범인과 나눌 대화도, 그에게 해주어야 할 대답도 버겁다.

당직날 저녁이었다. 아파트에 강도가 발생했는데 경비원이 잡아두었으니 신속하게 출동하라는 112 신고가 떨어졌고, 가볍게 한 건 해결했다는 마음으로 즐겁게 도착했다. 하지만 그 범인은 우리가 도착하기도 전에 경비실에서 손목을 긋고 자살을 시도했다. 도착하자마자 우리는 구급차를 불러 범인의 생명을 살리는 일부터 해내야 했다.

이내 피해자와 현장 조사를 한 다른 조에서 연락이 왔다. 피해자는 고등학교 3학년 여학생이었다. 어디서부터 따라왔는지 알 수 없지만, 집 초인종을 누르려는데 갑자기 뒤에서 칼을 들이대며 돈을 달라고 위협하는 자가 있었다. 너무나 놀란 여학생은 엄청나게 크게 비명을 질렀고, 그 소리에 범인은 놀라 도망치기 시작했다. 집안에 있던 가족들이 빠르게 현관문을 열었고, 경비원도 발 빠르게 달려오면서 범인은 아파트 입구에서 잡혔다.

범인은 사범대 4학년생으로 확인되었다. 범죄 동기는 게임 아이템을 사기 위해서. 그 진술을 듣는 순간은 어이없다는 생각에 한참을 아무 말 못 했지만, 각자 인생에서 중요한 것이 다르니 게임을 탓할 일은 아니다. 그렇다고 그걸 얻겠다고 범죄라는 방법을 택하다니 이 청년을 어떻게 생각해야 할지 정말 할 말이 없었다.

다행히도 목숨은 건졌다. 다만 며칠간 입원해야 한다는 진단이 나왔다. 병원 감시 근무는 제일 힘든 업무 중 하나다. 그러나 어쩔 수 없다. 이 또한 형사의 일이고, 아무리 우리가 죄를 쫓는 자일지라도 사람의 목숨은 그 모든 것에 우선해 살려놓고 봐야 하니까.

그후 피해자의 부모님이 범인을 직접 만나보고 싶다고 청했다. 범인의 뒤통수라도 후려치면 어쩌나 긴장했는데, 이 부모님들 의외의 행동을 하신다. 범인에게 왜 그랬는지, 어쩌다 이런 죄의 구렁텅이로 빠져든 건지 조목조목 물어보시더니만 다시는 그러지 말라고 다독인다. 그러더니 당신의 아들뻘 되는 청년의 인생을 망치고 싶지 않다며 피해 진술을 하지 않겠다고 말씀하시는 게 아닌가.

범인이 나이보다 훨씬 어려 보이는데다 체격이 아주 작고 약해 보여서일까. 실제로 아드님과 비슷한 범인의 나이 때문일까. 아니면 경비실에서의 자살 시도가 피해자 가족의 마음을 주저하게 한 것일까? 하지만 따님을 위험하게 만들 수도 있었고, 피해자가 이후 어떤 후유증을 겪을지도 모르며 사람을 죽일 수도 있는 흉기를 들이댄 이 중한 강도 범인에게 이렇게 호의적이어서는 안 되는 것인데, 이러시면 정말 안 되는데, 완강하시다.

경찰 입장에서는 난감하기 짝이 없었다. 원칙적으로 강력범죄이고 강력하게 처벌받아 마땅한 죄가 맞다. 그러므로 피해 진술을 받지 못한다는 난점이 생기더라도, 원칙적으로 경찰은 강력 대응할 수밖에 없다. 이 청년이 피해자 부모님의 용서만 믿고 엉뚱한 생각을 하는 건 아닐까. 아직 덜 자란 마음으로 피해자도 용서한 나를 경찰이 뭔데 처벌하냐고 경찰 나쁘다 생각하면서 세상을 원망하지나 않을까. 경비원 아저씨 덕분에 강도사건 잘 해결했다고 생각했던 마음은 더 복잡해졌다.

우리는 피해자 부모님 설득에 나섰다. 귀가하는 여고생을 칼로 위협하고 강도질한 범인을 쉽게 용서해서는 안 된다. 나중에 또 어떤 범죄를 저지를지 모르기 때문이다. 피해자가 다치지 않아서 정말 다행이지만 이것은 생명에 위협을 가할 수도 있었던 무서운 사건이다. 하지만 피해자 부모님에게서 돌아온 답은 딸아이도 범인을 용서한 뒤에라야만 심리적으로 더 안정될 것 같다는 이야기였다. 결국 이 사건은 피해 조서 없이 사건을 진행할 수밖에 없었다. 다만 피해자 부모님의 태도나 범인의 치료를 고려해 바로 구속할 수 있는 사건도 아니었다.

나는 범인과 긴 대화를 나누었다.

"당신은 피해자의 진술 없이도 우리가 사건을 처리할 수밖에 없는 중범죄를 저질렀다. 게임 아이템이 그다지도 중요했느냐는 말은 하지 않겠다. 그것이 당신에게는 중요했을 테니까. 그래도 그것을 반드시 얻고 싶었다면 스스로 열심히 일해서 돈을 벌거나 다른 건전한 방법을 찾아야 했다. 그 순간 범죄를 선택한 것은 당신이다. 분명 자기반성이 필요하다.

우리는 최소한 당신이 사범대를 졸업하고 선생님이 될 자격은 없는 사람이라고 생각한다. 그만큼 엄청난 범죄를 선택했기 때문이다. 우리는 그래서 기록은 남겨야겠다. 하지만 피해자 부모님이 당신을 아들처럼 보고 젊은 인생에게 기회를 주고 싶어 하므로 불구속 수사를 한다. 당신은 곧 강력범죄의 범인으로 재판을 받을 것이다. 진정한 자기반성이 있어도 재판에서 실형을 받을 수도 있지만, 일말의 희망을 놓지 말고 최선을 다해보기를 바란다. 이 기록은 당신이 공무원이 되거나 국가 산업에 연계된 회사에 근무할 기회를 박탈할 것이다. 하지만 이 밖의 또다른 무수한 꿈을 꾸는 데는 당신의 의지 여하에 따라 문제가 없을 것이다. 우리는 우리가 해야 할 일을 했고 피해자 부모님은 뜻밖의 행운을 당신에게 선물했다. 이제 당신 스스로 인생을 책임질 시간이다."

나는 이렇게 말하고는 그가 부디 자신이 불행 중 얻은 행운을 가벼이 여기지 않고 미래를 꾸려가기를 기도했다.

사람들은 종종 내게 인간이 범죄자와 피해자로 나뉘는 잔혹한 세계에서 30여 년을 살아왔으니, 세상 무섭고 인간사에 진절머리가 나지 않느냐고 묻는다. 맞다. 나는 언제나 이 세상과 사람이 두렵고 또 애처로웠다. 고작해야 2미터도 되지 않는 사람이 수십 년간 길게 누군가의 삶에 영향을 미칠지도 모를 가공할 범죄를 저지르거나 당하는 현장을 보는 것은 결코 쉽지 않았다. 그러나 이런 세상일지언정 인간이 지겹거나 환멸스럽지는 않았다. 그 속에서도 사람이 주는 희망을 보고 살았기 때문이다. 형사의 현장에는 아픔과 두려움과 슬픔이 혼재하지만, 거기도 사람이 있고 나 역시 사람이기에, 사람을 향한 희망을 놓을 수 없었다. 그럼에도 불구하고 사람이 계속 살 수 있게 해주는 곳이라서, 나는 오랫동안 형사로 일할 수 있었다.

새삼 그 청년이 무엇이 되어 어떻게 살고 있을지 궁금하다. 생의 한 부분에 옹이가 새겨져 있다 할지라도 굳은 심지를 지닌 좋은 사람으로 잘살아가고 있길 바란다.

범인에게 질 순 없다

범인에게 지고 싶지 않다. 특히 전문적이고 조직적인 범죄자들, 범죄로 밥 먹고 사는 직업적 범죄자들에게는 더욱 지고 싶지 않다. 오직 그 마음만으로 몇 개월 동안 오기와 객기를 부려가며 한 사건에 강력팀 전체를 동원해서 끝의 끝까지 끌고 간 사건이 있었다.

세 명의 공범이 금고를 털었다. 그들은 이곳에 택시로 왔고, 조수석에 앉은 범인의 손에는 메모지 같은 것이 들려 있었다. 메모지를 보면서 택시 기사에게 출발지를 말하는 듯한 블랙박스 영상을 확인할 수 있었다. 그렇다면 사전에 정보를 알고 온 것인가?

그들은 사람이 밖에 일하러 간 낮에 침입하여 금고만 파손하고 돈을 꺼내갔다. 전에도 이 비슷한 경우를 종종 보았지만, 대체로 금고를 열지 못해 통째로 들고 나가는 것이 대부분이었다. 그러나 이들은 그 자리에서 금고를 해체해 돈만 들고 튀었다. 내부 정보를 정확하게 아는 관계자의 소행, 아니면 금고털이 전문조직의 범죄 등 다각도로 생각해보기로 했다.

사건은 추리하는 것도 중요하지만, 어디까지나 그것은 추정일 뿐이다. 현장에 집중해야 한다. 어설픈 추리로는 현장을 소홀히 여기고 생각의 흐름대로 수사를 급히 진행시킬 우려가 있다. 아무리 단서가 희미하더라도 끝까지 현장을 포기하지 않고, 현장에서 증거를 찾아내야 한다. 내가 현장에 가고 다시 가고 또다시 가는 이유다.

일단 택시부터 찾아야 한다. 그런데 이 범인들, 용의주도하다. 범행 현장에 오기 전에도 각각 택시를 타고 오더니, 떠날 때도 저마다 택시를 타고 도주했다. 도주로조차 세 갈래이니 형사가 더 필요하다. 범행 현장까지 온 길, 도주한 길, 범행지 주변의 단서까지 8개 강력팀 전원을 투입해도, 택시 블랙박스가 지워지기 전에 단서를 확보하려면 시간에 질 판이다.

현장 수사란 미로를 더듬어 나아가는 것과 같다. 다만 미로를 헤치고 나아가는 자는 내 눈앞에 가로막힌 것이 벽인지 문인지

가늠해야 한다. 나아가다보면 느닷없이 앞길이 막히고, 아무리 뒤져도 더 볼 것 없다 싶어 포기할까 막막해지는 순간이 온다. 하지만 뒤돌아갔나 하고 다시 돌아와 두드려본다. 곰꼼히 살펴본다. 벽인가 했는데, 문이다. 이런 일은 수없이 반복된다.

형사들의 동의를 얻어가면서 다 봤다는 팀을 다른 라인으로 배치하고, 다 봐서 더는 나올 게 없다는 곳에 또다른 팀을 투입해가면서 새로운 시선으로 현장을 다시 보길 반복했다. 그러는 동안 범행의 디테일이 조금씩 손에 쥐어졌다. 범인들은 각각 도주하면서 한 사람당 서너 번씩 택시를 바꾸어 탔다. 어느 곳에서는 공중전화도 이용했다. 공범 중 한 명의 주거지까지 추적해냈다. 더욱 통쾌하고 웃긴 것은 흩어진 범인들이 목욕재계하고 태연하게 다시 회식하러 모인 장어구이 집까지 찾아냈다는 것이다. '범죄자들이 남기고 간 현장이 스스로 말하게 하라.' 역시 이것은 강력형사의 진언이다.

이 장어구이 집에는 공범들 외에 합석한 노인 한 명이 등장한다. 누구일까, 절도범의 총책일까? 무리 중 범인 한두 명의 인적 사항을 특정하고 범죄경력을 조회해보았더니, 아니나다를까 강적이다. 금고털이 전력이 있고, 자신의 지문이 고스란히 묻은 스패너를 현장에 두고 가는 바람에 검거된 적도 있다. 그런데 막강한 고액 변호사를 선임해 자신이 스패너를 산 사실은 있지만 곧 분실했고, 그것을 누군가 주워다가 범죄를 저지른 모양이라고 주장한다. 현장에 범인이 실제로 갔다는 사실을 입증하지 못하는 이상, 범인의 주장이 아무리 빤한 거짓말인 게 티가 나도 처벌할 수 없다. 법의 대원칙상 피고인에게 유리한 방향으로 판결하기 때문에 무죄다. 다른 공범들도 좀처럼 범죄사실을 입증할 만한 결정적 한 방이 잡히지 않는다. 주도면밀한 일당들이므로 공범들을 동시에 잡아들여야 계획성도, 공범 관계도 명백히 밝힐 수 있을 것 같았다.

그러던 중 범인 한 명을 쫓던 막내 형사에게 전화가 걸려왔다. 금고털이 공범들 중 한 명이 지금 병원 간이침대에 누워 링거를 맞고 있다고.

"계장님, 잡을까요?"

판단하기가 어려웠다.

"안 돼. 그냥 나와."

이 말을 하기까지 숨막히는 몇 분이 흘렀다. 난 과연 책임지고 이 범인들을 동시에 검거할 수 있을까. 막내 형사는 그날 범인을 그냥 놔두고 병원을 나와야 했던 심정을 두고두고 회고했다. 손이 떨리고 온몸에 분노가 일었던 그 안타까운 순간을, 하지만 공범을 모두 일망타진해야 한다는 일념으로 돌아섰던 그 결연한 다짐을.

서너 달의 수사 끝에 범인들의 인적사항을 모두 밝혀냈고, 머나먼 카지노에서 각자 전혀 모르는 사람들처럼 게임을 하고 있던 그들을 일시에 잡아들였다. 그렇게 **아주 조용히, 질기게 세 명의 범인을 잡았다. 이것이 형사의 끈기고 인내다. 그런데 그 체포 현장에서조차 범인들은 서로를 모른 척한다. 금방 드러날 거짓말을 하는 범인들을 보면서 웃을 수 있어서 좋았다. 이것이 형사의 준비된 자신감이다.**

하지만 끝내 장어구이 집 회식 자리에 함께한 노인에 대해서는 공범 관계를 밝히지 못했다.

사회에서 적당히 아는 후배들과 술 한잔한 것뿐이라는 정도의 진술만 하고 완전히 오리발이었다. 결국 난 그 노인에게는 진 것이다. 내 나름대로는 절반은 성공하고 절반은 실패한 사건이라고 평한다. 다만 지금껏 공범으로 구속된 적 없고 실형을 받은 적 없는 범인들에게 범죄의 대가를 톡톡히 치르게 해주었다는 것만으로도 씁쓸하지만 위안한다.

무엇보다도 범인을 코앞에 두고 돌아서야 했던 그 막내 형사에게 긴 기다림 끝에 범인을 일망타진하는 시원한 보람을 느낄 수 있게 해서 참으로 다행이라고 생각한다. 체포 현장에서 눈물 흘릴 듯 기쁨에 차 있던 막내 형사의 모습이 잊히지 않는다. 이제 그놈은 한동안 이 현장을 떠나지 못하리라. **범인들에게 지지**

않고 '잡는 형사'가 된다는 것은 이런 것이다. 범죄자들보나 치밀한 형사가 되기 위하여 우리는 현장을 수없이 다시 찾아가고 돌아보며 몇 번씩 그 순간을, 장소를 살아간다.

부디 후배 형사들이 장어구이 집에 앉아 있던 그 노인을 잡아주길 부탁한다. 끝내 잡지 못하고 마무리지을 수밖에 없었던 사건들 앞에서 내쉰 선배 형사들의 한숨을 기억해주길 바란다.

그들에게 지지 않기를, 그들은 놓치지 않기를.

내가 미처 이르지 못했던 놈들의 치밀함이 있었다면, 후배 형사들은 그들의 치밀함보다 더 치밀하길 기도한다.

4부

전생에
형사였던 사람의
작은 책방

출가하고 싶은 형사

천생 형사 같다는 말을 가끔씩 듣지만, 사실 내겐 또다른 꿈이 있었다. 풀지 못한 숙제처럼 가슴에 담고 있던 또다른 간절한 꿈 하나가. 스님이 되고 싶은 꿈이었다. 이 원초적이고 태생적인 열망은 한동안 나를 힘들게 했다.

아주 어린 날, 엄마가 아침식사하시게 할머니 깨워드리라는 말에 달려갔다가 평생 뇌리에 새겨진 장면이 있다. 할머니의 마지막 숨, 그 깊고 힘겨웠던 숨을 기억한다.

"엄마, 할매 이상해."

이 말을 듣자마자 달려온 엄마가 맨발로 앞집으로 뛰쳐나가던 뒷모습은 나의 기억을 지배한다.

나이 차 많은 언니 오빠들이 잘 놀아주지 않던 나와 친했던 사촌오빠가 있다. 어느 날 그 사촌오빠가 갑자기 오지 않았다. 왜 오지 않는지, 누가 이 물음에 대답해주었는지도 기억이 없는 네, 오빠가 병으로 죽었다는 말만 기억한다. 옛날 흑백 가족사진을 보면 오빠가 분명 있었는데 사라졌다.

그리고 나의 기억에도 없는 일인데, 끈질기게 나를 따라다니는 또다른 죽음의 삽화가 있다. 나는 7남매 중 늦둥이로 태어났다. 내 바로 앞에 오빠가 있었지만 그는 사산되었다. 엄마는 그 아픔으로 산후조리도 제대로 하지 못한 채 몸과 마음을 앓으며 지내다가 느닷없이 늦둥이를 얻었다. 나는 산후조리용으로 출산한 딸이라고, 그래서 할머니가 멋모르고 태어난 나를 멀뚱멀뚱 보더니 아들 죽이고 낳은 게 고작 딸이냐고 태어나자마자 바로 옆으로 밀쳐두셨다는 이야기가 우리 집안에 구전설화처럼 내려온다.

이제는 다들 호랑이 담배 피우던 시절의 옛날이야기처럼 웃으며 말하지만, 나는 두고두고 그 기억을 안고 있다가 어머니가 결혼 타령할 때 크게 써먹었다. 나는 산후조리용으로 태어나서 그때 효도를 다 했으니, 행여나 간헐적 효도도 기대하지 마시라고. 자식으로서 결혼해야만 부모에게 도리를 다하는 것이라 말하지 마시라고. 그때는 다소 매정하게 들렸을지도 모르겠으나, 늦둥이 막내가 일찍 독립해 형사로서 주체적이고 당당하게 살아가는 모습을 보여드린 게 진정 효도였다고 생각한다. 부모님도 늘 너는 네가 알아서 제 살 길 잡아나가야 한다고 하셨는데, 당부하신 말씀 지금까지 잘 받들고 있다.

그렇게 나는 가까운 사람들의 죽음을 잇달아 겪으면서, 내 삶에 새겨진 죽음에 대해 구체적으로 생각하곤 했다. '사람은 다 죽는구나. 왜 태어나고 죽어야 하지? 어차피 죽을 삶이라면 왜 버겁고 힘들게 계속 살아야만 하는 거지?' 아이답지 않은 큰 화두를 지고 다니던 어린 시절의 나는 그래서 매우 염세적이고 어두웠다. 그런 나 자신이 싫어서 대중가요를 목청껏 부르면서 가벼워지려 노력해보기도 했고, 철학책을 탐독하면서 내 나름대로의 답을 찾기 위해 애썼다. 그런 모습이 친구들에게는 특이하게 보였는지, 다른 행성에서 온 철학자 같다는 이야기도 제법 들었다. 하지만 그리도 좋아하던 철학책들 덕분에 사춘기의 질풍노도 같은 감정과 넉넉지 않은 환경에 대한 반항심도 스스로 묵직하게 누를 수 있었다. 늦둥이로 태어나 내가 졸업하기도 전에 부모님의 경제력이 끊어진 터라 언니 오빠들의 도움으로 학교에 다닐 수밖에 없었을 때도, 대학 진학을 고집하기보다 내 힘으로 돈부터 벌고 학벌이 필요하면 그다음에 대학을 가겠노라고 담담하게 결정했다. 기왕이면 좋은 삶의 태도를 갖고 살아갈 수 있을 듯한 경찰관을 일찌감치 꿈꾸고 지망하게 된 것도 이런 내 성향과 배경 덕분이라고 생각한다.

하지만 형사로 살면서 들어다보게 된 세상은 좋은 삶과는 거리가 멀었다. 논 때문에 협박으로 얼룩진 인간관계, 딸을 강간하는 아버지, 이를 모른 척하는 어머니, 이해하고 싶지 않은 유흥업소들, 세상 탓하며 저질러지는 참혹한 살인들, 그리도 인정받고 싶다면서 타인을 인정하는 법은 손톱만큼도 알지 못해 노상 벌어지는 폭력사건 등을 보면서 나는 삶에 지쳐갔다. 신이 있다면 이 세상을 왜 이렇게까지 버려둔단 말인가, 인간은 왜 저렇게 죽자고 싸우다 허망하게 죽어가는가, 마음속에 이런 질문들이 하릴없이 맴돌았다.

결국 형사 생활 1년 만에 내 안의 그 오래된 꿈을 탐색해보기로 했다. 여름휴가 기간 동안 행자가 되거나 승가대학에 입학하는 법을 알아보았다. 당장이라도 머리 깎을 수 있을 듯한 맘으로 합장 인사를 하고 서울로 돌아오는데, 순간 이건 진짜인가 싶었다. 끽해야 형사 1년, 내가 발 딛고 있는 현실도 제대로 모르면서 인간의 본성을 알고 싶다며 산속으로 들어가려는 내 선택이 과연 순도 100퍼센트의 꿈과 열망 때문인가 의심스러워졌다. 갑자기 머리 깎고 속세를 떠나고 싶다는 충동 자체가 또한 나의 허상이고 허세란 생각이 든 것이다. 나는 혹시 도망치려는 걸까, 이렇게 계속 도망치다보면 어디서든 도망가는 사람이 될지도 모른다. 제대로 한번 겪어보고 살아보고 그때 떠나도 되지 않을까. 나는 그렇게 다시 속세로, 형사의 세상으로 돌아왔다.

내 삶의 배경엔 죽음이 깔려 있었고, 그래서 나는 어린 나이부터 철학을 찾아다녔다. 구도자로 살고 싶은 내 근원적 갈증은 종교에 귀의하고자 하는 꿈으로 불쑥불쑥 내 삶을 치고 들어왔지만, 불현듯 반드시 철학자나 종교인이 되어야만 인간의 본성과 죽음에 대한 깨달음을 얻을 수 있는 건 아니라는 생각이 들었다. 형사만큼 인간의 마음과 죽음을 골똘히 들여다볼 수 있는 일이 또 있을까? 이런 마음으로 형사 일로 다시 돌아가니 사건마다 사람이 더 보였고, 아픔이 더 애틋하게 느껴졌고, 이토록 다양한 죽음들은 다 무엇인가 생각하면서, 사건 하나하나를 진심으로 대할 수 있었다. 한 가지 달라진 점이 있다면 수시로 주검을 면전에서 봐야 하는 현장, 인간의 아픔과 절규가 가득한 현장에서 태어나고 죽는 문제보다 더 중요한 숙제는 그럼에도 불구하고 살아간다는 과정에 있음을 깨달았다는 것이다. 어디서 와서 어디로 가는지 모를, 태어나고 죽는 섭리는 신의 영역이었고, 나는 그저 내가 살아가고 있는 이 시간만을 주관할 수 있을 뿐이었다.

그럼에도 그 오래된 마음의 결핍과 갈증이 계속 내 안에 남아 있었는지, 나는 서른여덟에 다시 출가하기 위해 절로 갔다. 사실 경찰에서 제 나름대로 잘나간다면 잘나간다고 말할 수 있을 때였다. 그 시절에는 매우 드문 일이었는데, 순경 공채 출신이 30대 후반에 경감 승진을 앞두고 있었고, 가장 오랫동안 함께한 우리 강력팀 형님들과도 매우 편안한 동지가 되어 심적으로도 평온한 상태였다. 또 각종 활기찬 강의 활동으로 부수입까지 탄탄하여 좋아하는 사람들에게 삼겹살에 소주는 넉넉히 살 수 있었고, 어떤 사건이 맡겨지든 일에 주저함이 없던 시기이기도 했다. 그런데도 절로 간 이유는 딱 하나, 당시 출가 연령 제한이 40세였기 때문이었다.

절친인 비구니 스님을 찾아갔다. 엉덩이에 장판 때 제대로 묻혀가며 동안거 하안거 절방만 찾아다니는 스님이었다. 행자로 받아만 준다면 열심히 따르겠노라 간곡하게 청했다. 그런데 스님은 이렇게 말했다.

"미옥씨는 여기 오셔도 스님들 상담해주고 살 팔자일 듯한데, 그냥 세상 살면서 수행하는 것은 어떠세요?"

아, 이제 난 그만두어도 전직 경찰관이구나. 무엇을 해도 몸에 밴 그 습관의 연장선상에서 살아야겠구나. 나는 바로 인정했다. 게다가 10년 넘게 형사를 하면서, 관념을 붙들고 있기보다는 행동으로 해결하는 사람이 되어가고 있었다. 타인의 생명과 위기 앞에 닥친 문제 상황들을 정신없이 해결하고 사는 동안 몸이 먼저 움직이는 사람이 된 것이다. 비구니 스님이 나를 꿰뚫

어보고 해주신 말씀에 나는 내가 있어야 할 곳이 절이 아니라 현장임을 곧장 수긍할 수밖에 없었다. 그 밤 스님과 곡차 한잔 나누고, 나는 다음날 바로 서울로 돌아왔다.

요즘도 불쑥불쑥 가지 않았던 구도자의 길이 아름다워 보일 때가 있다. 그러나 이 두 번의 갈림길 이후로 나는 흔들림도 삶의 당연한 이치라 믿으며, 세상과의 밀당도 이유 있는 즐거움으로 바꾸어가며, 나의 일과 위치에서 철학자이자 구도자 같은 하루를 보내려 한다. 가지 않은 길을 끊임없이 흘낏거리며 뒤돌아보기보다 오늘 내 눈앞에 펼쳐질 풍경을 응시하려 한다.

철학도, 믿음도 멀리 있지 않았다. 사람의 모양을 하고 사람들 사이에 섞여 살아가고 있었다.

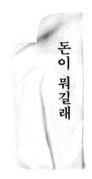

돈이 뭐길래

이 세상에서 살면서 돈으로부터 자유로울 수 있을까? 비 내리는 겨울날 아침, 공기가 시원하다. 하지만 옆집 공사장 인부들은 어둠이 다 걷히지도 않은 시간에 왔다가 그냥 돌아간다. 공치는 날이구나. 우리집도 지은 시공업자가 내가 있는 곳으로 온다. 커피 한 잔 드려야 할 것 같다. 새벽에 인부들이 온다고 하여 먼길 달려왔는데, 비가 계속 올 것 같아서 돌려보냈다고 한다. 사람들은 제주도가 섬이라는 이유로 작다고 생각하지만, 서울의 3배 크기다. 남서쪽에서 동북쪽까지 오려면 새벽에 한 시간 사십 분 이상은 족히 달려와야 했을 텐데, 이런 날 인부들의 일당이나 오고가는 기름값은 어떻게 하는지 물어보려다가 향 좋은 커피 마시면서 너무 현실적인 이야기를 하고 싶지 않아서

접었다.

그래도 이런저런 이야기를 하다보니, 코로나 사태가 이리 길어질지 몰랐고 점점 돈 못 받는 현장이 많아 힘들다고, 시공하다가 멈추면 돈 못 벌세라 마저 지어주고 고쳐주는 방향으로 하다보니 미수금만 쌓이고, 이 사태가 언제 끝날지 몰라서 더 긴 한숨만 나온다고 한다.

그래, 돈 중요하지. 사는 일에 돈이 참으로 중요하다는 것을 형사 생활하면서도 절감할 때가 많았다. 특히 임금 못 받았다, 빌려준 돈 못 받았다, 오늘도 못 받으면 이 자리에서 죽어버리겠다고 난동 부리고 시위하는 현장은 생지옥이나 다름없었다.

한 호텔에서 분신소동이 일어나 꼬박 열한 시간이나 대치했던 사건이 있었다.

퇴근 시간 직후라 막 경찰서를 나서려는데, 호텔 7층에서 휘발유를 뿌리고 자살 소동을 벌이는 사람이 있다는 다급한 목소리가 들린다. 상황을 지켜보고 말고 할 것도 없이 바로 출동했다. 7층은 소방호스와 소방관들, 휘발유 냄새로 가득차 있었고, 호텔 관계자는 호텔 대표와 직접 이야기 나눌 수 없다면 분신하겠다고 했다는 것 외에 소동자에 대해서 전혀 아는 것이 없었다.

얼른 다른 객실로 들어가서 인터폰으로 소동자가 있는 객실에 전화를 했다. 다행히 전화를 받는다. "강력계장입니다." 바로 전화를 끊어버린다. 다시 분신 소동자의 전화번호를 확인하고 전화했지만 받지 않는다. 문자메시지를 남겼다. 내가 누군지 소개하며 지금 당신에겐 일을 해결해줄 사람이 필요할 것이고 지금 대화를 나눌 수 있는 사람은 나라고 말했다. 하지만 역시 답이 없다.

시간이 필요하겠지, 그것도 중요하지. 호흡을 가다듬고 잠시 기다렸다가 다시 인터폰으로 연락했다. 그런데 고맙게도 그가 입을 열었다.

"나도 살고 싶습니다. 그러니 대표들 데리고 오기 전에는 이야기하지 않을 겁니다."

이 말만 뱉고 이내 뚝 끊어버렸지만, 그마저도 고마운 상황이었다.

아, 살고 싶단다. 죽고 싶은 사람은 아니구나! 참으로 다행이라는 생각이 들었다. 하지만 사람이 욱하는 순간 훅 간다고 끝까지 긴장을 놓을 수 없다. 특히 인질이나 난동 사건의 협상 과정에서는 감정의 대상자가 될 수 있는 관계자와 소동자를 면담시키면 안 된다는 원칙이 있다. 대화가 잘되리라는 법만 있는 것이 아니라서 서로 감정이 격해지면 찰나에 위험천만한 일들이 발생할 수도 있다. 서로 자극을 주고받아 이성이 감정을 통제하지 못하고 갈 데까지 가보자는 상황으로 지달으면 협상가가 통제할 수 없는 지경이 되기 때문이다.

형사들에게 분신 소동자에 대한 모든 정보를 알아오라고 했다. 호텔에 불만을 가진 이유를 알아야 그 사람이 살아야 할 명분을 알 수 있고, 협상 카드를 찾는 것보다 소동자의 흥분을 가라앉히는 것이 급선무였다. 하지만 호텔측과의 견해 차이도 충분히 들어야 적절하게 '밀당'할 수 있다.

분신 소동자는 호텔 지하에 영업장을 두고서 호텔 객실 상당수를 고정적으로 성매매 장소로 이용했고, 한동안 호텔측도 이같은 영업 행태로 충분히 수익을 올렸다. 하지만 이 문제로 검찰의 수사를 받게 되면서 호텔측은 업장을 빼달라고 통보했다. 분신 소동자는 이러나저러나 돈 벌 때는 언제고 이제 권리금도 없이 나가라고 하느냐 불만을 토로했고, 대화를 서너 시간 이어가는 사이에도 대표 면담 요구를 포기하지 않는다. 양자의 입장이 팽팽할수록 해결책을 찾기란 쉽지 않고, 경찰이 나서서 해결해줄 수 있는 문제도 아니다.

이럴 때면 생리 현상과 환경에 의존하고 싶어진다. 그런데 호텔 객실이니 물 충분하고 화장실 편리하겠고 큰소리치며 끌어올린 분노 때문에 요구사항을 철회하기도 어려울 것이다. 하지만 본인이 뿌려놓은 휘발유 냄새에 숨이 막힐 테고, 혹 흡연자라면 담배가 생각날 수밖에 없는 상황일 것이다. 담배를 피우면 유증만으로도 폭발할 수 있다고, 매우 위험하다고 알리고 정말 소심시켜야 했다. 아니나다를까 소동자가 담배 생각이 간절하니 담배를 좀 넣어달라고 요구한다. 하지만 유증 검사를 해보고 안전하지 않으면 담배를 줄 수 없다고 협상하여 객실 문을 살짝 열었다. 그러나 문고리를 걸어놓은 채 더는 열어주지 않았다. 대단한 의지다. 그럼 우리도 유증을 핑계 삼아 담배를 줄 수 없지, 속이나 더 태우라고.

　당시 치안 책임자인 서장도 대단했다. 협상이 서너 시간을 넘어가다보니 기존에 묵고 있던 호텔 투숙객을 다른 호텔로 인계해야만 하는 한계 시간에 도달했던 모양이다. 그런데도 나에게는 초조한 기색도 없이 그저 "박계장, 체력 되나?"라고 물을 뿐이었다. 그렇게 만약의 사태에 대비해서 호텔 투숙객도 전부 다른 호텔로 옮기고 열 시간이 넘도록 대화를 나눈 끝에, 드디어 "저도 이러고 싶지 않았습니다"라는 말을 들었다. 그래, 이러고 싶은 사람이 누가 있겠는가. 신뢰감을 형성한 상태에서 최대한 그의 체면과 명분을 세워줄 방법은 무엇일지 의논하고, 열한 시간이나 실시간 중계하고 있는 언론에도 명분을 주어야 한다는 것, 아니면 그들도 흥분할 수밖에 없다는 것까지 이해시키고 언론 앞에 스스로 고개 숙인 채 나오게 했다.

돈 따위 별것 아니라며 호기를 부리는 사람도 있지만, 돈은 살아가는 데 필수불가결하다. 이런 현장을 만날 때면 도대체 돈이 뭐길래, 탄식이 나오다가도, 우리 삶은 결국 돈으로부터 결코 자유로울 수 없다는 것을 매번 뼈아프게 깨닫는다. 그럼에도 사람 마음이 어디 있느냐가 이 첨예한 돈 문제조차 좌지우지하기도 하니, 사람살이란 참 알 수 없는 일이다.

제주도에 우리집 지을 때 시공업자와 그리 이야기 나누었다. 계약서에 적힌 숫자와 일정 갖고 서로 으르렁거리지 말고, 이래저래 변수와 오차 많은 공사 과정에서 일이 해결되는 방향으로 의논하면서 가자고. 그래서인지 이 시공업자, 우리집 다 짓고는 건축 공사하면서 날씨 걱정 안 해본 집은 이번이 처음이라 했고, 나 역시 A/S 기간이 끝났음에도 제주살이의 많은 부분을 이 시공업자와 의논하면서 누나 동생 하며 지내고 있다. **돈보다 사람,이란 말은 이 혹독한 자본주의 세상에서 너무나 연약하게 들리지만, 최소한 살면서 통장에 0이 몇 개인가 세는 시간보다는 한 인간의 눈빛과 마음을 헤아리는 시간이 내 생에 더 많기를 바란다.**

그 순간으로부터
자유로울 순 없다

사람들은 저마다 자신만의 기억을 갖고 살아간다. 무엇보다 어린 날의 기억에서 벗어나지 못한 채 풀지 못한 숙제를 매단 채로 살아가는 이들이 많다. 어제 갑자기 어릴 적 고향 친구가 30년 만에 찾아와서는 이제는 기억도 가물가물한 옆집, 뒷집 친구들과 그들의 오빠 이야기까지 한다. 누구는 잘될 줄 알았다, 누구는 그리될 줄 몰랐다, 그 오빠가 그렇게 일찍 어이없이 죽을 줄 누가 알았겠느냐는 말들을 긴 한숨을 섞어가면서 하는데, 사실 나는 잘 알지 못하는 이야기였다.

오랜만에 만난 친구라 말을 끊기가 매우 힘들었다. 하지만 틈새를 비집고 들어가 친구에게 말했다. 친구에게는 기억할 수밖에 없는 일들이었는지 모르지만 난 친구의 오빠까지는 잘 모른다고. 그랬더니 친구가 어떻게 기억을 못 할 수 있느냐고 되묻는다. 나는 어린 날 친구들과 많이 어울리거나 친구들 집으로 자주 놀러 다닌 편이 아닐뿐더러 고향을 일찍 떠나서 기억에 없는 일이라고 했더니, "아, 그래, 너는 그랬지"라고 친구가 그제야 수긍한다.

같은 시공간을 지나왔어도 사람의 기억이란 저마다 다르게 마련이지만, 친구는 그 많은 기억을 어떻게 다 안고 살아가는지, 그 기억들은 참으로 중요한 문제는 맞는지 상념에 잠길 수밖에 없었다. 물론 그 친구에게는 중요한 기억이니 끌어안고 살아가는 것이겠지. 가끔 지난날을 세세히 기억하는 친구들이나 후배들을 만나면, 나는 신기할 정도로 기억을 못하는 편인 것 같다. 관심사가 다르거나 오늘을 사느라 어제를 잘 돌아보지 않는 타입이어서인지, 어제는 어제대로 여한 없이 살아서인지는 모르지만, 후자이기를 바란다.

지방에 내려가 근무하던 시절이었다. 새벽 4시경 112 신고로 "제가 형을 죽였어요"라고 고백하고 도망친 동생이 있었다. 현장을 달려가 보니, 형의 사무실 유리창 한 장이 깨어져 있었으나 요란하게 다툰 흔적은 없었고, 형은 눈에 띄는 외상 없이 죽어 있었다. 지역사회에서 동생이 형을 살해한 사건은 매우 예민한데다가 숱한 소문과 이야깃거리를 남길 것이 분명하기에 부검을 지켜보기로 했다. 그 당시 내가 경북대학교 수사과학대학원을 다니면서 법의학을 공부하던 시절이라, 부검 담당 교수님에게 외상 없는 살인사건에 대해 자세히 설명을 들어야 직성이 풀릴 것 같기도 했다.

부검을 마치자 교수님이 부검실로 들어오라고 부른다. 심장 주변의 관상동맥이 허옇게 굳은 부위를 가리키며 교수님은 말했다.

"제가 내릴 수 있는 진단은 중증으로 진행된 동맥경화에 의한 병사입니다."

그럼 동생이 폭행한 흔적은 있느냐고 되물었더니, 살아 있을 때 보이는 생활반응에서 목을 제대로 한 번 잡은 정도의 흔적은 보이지만, 사망에 이르게 한 직접적이고 결정적인 심각한 폭력의 증거는 아니라고 한다.

피해자의 병력에 대해서도 조사해보았지만, 형 자신조차도 병증을 모르고 있었고, 평소 가벼운 약 처방 하나 받은 적이 없으니 당연히 가족들도 동맥경화에 대해 알 리 없는 상황이었다.

부검 결과는 병사, 하지만 112 신고로는 "내가 형을 죽였다"는 자백이 들어왔다. 한편 지역사회는 주정뱅이 난봉꾼 동생이 술만 먹으면 장남 형을 찾아가서 "형이라고 다 형이냐, 형이 나한테 해준 게 뭐가 있느냐"면서 수시로 행패를 부리더니 끝내 형을 죽여버렸다고 발칵 뒤집혀 있었다. 차마 입에 담을 수 없는 난도질을 해서 형을 죽인 것처럼 소문은 점점 커져갔고, 도망간 동생의 검거가 늦어질수록 경찰서에 항의는 쇄도했다.

그러나 범인을 추적하면서도 형사들의 고민은 깊어갔다. 폭행과 사망의 인과관계가 성립되기 어렵고, 의학적으로 병사로 진단이 내려진 죽음을 살인사건으로 해석해 자의적으로 적용할 수도 없는 노릇이었다. 수없이 판례를 검색해가며 고민했다. 그리고 내 나름대로 이 사건을 풀어갈 문장 하나를 발견했다.

"그 순간으로부터 자유로울 수는 없다."

동생을 검거하고 자초지종을 물었다. 그날도 평소와 다름없이 술만 마시면 일어나는 화를 또 형에게 풀러 갔다고 한다. 형에게 내 인생은 왜 늘 요 모양 요 꼴인지, 형은 집안의 지원을 독차지하고 동생한테 해준 게 뭔지 악을 쓰다가 너무 화가 난 나머지 사무실 유리창을 주먹으로 깼다. 그걸로도 분이 풀리지 않아서 형의 목을 잡았는데, 형이 그대로 대자로 넘어갔다는 것이다. 본인도 너무 놀라서 쓰러진 형을 흔들었으나 죽은 듯 조용했고, 순간 아무 생각도 들지 않았다고 한다. 다시는 형의 숨이 돌아오지 않을 거라는 생각에 그는 깊이 절망한 채 그대로 도주했다.

나는 동생의 진술을 듣고 경찰의 법 해석에 대해 설명해주기 위해 솔직하게 이야기했다.

　"형은 농맥경화로 인한 심장마비로 죽었다. 하지만 우리는 폭행치사 혐의를 적용해서 당신의 구속영장을 신청할 것이다. 형도 자신의 중증 동맥경화를 인지하지 못했으니 당신이 몰랐던 것은 당연하다. 하지만 한동안 더 살 수도 있었던 형이 당신의 폭행으로 인해 그 시점에 바로 죽은 것에 대해서는 당신이 자유로울 수 없다고 생각한다. 당신의 인생에서 형이 얼마나 나쁜 사람이었고 집안에서 얼마나 억울한 대우를 받았는지는 모르지만, 그 순간 당신은 폭행이라는 범죄를 선택했고, 그때 형이 죽은 것이다. 우리들의 말에 동의한다면, 병사로 결론 난 부검 결과에도 당신을 폭행치사로 구속 수사할 수밖에 없는 법감정을 알아주길 바란다. 이 또한 억울하지 않게 생각하기를 바란다."

　다른 형사들도 내 말의 취지를 정확하게 이해했고 그렇게 동생은 구속 송치되었다. 재판도 유죄 판결이 났고, 동생은 끝내 실형을 받았다. 지금은 그 동생도 이미 석방되었겠지만, 평상심을 갖고 살 수 있는 일상으로 돌아왔을지는 모르겠다. 그 한순간의 선택으로 전과자가 되어 전보다 더 힘들게 살고 있지나 않을지 종종 "내가 형을 죽였다"고 말하던 동생의 떨리는 목소리가 귓가에 맴돈다.

어린 날의 기억은 기쁨과 슬픔을 칼같이 나누어 저장하고, 어느 쪽을 더 크게 보느냐에 따라 기억과 추억은 윤색된다. 지금껏 나는 현장에서 누군가가 준 상처에 평생 매몰되어 살아가는 사람들을 보았고, 또 아무도 준 적 없는 상처를 스스로 짊어지고 사는 사람들도 보았다. 긴 시간을 살아오는 동안 누군가와 나누거나 풀지 못한 상처는 왜곡된 기억을 만들어내고, 자기 위주의 태만한 생각은 도리어 삶을 무겁게 한다.

오랜만에 만난 친구 덕분에 나는 주로 무엇을 기억에 담으며 오늘을 살아가는 사람인지 생각한다. 그리고 내 인생에서 크고 작은 선택을 내려야 했던 그 모든 순간으로부터 나는 자유롭지 않은 사람이었음을 인정한다.

나에게 가장 자유롭지 않았던 것은 무엇이었을까?

형사의 자격

형사가 된 후 조장만 졸졸 따라다니면 되던 시절을 지나고 보니 정말 잘 잡는 형사가 되고 싶어졌다. 잘 잡으려면 정보력을 갖춰야 했다. 남대문시장, 약국, 카메라 중고시장을 기웃거리며 범죄 첩보를 기다렸다. 하지만 없었다. 아무것도 잡히지 않던 시절이었다.

아무리 내 손에 잡히는 범죄가 없다 해도 성과는 올려야 했다. 그래서 현장으로 나가기로 했다. 그 선택의 결과가 일명 퍽치기, 술 취한 사람에게 접근해서 범행하는 이들을 현장에서 검거하는 것이었다. 퍽치기의 주무대는 종로 일대였다. 하지만 형사들이 '범죄와의 전쟁'으로 각지에서 전력투구할 때라서, 퍽치기 범인 한 명을 두고도 서로 빼앗기지 않으려 실랑이하기 일쑤였다. 그 빤한 범죄자가 내 성과로까지 넘어올 리 만무했다.

도시의 조직적 악당 소굴을 소탕해보겠다는 포부에 이어 거리의 퍽치기들로 한 건 올려보겠다는 목표마저 좌절되자, 나와 비슷한 연차의 형사들은 지하철로 파고들었다. 남자 형사 한 명과 여자 형사 세 명이 직장인들의 월급날 호주머니를 노리는 소매치기를 쫓기로 한 것이다. 미행하다보면 가방을 따거나 지갑을 훔치는 소매치기를 현장에서 검거할 수 있다는 말만 듣고 나간 첫 현장이었다.

개찰구에서 괜히 서성거리는 사람을 물색한다. 충분히 의심 갈 만한 사람이 레이더망에 들어오면 시선의 방향과 발걸음을 분석한다. 시선의 방향은 자연스러운가, 앞 사람의 가방이나 뒷주머니에 시선이 고정되어 있진 않은가, 누군가를 뒤따르면서 걷는 속도와 발을 맞추는 사람은 없는가. 그러다보면 어느 순간 보인다고 했다. 빠르게 주머니를 털어가는 누군가의 손이.

그러나 손만큼이나 재빠른 것이 소매치기들의 눈이었다. 마냥 서 있으면 그들의 눈에 띌 것 같았다. 혹시 형사라는 것을 알아채면 어떻게 하나 걱정도 되었다. 그렇다면 같은 선수로 보이게 행동해보자. 그런데 이러다 우리에게 다가와 자기네 구역에서 나가라고 하면 어쩐다? 같이 나누어 먹자고 호기라도 부릴까. 나는 진지하게 궁리하면서 그들이 행동에 나서길 기다렸다.

마침내 기다림 끝에 2인조로 움직이는 듯한 범인을 발견했다. 소매치기라는 확신이 올 때까지 살핀 후 쫓기 시작했다. 지하철 중앙통로에서 두 명의 범인이 갈라졌고, 나는 한쪽을 쫓았다. 그때 맞은편 계단에서 우당탕 소리와 함께 "꼼짝 마라!" "경찰이다!" 등등 범인을 검거하는 어수선한 소리가 들렸다. 그 소리에 잠시 고개 돌린 사이 내가 쫓던 범인이 멀리 튀어버렸고, 하는 수 없이 나는 체포현장으로 달려가 범인을 검거하고 피해자를 확보하는 일에 합류했다.

　피해자로부터 피해 조서를 받아야 하므로 나는 서류를 가지러 경찰차가 주차된 곳으로 혼자 이동했다. 그런데 탁 트인 광장에서 방금 달아난 그 범인이 배회하고 있는 것을 발견했다. 양면 점퍼를 뒤집어 입고 있었지만 한참을 살핀 범인이라 금방 알아볼 수 있었다. 하지만 이 드넓은 광장에서 혼자서 추격하기는 불가능할 것 같았고, 지원 요청을 하고 나면 범인을 놓칠 것만 같아 조마조마했다. 때마침 특전사 군인 두 명이 보였다. 일단 형사라고 밝히고, 소매치기를 잡으려는데 범인의 좌우 퇴로만 차단해주면 상황에 따라 정면이나 후면에서 제압해 검거하겠노라고 말했다. 군인들은 흔쾌히 수락했고, 나는 서서히 범인에게 다가갔다. 그런데 아뿔싸, 범인의 좌우로 다가선 군인들이 내가 신호를 보내기도 전에 범인에게 다가가 말을 건네는 것이 아닌가.

"저 여보세요~?"

범인은 대번에 낌새를 차리고는 도주를 시도했다. 과격하게 반항하는 범인을 나는 뒤에서 목조르기로 제압하고 수갑을 채웠다.

범인을 검거하고 조서 용지를 기다리던 동료 형사들에게 돌아갈 때의 기분은 참으로 복잡미묘했다. 긴장감에 숨가빴지만, 분명 가슴 벅차고 위풍당당했다. 종이 뭉치를 끌어안고 올 줄 알았던 나이 어린 여형사가 놓칠 뻔했던 범인을 잡아 돌아왔을 때, 놀란 동료 형사들의 표정은 지금도 잊을 수 없다.

이후 이 사건은 여러 언론에 보도되었고 급기야 당대 인기 있었던 〈경찰청 사람들〉에 여형사가 주인공인 첫 사건으로 방영되었다. 차마 검거 재현까지 직접 하고 싶진 않은 마음에 대역배우가 내 역을 맡아 연기했지만, 〈경찰청 사람들〉의 유행어 "이 사건은~"으로 시작하는 인터뷰에는 응했다. 이어서 라디오에서도 섭외가 왔는데, 기왕 여기저기 보도된 김에 한번 더 나가라는 지시에 겁도 없이 생방송 인터뷰를 하게 됐다.

범인을 발견하고 검거할 때의 상황을 묻는 데까지는 괜찮았다. 현장이 겁나진 않은지, 왜 형사 일을 계속하는지 묻는 말에, 과도한 열정에 휩싸인 어린 형사는 급기야 지나친 대답을 하고

야 말았다.

"수갑 채우는 맛을 아십니까?"

형사는 마땅히 범인을 잘 잡아야 하고 그 현장의 핵심은 바로 수갑 채우는 손맛에 있다고 나는 영웅담처럼 말해버렸고, 이 발언은 한동안 형사들 사이의 술자리 안주로 회자되었다.

그런데 나의 위풍당당함은 딱 거기까지였다. 내 말투에 특유의 사투리 억양이 있다보니, 경찰청 윗선으로부터 안 그래도 몇 없는 여형사를 방송에 노출하면 앞으로 미행이나 잠복에 어떻게 써먹겠느냐는 질책과 우려가 쇄도했다. 나는 큰 키로 인해 미행 잠복 공작용이라기보다는 실전 검거용 여형사였다. 검거에 직접 투입하는 경력 있는 여형사도 한참 귀한 시절이었다보니, 나를 바라보는 경찰청 윗선들의 마음이 오죽 조마조마했을까 싶다. 게다가 세월이 쌓이고 경력이 찰수록 일단 나 자신부터 두고두고 그 거창한 인터뷰가 부끄러워졌다.

형사사건의 범인들이 범죄에 휘말리는 경우의 수는 매우 다양하다. 우발적일 때도 있고 작은 실수가 일파만파 범죄로 비화되는 경우도 있으며, 인간으로서 도저히 용납될 수도, 용서받을 수도 없는 엄청난 범죄 동기가 숨겨진 경우도 있다. **범죄를 쫓고 범인을 연구하는 사이 나는 모든 사건들에 결코 쉽게 단정할 수도, 단죄할 수도 없는 수많은 상황이 얽혀 있음을 알게 되었고, 내**

개인의 감정과 잣대로 누군가를 함부로 비난하기도 미워하기도 어렵다는 것을 깨닫기 시작했다.

그 인식이 올 즈음부터 그때의 인터뷰가 얼마나 인간적이지 못한, 인간에 대한 이해가 없는 형사의 대답이었는지 알게 되었다. 나는 사람을 진정 사랑할 줄 아는 사람만이 형사 할 자격이 있다고 늘 말해왔다. 일에 대한 열정은 불같았을지언정 사람을 향한 온기는 턱없이 미적지근했던 어린 날의 한때, 한 인간의 손목을 결박하는 수갑의 차가운 쇳소리와 질감을 자랑했던 그 한순간이 이제는 처절하게 부끄럽다.

누구나 끝까지 지키고 싶은 체면이 있다

마약팀장으로 일하던 시절의 일이다. 조직폭력배 두목이 교통사고로 다리가 불편해진 후에 마약으로 버티며 지낸다는 첩보를 입수했다. 검거하러 가는 날, 아무래도 조폭 두목인데다 장애로 인해 심신이 불안한 상태인 만큼 저항이 심할 듯해 만반의 준비를 했다. 한 명을 검거하는 데 두 개 팀을 동원했으니 자해나 도주 등을 원천 차단하는 것이 목표였다.

그가 주로 출몰하는 곳은 당구장 2층이었다. 창문에서 뛰어내리지만 못하게 대비하면 다른 변수는 없을 것 같아서 당구장 주변을 사전 점검하고 경찰 장구도 제대로 준비하고 들어갔다. 그런데 소속을 밝히고 체포 이유를 말하려는 순간, 두목이 형사들을 밀치고 당구봉을 휘두르고 당구공을 던져가며 강력하게 저항했다.

　우리나라의 법 절차와 정서상 주위에 치명적인 상해를 가할 위험이 없는 범인에게 미리 무기를 사용해 경고하고 제지하여 체포할 수 있는 분위기는 허용되지 않는다. 특히 범인이 장애를 갖고 있는데 바로 무력으로 제압한다는 것은 안 될 말 같았다. 일단 손님들을 나오게 하고 형사도 물러났다. 그리고 절대 자해하지 않도록 움직임을 주시하면서 던지고 소리치고 하다 제풀에 지치기를 기다렸다. 당신도 그 소리 정도는 외쳐야 속시원하지 않을까 하는 마음도 있었다.

　그런데 쉬이 가라앉지 않고 당구장 내 모든 당구봉과 당구공을 던질 태세다. 심리적으로도 점점 더 흥분 상태가 고조되는 것이 보인다. 더 두고 봤다가는 위험한 상황이 생길 수도 있겠다 싶어 결단이 필요했다. 형사들을 입구에서 엄호하게 하고 우선 내가 한 걸음을 들여놓았다.

　조폭 두목이 당구공을 던진다. 그런데 비껴가게 던진다. 다시 한 걸음 더 걸어들어갔다. 이번에는 웃기게도 물이 든 종이컵을 옆으로 던진다. 순간 속으로 웃었다. 조폭 두목이라서 경찰관을 해치면 상황이 더 커진다는 것 정도는 아는구나 싶었다. 얼른 범인의 코앞에 내 코를 들이대다시피 마주섰다.

　"○○○씨, 저 마약팀장입니다. 오늘 이 자리에서 저와 맞장떴

다가 두들겨맞으면 여자한테 조폭 두목이 맞았다고 소문날 테고, 저를 몇 대 때린다고 해도 승패를 떠나 형님이 이제 여자도 때렸나고 소문날 텐데, 어쩔까요? 분명한 것은 제가 이 사건 담당 팀장이라는 것이고, 형님 체면 세워줄 사람은 나밖에 없습니다."

말이 떨어지기 무섭게 형님은 '에이씨' 하면서 한 손에 들고 있던 당구봉을 바닥으로 확 던지면서 의자에 앉는다. 얼른 형사들에게 입구까지 다 정리하라 하고 범인에게 물었다.

"체면 차려드리기로 했으니까 가장 필요한 거 하나만 말씀하십시오."

"동생들 앞에서 수갑 차고 나가는 모습만 안 보이게 해주십시오."

순간, 실수했다는 생각이 들었다. 형님을 동생들 앞에서 체포하려고 했으니 형님 처지에서는 당연한 저항이었겠구나 싶었다. 다리가 불편해서 도주하기는 쉽지 않을 것이라 판단하고, 형님 체면을 살려주기로 했다. 형사 기동차량을 건물 바로 앞에 붙이고 곧장 승차시킨 후 차 안에서 수갑을 채웠다. 이 정도의 인간적 배려조차 일절 허용하지 않는 게 구속의 원칙이지만, 또한 이 정도의 유연함은 담당형사의 책임하에 현장에 적용할 수 있어야 한다는 게 나의 생각이었다. 세상 무서울 것 없었던 조직폭력배 형님은 장애인이 되었고, 그것을 견디지 못하고 마약을 했다. 이것은 분명 놀이킬 수 없는 죄악이었다. 하지만 평생 큰소리친 동생들 앞에서 한낱 마약중독자로서 결박된 채 초라하게 체포된다는 것은 인간적으로 연민할 수밖에 없는 몰락이었다. 나는 그의 도주를 막을 몸의 장애에 대해 끊임없이 생각하면서도, 그가 얻을 마음의 상처는 살피지 못했다. 수갑 채우는 시간을 약간 지연시키는 것으로 나는 한 사람이 최후에 지키고 싶었던 체면을, 그와의 약속을 겨우 지켜낼 수 있었다.

체면이란 사전적 정의로는 '남을 대하기에 떳떳한 도리나 얼굴'을 뜻한다고 한다. 그러나 사람마다 체면의 기준과 정의는 천차만별 다르다. 얼마 전 나에게 체면에 대한 벼락같은 깨달음을 준 또다른 일화가 있다.

세무서에 갔다가 민원인용 팩스를 사용해 일처리를 하고 있었다. 분량도 많고 속도가 더디어서 예상보다 시간이 너무 걸려 뒷줄에 대기하고 있는 분에게 계속 미안한 마음이 들었다. 뒤를 돌아보았더니 중증 장애를 가진 것으로 보이는 분이 휠체어를 타고 있었다. 나는 괜스레 더 미안한 마음에 순서를 먼저 양보하고 다시 할까 싶었지만, 내가 바로 뒤에 다시 줄을 서는 것도 이분에게 결코 편치 않겠다 싶어 그냥 내 일을 빨리 끝내버리기로 마음먹었다. 나는 뒤돌아 조심스럽게 말했다.

"죄송합니다. 조금만 더 쓰겠습니다."

그런데 뜻밖에 경쾌한 대답이 돌아왔다.

"괜찮습니다. 제 팩스도 아닌걸요!"

휠체어 탄 장애인을 보면 무조건 양보하고 배려해야 한다는 것도 내 안의 편견이었을까. 환히 웃으며 활달하고 건강한 목소리로 받아주는 그분의 대답에 내 마음이 환해졌다. 배려받아야 할 사람과 배려하는 사람은 따로 있는 게 아니었다. 이 팩스는 공용 기기이고 먼저 줄을 선 것은 당신이니, 괜히 불편해하지 말고 얼마든지 편히 사용해도 좋다는 배려를 받은 것은 오히려 나였다.

그가 내게 묻는다.

"뭐하시는 분이세요? 얼굴빛이 환하고 좋은 에너지를 가진 분 같아서 뭐하시는 분인지 계속 궁금해하고 있었습니다."

그런데 나는 우물쭈물 곧장 대답하지 못했다. '형사 박미옥입니다'라고 대답하려고 보니 이미 나는 공직에서 물러난 상태였다. 그러면서도 아직 나의 퇴직이 익숙하지 않아 나를 제대로 정의해주지 못한 시기라서 약간 당황한 것도 같다. 그런데 그분이 다시 얼른 말한다.

"아, 곤란하시면 말씀하지 않으셔도 됩니다."

어설픈 체면이 들킨 기분이 들었지만 또 한번 배려받은 기분에 겸연쩍게 웃으면서 감사하다고만 말씀드렸다.

괜한 체면치레한다고 그분과 대화를 이어가지 않은 것이 지금도 계속 아쉬움으로 남는다. 아무런 편견 없는 아주 건강한 대화를 나눌 수 있었던 기회를 나는 그렇게 놓쳐버린 것이다. 언젠가 우연히라도 다시 마주치고 싶을 만큼 내 굳은 머릿속을 경쾌하게 노크하던 그 잠깐의 대화가 그립다.

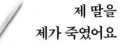

제 딸을
제가 죽였어요

나는 지금 제주도에 살고 있다. 타인들의 여행지가 나의 주거지이다보니 많은 사람이 다녀간다. 평소 괜찮다고만 하던 사람도 그냥 쉬러 왔다고 들러서는 실은 요즘 힘들다는 말을 토해놓는다. 심지어 여기에 오면 이상하리만큼 우는 사람도 많다. 우리는 언제나 사람이 그립지만, 관계는 힘들고 사랑은 고프며 사회적 잣대에 눌리고 체면 때문에 버겁다. 그래도 아직 스스로 아프다고 말할 수 있는 사람은 얼마나 다행인가.

사람이 고통을 나누려면 말하는 사람도 있고 듣는 사람도 있어야 하는데, 흔히 듣는 자세에 대해서는 자주 이야기해도 말하는 법에 대해서는 덜 이야기되는 것 같다. 누군가를 향해 말할 때조차도 자기중심적인 성향을 보이는 이들이 있는데, 말하는 내용에 담긴 아픔이 결국 그 이기利己에서 비롯된 것임을 인식 못 하는 분도 많다.

사랑하는 사람과 이별하고 아팠던 한 사람이 내게 이렇게 말한 적이 있다. 난생처음 뜻대로 되지 않는 일을 겪었다고. 나는 놀랐다. 어떻게 타인이 내 뜻대로 되는 삶을 살아올 수 있었을까. 혹시 그가 특별히 운좋은 여건 속에서 살아온 것이 아니라, 그의 주변 사람들이 그의 뜻에 맞추기 위해 깎아내야 했던 마음과 시간이 있었던 건 아닐까. 그것이 원인이 되어 어긋난 것임을 그이만 모르는 것 같아서 안타까웠다.

그날도 편안한 퇴근이 될 수 없었나보다. 여느 때보다 이른 퇴근을 즐기면서 집에 도착했더니 곧장 전화 한 통이 걸려왔다.

"미리 알고 계셔야 할 것 같아서 전화합니다. 어느 연배 있는 여성의 신고입니다. 아들이 애인을 죽인 것 같다면서 아가씨의 직장이 우리 관내이니 확인해달랍니다. 여러 곳에서 계속 공조 요청이 오는데, 아가씨의 안전부터 확인하고 다시 연락하겠습니다."

들어오자마자 뒤돌아 현장으로 출근하면서 제발 별일 없기를 기도했다. 하지만 현장에 도착하니 건물 계단에 아가씨의 시신이 담긴 것으로 보이는 상자가 보였다. 담당형사는 현장보존

하고 즉각 과학수사팀을 불렀고, 서장도 일찌감치 도착했다.

"열두 살 많은 여선생과 남학생이 사귄 사건이라며?"

서장은 성급히 내뱉은 말을 얼른 거눈다.

"아니지, 잡아봐야 알지."

나는 대답했다.

"네, 잡고 말씀드리겠습니다."

그러나 상황은 난감했다. 해외에 체류하던 범인이 곧장 피해자의 직장으로 쳐들어가 범행하고 유유히 걸어서 도망간 사건이었다. 범인은 전화기도 없고 거주지도 불명확하다. 대체 무슨 수로 잡을까? 그렇다고 넋 놓고 있을 수는 없으니 도보로 도망갔다는 증언에 따라 현장 주변부터 추적하면서 수색을 시작했다. 그리고 인적사항을 비롯해 단서가 될 만한 모든 정보들을 끌어모았다. 심지어 그 친구가 한국에 있을 때 유일하게 의지했다는 사람의 집으로 무작정 걸어갔을 가능성까지 염두에 두고, 형사들도 10킬로미터가 넘는 그곳까지 걸어서 추적하게 한 것은 물론, 미리 그 집 인근에서 잠복하게 했다. 그 어떤 가느다란 실마리라도 당겨보려고 반경 사우나와 피시방도 밤새 수색했다.

그렇게 밤샘근무를 한 형사들은 진이 빠졌다. 수사망을 재정비하기 위해 아침에 다시 집결시켰다. 그런데 그때 범인이 피해자를 죽이고는 한국에서 유일하게 의지했다는 사람에게 전화

한 통 설고 곧장 버렸을 거라고 추정한 피해자의 휴대폰의 위치가 극적으로 잡혔다. 게다가 현장 주변이다! 모두 튀어나가 저인망으로 골목길을 좁혀들어가면서 현장 주변에 범인이 근접해 있을 가능성에 대비했다. 그리고 때마침 골목길에서 현장이 어떻게 되었는지 궁금한 나머지 다가오고 있는 범인을 붙잡았다.

나중에도 의문으로 남은 것은 휴대폰의 기지국이 잡힌 그 시점이었다. 방전되고 버려진 것으로 여겼던 휴대폰이었고, 실제로 그렇기도 해서 피해자의 휴대폰은 현장에서 조금 떨어진 길거리 화단에서 발견되어 수거했다. 그런데 범인이 다가오던 그 시각, 어떻게 휴대폰의 위치가 갑자기 기지국에 잡힌 것일까? 우리는 그 비밀을 끝내 밝혀내지 못했다. 그저 귀신이 곡할 노릇이라고 표현할 수 있을 따름인데, 너무나 억울한 피해자의 영혼이 빚어낸 일이 아닐까 생각만 해볼 뿐이다.

범인을 체포해서 경찰서 현관으로 들어서는데, 이미 피해자의 어머님이 기다리고 계셨다. 그런데 어머님이 범인을 보자마자 쓰러지면서 내뱉은 첫마디가 충격적이었다.

"제 딸을 제가 죽였습니다."

이건 또 무슨 얘기인가. 범인의 멱살을 잡고 너 죽고 나 죽자해도 모자랄 마당에 내 딸은 내가 죽였다는 이 상황은 대체 어떻게 된 것인가. 얼른 다른 곳으로 모시고 가서 어머님의 얘기를 들어보기로 했다.

딸은 고등학교 진학 상담 선생님이었다. 어느 날 한 제자가 자신을 스토킹한다는 고민을 털어놓았다. 선생으로서의 친절이 그 제자에게는 사랑이 되어 너무 힘들다고 말하는 딸에게 어머님은 이렇게 조언했다. "네가 어른이니까 참고 잘 살피고 다독여라." 이후 이 사태가 학교에 알려지고 선생이 더 문제라고 해고당하고, 그런데도 집까지 찾아와 폭력사건이 벌어졌음에도 어머님은 신앙으로 극복하라고 말했다. 그것이 에미라는 자의 조언이었고, 그것이 내 딸을 죽였다며 하염없이 우시는 어머님 앞에서 우리는 망연자실했다.

한편으로는 두 어머니의 서로 다른 말이 혼란스럽기도 했다. 처음 들은 112 신고는 범인의 어머니가 '아들이 애인을 죽인 것 같다'는 연락이었는데, 두 어머니의 진실은 달랐다. 피해자와 가해자의 어머니는 대개 사건을 바라보는 시각이 다르게 마련이지만, 이 사건은 견해차가 달라도 너무 달랐다. 결국 두 어머니의 진실 사이에서 사실을 캐내는 건 우리 몫이었고, 나는 일단 시급한 책무는 섣부른 소문을 퍼뜨리거나 지레짐작하여 일을 그르치지 않는 것이라 생각했다.

얼른 강력팀 전원을 모아서 피해자 어머님의 이야기를 전달했다. 그리고 이번 사건은 어린 제자와 사귄 여교사의 죽음이 아니라 스토킹에 의한 살인일 가능성이 있는 만큼, 모든 조사가 끝나기 전까지 하다못해 담배 피우러 가서도 사건을 쉽게 판단하는 말이나 농담 한마디라도 해서는 안 된다고 강조했다. 이것은 망자에 대한 예의이자 범인에게도 중요한 문제인 만큼 어떤 언급도 쉽게 내뱉지 말고 신중하게 사실 파악에 전념해달라고 부탁했다.

피해자가 재직했던 학교 선생님에게 협조를 구하고, 친구와 지인들의 진술을 청취하고, 피해자가 심각한 폭행을 당했을 때 경찰에서 받은 조서를 차근차근 확인해나갔다. 마치 피해자의 유서를 읽는 기분이 들어서 참담했다. 수사 결론은 심각한 스토킹에 의한 살인사건. 우리는 죽은 자가 말 못 하고 떠난 피해까지 찾아가면서 수사했고 범죄사실로 추가했다. 그러면서 형사들도 살인사건만 해결했다면 느끼지 못했을 피해자의 고통을 절절히 느꼈다. 그렇다면 이제부터는 범인이 제 생각과 한계에 갇혀 말하는 것을 그대로 받아 적는 조사가 되면 안 된다. 죽은 자가 말하지 못한 내용을 대변해주어야 한다. 그러지 않으면 재판은 범인의 주장을 발표하는 장이 되어버릴지도 모른다. 우리는 말하지 못한 자의 말을 묻고 찾아내고, 그 말이 우리의 해석에 따라 한쪽으로 치우치지 않도록 사실에 근거한 명료한 보고서를 작성하기 위해 노력했다. 범인의 자기확신에 찬 착각을 반론하고 무너뜨리고 대항할 조사방법을 의논했다. 담당형사노 그렇게 피해자가 살아가면서 남긴 흔적으로부터 죽은 자의 말을 찾아 억울함을 풀어가는 과정이 무엇인지 배워가고 있었다.

우리의 노력도 있었지만, 무엇보다 피해자 어머님의 용기와 분투는 존경스러웠다. 경찰에서 조사해봐야 아니까 기다려보라고 했음에도 언론사에서는 단독과 속보 욕심에 성급한 기사를 내보냈다. '열두 살 어린 제자와 교제' 등의 자극적인 제목을 단 기사를 보면서, 말을 업으로 다루는 자가 어떻게 이리 경박하고 무례한가 나는 괴로웠다. **어떤 자들은 꼭 자기 사고만큼의 언어로 한 사람의 생을, 나아가 세상을 더럽힌다는 것을 나는 깨달았다.** 어머님은 그 언론사들에 무섭도록 정확하게 항의하여 공개사과를 받아냈다. 딸의 명예와 진실을 지켜내려는 어머님의 목소리는 재판부가 올바른 판단을 하는 데도 큰 몫을 했다고 믿는다.

긴 형사 생활을 하면서 수없이 많은 사람을 만나고, 쉽사리 선악과 시비를 가리기 힘든 무수한 사건을 접했음에도, 나 역시 내 시선과 마음이 내 경험치를 뛰어넘지 못한다는 것을 느낀다.

자신의 경험치를 뛰어넘어 상대의 진실을 들어주고, 내가 좋은 사람이 되기 위해 하는 말이 아니라 상대에게 진정 필요한 말을 해주는 것이 얼마나 어려운지 수시로 절감한다.

요즈음 나의 집에는 피해자와 가해자로 명백히 나뉜 사람들이 아니라, 인생에서 상처받기도 하고 상처를 주기도 하는 복잡한 사람들이 와서 내게 말을 건다. 퇴직 후에도 마음 아픈 사람들의 이야기를 일단 자세히 들어주고 그들의 고통을 함께 나누는 것이 어쩌면 내 형사 인생의 연장선일지도 모르겠다는 생각이 든다. 나의 마음이 아니라 너의 마음으로 듣고 인정하는 일, 한 사람을 속히 파악해서 알리고 싶은 단독 속보 같은 욕심이 아니라 너의 속도로 조용히 천천히 기다려주는 일이 참으로 쉽지 않다는 것을 새삼 다시 느끼는 시간이다.

지금껏 현장에서 온몸과 마음으로 내가 희망하는 세상을 외치는 시간을 살았다면, 이제는 먼저 주장하지 않고 지레 판단하지 않으면서 너의 속도대로 기다려주는 시간을 살고 싶은데 쉽진 않다. 그런 내가 될 때까지 여기서 수많은 당신들을 기다리고 초대하고 대화하며, 결코 쉽지 않은 생을 살아가는 우리 모두를 더 이해하고 성찰하고 싶다.

우리는 단무지처럼 살았을까?

    그녀는 우리에게 늦은 꿈나무였다. 대학 교정에서 날리던 신문이 자기 발아래 떨어졌을 때 더 날리지 말라고 밟은 신문에 하필 운명처럼 그 기사가 있었다. "한국 최초 여자형사기동대 발대." 그녀는 강한 여자가 되고 싶었다. 그때부터 형사가 되겠다는 구체적인 꿈을 꾸면서 살아왔다. 이러니 여자형사기동대원들 입장에서 그녀는 반갑고 기특한 존재였다. 흔히 자리가 나지 않는 여형사 자리에 한 명이 필요해졌고, 이왕이면 꿈이 형사라서 경찰이 되었다는 그녀에게 먼저 기회를 주기로 했다.

    그렇게 형사로 출근하기 시작했는데, 출근 후 며칠 되지 않아 별일이 없는 날인데도 그녀는 퇴근하지 않고 마냥 자리에 앉아 있었다.

"퇴근 안 하세요?"

슬쩍 물었더니, 대뜸 이렇게 대꾸한다.

"형사는 야간 활동도 있는 것 아닙니까?"

오호라, 그런 생각이라면 당연히 함께해야지. 그녀를 데리고 정보원도 만나고, 여러 다양한 계층과 업을 가진 사람들을 만나는 길에 동행했다. 그런데 그토록 씩씩하게 야간 활동을 지원한 그녀가 한 달을 지켜보아도 제 이름 하나 목소리 높여 알리지 못하고 꿔다놓은 보릿자루처럼 앉아만 있다. 기다리다못해 일침을 놓았다.

"김형사님, 사건 터지기만 기다리는 게 아니라 사건 날 만한 곳의 동태를 미리 알아보고, 우리가 모르는 범죄 세상도 탐색해보겠다고 평상시 정보원 만드는 겁니다. 제 이름도 입도 뻥긋 안 하고 그 자리에 계신 분들 속내 하나 못 꺼내 들을 거면, 왜 그 아까운 시간에 굳이 야간 형사 활동이라는 것을 합니까?"

그녀는 다음날 그 누구보다 먼저 인생 첫 술잔을 들었다. 술을 먹다보니 점점 대범해진 것인지, 아니면 술한테 위로를 받은 것인지 술 안 마시면 말 한마디 없던 녀석이 점점 재밌어진다. 소주가 곧 인생이고 술 없으면 무슨 낙으로 살며, 돈이란 후배들한테 술 사주려고 모으는 것이라며 큰소리친다. 그렇지만 이것은 내게 배운 것은 아니라며 분명하게 선을 긋는데, 과연 웃기는 녀석이다.

내가 보통 선배 형사 등쌀에 힘들어서 떠나고 싶다는 젊은 형사 후배들에게 꼭 해주는 말이 있다.

"선배한테 당할래, 범인한테 당할래? 선배는 지금 너에게 범인한테 당하지 말라는 맷집과 오기를 온몸으로 가르치고 있다."

난 그녀가 만난 첫 조장으로서 술은 좀 가르쳤지만, 맷집과 오기는 그녀 스스로 만들어가며 산 것 같다.

당시 그녀는 남자 형사들도 1~2년을 채 견디지 못하는 매섭고 성질 못되기로 유명한 반장 밑에 있었다. 그래도 여자 형사를 강력반에 받아주셨다는 그 이유만으로 충성하면서 일선 강력반 형사 생활을 꿋꿋이 견뎠다. 하지만 아무리 꿋꿋해도 쉽지 않은 일들도 거듭되었다. 첫 당직날 야간에 출동하는데, 반장이 '후레시' 챙겼는지 물었다. 아뿔싸 싶었지만, 기본도 안 됐다는 욕을 들어먹을지언정 거짓말은 할 수 없어 안 갖고 왔다고 솔직하게 이야기했다. 그런데 반장이 대뜸 이렇게 말했다.

"이렇게 정신머리가 없어서야. 너, 브래지어는 차고 왔냐?"

지금 같으면 청원 대상감이다. 소주잔 기울이며 그 말을 들은 순간 느낀 당혹감과 부끄러움을 털어놓는 그녀에게 나는 이렇게 일갈했다.

"브래지어 차고 오느라 후레시 챙기는 걸 잊어버렸다고 도리어 큰소리쳐야지!"

사람은 누구나 잘 모르던 시절이 있고, 거기서 벗어나 차츰 세상을 알아가는 시간이 필요하다. 실수도 하고 실패도 하면서 자란다. 단, 형사의 현장은 그 '차츰'을 기다려줄 수 없는 일이 더 많다. 형사는 타인의 위기를 관리하는 자인 만큼, 훈련이 쌓여야만 생기는 촉과 담대함을 평소 선배들에게 호되게 배워나간다. 그러나 선배들이 일상에서 수시로 던지는 올바르거나 잘못된 훈련 방식에 반응하고 대응하는 것도 나를 정체화시키는 과정이다. **그래, 저놈은 본래 그런 놈이야. 이런 인상을 주어야 더는 아무도 안 건드리는 내가 된다.**

이렇게 그녀 나름대로 어려운 시간을 견디고 있었는데, 형사 생활 24년 만에 그녀에게 진짜 위기가 닥친다. 많은 이들이 분노하며 어금니 깨물고 보았던 사건의 한복판에 그녀가 있었다. 한 아버지가 중학생인 딸에게 친구를 데려오라 한 후 강간 살인했다. 실종 신고 직후 경찰의 잘못된 초기 대응으로 국민적 비난을 받기도 했지만, 강력팀으로 사건이 넘어오면서 해결의 실마리가 잡히기 시작했다. 음독한 범인을 늦지 않게 검거하고, 오리무중인 피해자의 시신을 찾기 위해 강력계 형사들이 한마음으로 깊은 산중을 헤매고 다니다 마침내 시신을 찾아냈을 때 그 마음이 오죽했을까. 만약 찾지 못했다면 범인을 잡고도 형사들은 영원히 고개를 들지 못하는 죄인이 되었을 것이다. 이 긴박감과 절박함은 그 누구도 감당해주지 못하는 현장의 몫이다. 그것은 현장에 있는 형사들만이 아는 것이요, 사건 담당자들만이 감당해야 할 숙명 같은 무게감이기도 하다.

당시 이미 제주에 내려와 근무하고 있던 나는 뉴스를 통해 이 사건을 지켜보고 있었다. 수사 초기 경찰의 태만을 지탄받을 때, 내가 담당하고 있는 현장에서는 그와 같은 일이 없도록 점검하며 형사들을 다독였고, 후배가 일하는 팀에서 마침내 범인을 검거했다는 소식을 들었을 때는 부디 피해자의 시신도 얼른 찾을 수 있길 기도했다. 이후 영장을 신청하고 현장검증하는 장면이 꼬박꼬박 뉴스로 중계될 때마다 나는 그 뉴스 속에 서 있는 그녀를 기어코 찾아내 응원의 눈길을 보냈다. 팀장답게 변수가 생기지 않도록 형사들을 지휘하고 수습하는 모습이 든든하고도 애틋했다. 진심으로 그녀가 그곳에 있어 다행이라고 생각했다. 현장에도, 또 그녀에게도.

하지만 그녀는 가혹하게 힘들었겠지. 강력팀장으로 임명되고 불과 몇 년 만에 이렇게 전 국민적인 관심이 집중되는 엄청난 사건을 만났으니, 얼마나 폭탄 맞은 듯 힘들었을까. 현장에서 사건 해결하고 소주 한잔 마시는 즐거움이면 형사 인생에서 더 바랄 것도 없이 딱 충분하고 좋다던 그녀인지라, 온 국민이 수사 과정을 지켜보고, 조직 내 한 기능의 잘못으로 집중포화를 받기도 하는 그 자리가 분명 버거웠으리라. 게다가 이런 종류의 사건은 그저 범인을 잡는 것만으로는 부족하며, 국민들의 의구심을 해소하면서 언론 보도의 향방도 체크해야 하고, 조직 어르신들의 불안과 염려도 다독여야 하는 등 형사가 감당해야 하는 직무의 종합세트 같은 일들이 불벼락처럼 쏟아진다. 수개월 동안 현장의 쓴맛을 한꺼번에 감당하느라 그녀는 자신을 돌볼 겨를조차 없었을 것이다.

사건을 마무리하고 그녀가 제주로 겨울 휴가를 오겠다고 연락해왔다. 밑도 끝도 없이 무조건 한라산 등반을 하자고 한다. 그래서 때아닌 초겨울 한라산 산행에 나서게 되었다. 한라산에 부는 바람이 꽤 매서웠다. 나는 얼른 모자를 쓰고서 산을 오르는데, 그녀는 몇 번을 권해도 모자를 쓰지 않는다. 산중턱에 오르면, 정상에 오르면 알아서 챙겨 쓰겠지 했는데, 산꼭대기에 서서 칼바람을 맞으면서도 절대 모자를 안 쓴다. 도리어 한참 넋 놓고 바람을 맞더니 "정말 시원하네요" 토해내듯 한마디한다. 참, 어지간히도 이번 사건에 가슴 터지고 머리 아팠나보다. 그래, 인간이 못한 위로, 한라산 바람에라도 위로받아서 다행이다 싶었다.

그녀는 이제 강한 여자로 사는 정도로는 부족해서, 단무지로 살고 싶다고 한다. 단순, 무식, 지랄같이. 그러면서 이렇게 덧붙인다. 단순하게도 살고 무식하게도 살아봤는데, 아직 지랄같이는 못 살아봤다고. 곁에서 보기에는 그녀의 삶, 결코 단순하지도 무식하지도 않았던 듯싶지만, 한 번도 지랄같이 못 살았다는 것은 인정한다.

가끔은 지랄같이 좀 살았더라면 한라산 바람의 위로가 필요 없었을까? 지금이라도 남은 시간, 그녀가 제대로 된 단무지답게 명랑하게 지랄하는 모습을 보고 싶다.

상황 좀 끌고 가주라

수사부장으로부터 전화가 왔다.

"박팀장, 상황을 좀 끌고 가주라."

형사에게 사건을 해결해달라는 것이 아니라 상황을 끌고 가 달라고 하다니 도대체 무슨 말일까.

당시 서울 서남부권에서 귀가하던 여성들이 왼쪽에, 오직 한 방향으로만 수십 방의 칼을 맞고 과다출혈로 사망하는 사건이 잇달아 발생하고 있었다. 방학 기간에 잠시 서울로 왔다가 잔혹하게 칼을 맞고 기적같이 살아난 여고생도 있었다. 형사들 사이에서는 소문이 날 대로 났지만 다들 쉬쉬하면서도 그 지역을 심각하게 바라보고 있던 터였다.

그런데 또다시 바로 옆 동네에서 여대생이 귀가하다가 집 앞에서 칼을 맞고 그 자리에서 사망하는 사건이 발생했다. 내부에서 녹려할 필요도 없이 형사들은 혈안이 되어 반드시 검거하겠다는 의지로 불타올랐다. 하지만 한 달여 수사를 진행했는데도 제자리, 그 와중에 살인사건은 또 터지고야 말았다.

이번엔 피해자가 중국인 남성이었다. 그런데 수사가 묘하게 흘러가고 있었다. 피해자 주변 수사만 갔다 오면 문화적 차이에 대한 고려 없이 자기 해석을 덧붙여서 치정사건으로 몰고 가는 보고만 거듭 올라오고 있었다. 뚜렷한 단서 없이 시간은 흐르고, 살인사건을 연속 수사하다보니 이제는 형사들도 서서히 지쳐가는 게 눈에 보일 정도였다.

피해자가 남성이고 범행도구가 다르니 별도의 사건으로 치부할 수도 없었다. 이미 동일 수법 범죄 여부는 무의미했다. 어느 사건 하나라도 무조건 해결해서 고통스러운 난국에 숨통을 틔워야 했다. 서울 시내 형사들을 대거 동원해 서남부 지역을 집집마다 수색하는 수사본부가 꾸려졌다.

수사부장은 내게 박팀장이 10명 정도의 남녀혼성팀을 운영하면서 일단 중국인 살인사건에 다양한 시선으로 접근해주고 형사들한테 자극도 좀 되어달라고 말했다. 나아가 서남부권 살인사건도 연결지어 생각해봐주고, 기왕이면 잡아주면 더 좋고,

여기까지가 수사부장의 말이었다.

당시 나는 양천경찰서 마약팀장으로 일하고 있었다. 나와 호흡을 맞춰오던 우리 팀 남자 형사 5명을 데려왔고, 서울 시내를 다 뒤져서 당시로서는 드문 여자 형사 5명의 지원을 받았다. 사실 지원을 받았다기보다 강제 차출 수준이었지만.

그런데 그 10명이 입을 모은 듯이 내게 한목소리로 호소했다. 옆 동네 형사들이나 광역수사대 형사들이 2개월 동안 매달려 수사를 다 해놓은 사건에 왜 또 우리를 불렀느냐, 할 만한 것은 다 해본 사건에 우리보고 뭘 또 하라고 불렀느냐, 불만이 하늘을 찔렀고 수사 의지는 바닥이었다.

조를 다시 짰다. 제일 고참 남자 형사와 막내 여형사를 한 조로 묶고, 왕고참 여형사와 새내기 남자 형사를 한 조에 두었다. 이렇게 차이 나는 경력을 가진 이들이 가까이 소통할 수 있도록 구성하고, 탄탄한 중간 경력자들은 편견 없이 힘차게 뛰어보라고 독려했다. 그리고 말했다.

"우리가 앞으로 해야 할 일을 말해주겠다. 당신들이 말한 것처럼 기존 형사들은 찾을 만큼 찾았고 할 만큼 했다. 다만 우리는 지금껏 형사들이 보지 못한 것을 기적처럼 찾아내고 발굴하라고 여기 온 게 아니다. 생각지 못한 다른 시선으로 이 사건을 들여다보고, 조별로 서로 다른 생각을 충분히 나누고 돌아와라.

그후에 모두 모여 충분히 마음껏 이야기하고 다른 접근법과 의문점을 의논하고 확인하면서 차근차근 가보자. 그럼 나는 우리가 나눈 다른 시선의 이야기만으로 수사본부에 밑도 끝도 없는 의문문만 제시하겠다. 수사본부에서 두 달째 활동하고 있는 형사들은 우리보다 정보가 많다. 형사들에게 자극을 줘보자. 미꾸라지가 흙탕물 만든다는 이야기를 들어도 시간을 끌고 가보자. 그럼 그사이에 어느 형사, 어느 경찰관이 사건을 해결하는 때가 반드시 올 것이다. 우리가 맡은 역할은 그것이다."

역시나 팀원들끼리의 소통이 좋아졌다. '왜 이런 생각은 안 해봤데' 하면서 신명나게 수사하기 시작했다. 분명한 것은 어느덧 기존 수사본부 요원들 사이에서 '뭐야 저 팀? 어이없네! 근데 저 팀에서 진짜 해결하면 어쩌지? 지금껏 수사해온 공을 넋 놓고 앉아 빼앗길 순 없지' 하는 긴장감이 흐르기 시작했다는 것이다.

그사이 나는 서울경찰청 행동분석실장과 함께 서남부권 사건 현장으로 들어갔다. 범죄 현황 지도를 만들고 범인이 서 있었던 곳, 칼을 찌른 현장 등을 표시하면서 가로등 불빛 아래서 웃고 있는 남자를 따라가보았다. 현관 앞에서 초인종을 누르는 한 여자를 그가 마구 찌른다. 그리고 도망간다. 가로등 불빛 아래 밝은 곳에 서 있는 사람이라서 덜 무서웠다는 생존자의 진술노 있다. 하지만 나는 범인에게서 대담성보다는 소심함을 느낀다. 그래서 따라가다 제 눈앞에서 사라지기 직전 막바지에나 겨우 찌른 게 아닐까. 궁금하다. 꼭 잡아서 물어보고 싶다는 마음이 간절하게 일었다.

나는 형사들에게 '동문서답'할 것을 요구했다. 이것은 내가 형사들이 막막한 상황에서 각자의 발품으로 뭐라도 얻어내길 바랄 때 사용하는 말이다. 포기하지 않고 가면 동쪽으로 뛰었는데도 서쪽에서라도 답이 온다는 나만의 용어다. 아니나다를까 한 보도방 업주가 뜻밖의 제보를 해왔다. 그 덕에 성매매 여성을 무참히 살해한 범인을 마포경찰서와 광역수사대에서 검거할 수 있었다. 그러나 아직 끝나지 않았다. 수사본부와 서울경찰청에서는 어쩔 수 없이 이런 궁금증을 품을 수밖에 없었다. 서남부 범죄는? 지금껏 해결되지 않은 부유층 노인 살인사건도 네놈 짓일까?

그때 그 범인이 한마디했다.

"나보다 더 센 놈 있습니다."

아, 또다른 놈이 있다니. 한 사건을 해결했다는 안도감도 잠시, 수사본부는 더 긴장할 수밖에 없었다. 그런데 그 더 센 놈 또한 엉뚱하게 잡혔다. 그토록 많은 사람을 죽이고 많은 경찰관들을 절망하게 했던 그놈은 처음엔 강도상해범으로 잡혀들어왔다. 그런데 범인의 집을 수색하다보니, 집안에 서남부 살인사건과 부유층 노인 사건을 보도한 신문 조각들이 여기저기 널려 있었다. 이 사건들은 어차피 당시 신문을 도배하다시피 한 사건들이니 그냥 흘려넘길 수도 있었겠지만, 뭔가 이상함을 감지한 서울청 행동분석팀에서 그 작은 단서를 놓치지 않고 끝까지 추궁했다. 단순 강도가 될 뻔했던 희대의 연쇄살인범은 그렇게 잡혔다.

이 상황들을 지켜보면서 나는 범인의 손목에 직접 수갑을 채우는 '잡는 형사'도 물론 중요하지만, '상황을 끌고 가는 형사'의 일에 더욱 매료되었다. 다른 시선으로 사건을 바라보고, 형사들이 계속 뛸 수 있는 근거와 계기를 마련해주는 것.

이후 경찰 조직에서 프로파일러들이 모여 있는 행동분석팀의 팀장으로 오라고 했을 때 형사 17년 차에 접어들었음에도 다시 새롭게 공부를 시작하는 마음으로 기꺼이 도전한 것은 바로 이때의 경험 때문이었는지 모른다.

나는 범인을 잡기만 하는 사람이 아니라 범인을 공부하는 사람이 되고 싶었다.

"네가 왜 그래야 했는지 궁금하다."

이 질문에 대한 답을 찾고 싶었다.

유명한 영화의 제목이지만, 경찰들은 감히 입에 올리지 못하는 말이 있다. '살인의 추억', 그 어떤 살인사건도 경찰에겐 아련한 추억으로 남지 못한다. 그러나 살인은 결코 추억이 될 수 없으되 살인사건을 쫓고 분투하며 동료들 사이에서 보고 듣고 느낀 경험은 일생의 추억이 되기도 한다.

서울 서남부 살인사건의 특별팀장으로 일했던 시간은 그렇게 나에게 새로운 시선과 도구를 가진 형사로 살 수 있게 해준 감사한 추억이 되었다.

장미란 선수가 〈손석희의 시선집중〉에 출연한 라디오 방송을 들었다. 은퇴를 결정한 이유를 물었더니 "이제 내 몸이 다른 것을 원한다"고 답했다. 그때 유독 그 말이 귀에 꽂혔지만, 그것이 구체적으로 어떤 감각인지는 몰랐고 내게는 먼 이야기처럼 들렸다. 그런데 내게도 그 시간이 찾아왔다.

경찰 생활 33년 3개월, 그중 형사로만 30여 년을 일했지만, 형사는 여전히 좋다. 내 젊은 날 지향점으로 삼았던 착한 삶을 업으로 삼을 수 있었고, 선한 영향력이 태도가 되는 직업군이어서 좋았다. 더욱 선하게 살기 위한 도구와 기술이 필요하다고 절감할 때도 형사라는 업은 언제나 내게 새로운 길을 보여주었다. 많은 이들이 형사는 성의롭고 용감하고 대담하기를 기대하는데, 그러기 위해서는 내가 강해져야 했다. 현실 앞에서는 쉬이 타협하지 않으면서도, 사람 앞에서는 누구든, 누구라도 보호해주고 위로해줄 수 있는 강인함과 소신을 갖고 싶었다. 밥벌이하면서 이름 모를 타인의 응원을 이토록 많이 받는 업이라는 점도 언제나 나를 벅차게 했다.

그래서 나는 늘 이야기한다. 형사는 사람을 사랑하는 사람이 해야 한다고. 현장은 사람의 이야기였고, 그 자체가 철학이자 인류학, 거대한 인문학의 산실이었다. 사람들의 욕망과 슬픔이 버글거리는 그 현장에서 나는 결코 이기적일 수 없었다. 때론 기꺼이 이익 앞에 물러나고 불편함을 감수한 것은 그것이 곧 형사의 삶이었기 때문이었다. 형사라는 업이 내가 닮고 싶고 되고 싶은 사람을 만들어준 것이다. 형사 30년, 내 체질에 맞는 행복하고 즐거웠던 시절이었다.

그럼에도 한 명의 형사가 아니라 선배, 계장, 과장이 되면서 이런저런 고민들도 생겨났다. 실패도 후배들 개개인의 자산이라는 생각이 들기 시작하면서, 수사관으로서 절대 저지르지 말아야 할 잘못 외에는 수사의 방법론이나 일을 대하는 태도에 대해서는 점점 말을 아껴야 한다는 생각이 들었다. 그러다보니 앉아서 기다리는 시간이 많아졌고, 큰 사건이 터져야만 현장에서 할 말이 생겼다. 그렇다고 큰 사건이 벌어져 드디어 내 몫의 일이 생겼다고 활기에 넘쳐 반가워하기에는 세상에 너무 미안한 노릇이었다. 좋은 선배, 괜찮은 상사가 되기 위한 노력만으로는 내 인생이 행복하지 않다는 자각이 오기 시작한 것이다.

무엇보다 공무원 사회의 정형성이 몸과 마음을 시멘트처럼 굳어가게 한다는 느낌이 들었다. 죽음을 대면하는 현장 이전에 나의 내면이 먼저 죽어간다는 생각을 떨칠 수가 없었다. 어쩌면 그것은 공무원 사회를 탓할 일이 아니라 나 스스로 그곳에서 할 만큼 했다는 판단이 들었기 때문인지도 모른다. 그럼에도 동의하기 어려운 조직의 성과 방향이나 관리법은 나를 더욱 태만하게 만들었고, 갈수록 경험치로 결재하고 변수가 생기면 해결사로 나서며 언론 대응이나 하면서 무게 잡는 인간으로 산다는 것은 체질적으로 맞지 않는다는 사실을 실감했다. 나는 후배들에게 묻어가면서 살 수 있는 인간이 아니며, 스스로 살아야 하는 유형의 인간이었던 것이다. 아직 남아 있는 나의 왕성한 신진대사가 자꾸만 아까웠다. 그렇게 인생에서 삶의 도구를 바꿔야 할 때가 왔다는 것을 나는 확실히 깨달았다.

경정으로 승진하면 의무적으로 지방 교류 근무를 해야 하는데, 나는 이것을 기회로 삼았다. 그간 휴식과 전환이 필요할 때마다 찾았던 제주, 이곳에서 살아보기로 했다. 여행지로서의 제주만이 아니라 일상생활을 이어가는 제주에서도 설렘이 여전한지 물었고, 내 가슴이 시키는 대로 움직였다. 결국 내 가슴은 내가 뛰게 하자는 마음으로, 서울 원복을 포기하고 제주도를 제2의 전진기지로 삼기로 결정했다. 정년까지 8년이 남았음에도 불구하고 나는 제주에서 명예퇴직했다.

다른 사람들이 보기에는 내가 너무나 느닷없이, 아무 이유 없이 명예퇴직하는 것처럼 느껴졌나보다. 곧 죽을병 걸려서 아프다는 소문이 났고, 많은 이들이 내게 건강해야 한다고 애틋한 안부 인사를 보내왔다. 나는 그 소문을 진정시키느라 한참 애를 먹었다. 그런데 알고 보면 사실 나는 이미 수년 전부터 누누이 정년까지 경찰 할 생각은 없다고 말해왔다. 그런데 그 말조차도 으레 하는 말로 여기며 앞길이 창창한데 왜 그만두겠냐고 생각했다고들 하니, 내가 그리도 신뢰도가 없는 사람인지, 아니면 형사를 너무 좋아해서 도저히 그만둘 수 없는 사람처럼 보인 것인지는 각자의 생각이니 할 말이 없다.

사실 남들 보기에 뜬구름 잡는 생각과 계획으로 대뜸 퇴직한 것은 맞다. 곁에 사는 후배도 제발 천상계에서 그만 내려와 세속적인 이야기 좀 하고 살자고 하는 판이니 더 멀리 있는 사람들이 보기엔 오죽할까. 그런데 그렇게 따지면 지금껏 살아온 세월은 뜬구름 잡는 인생 아니었나? 범죄 현장에서 본 현실은 너무나 잔인했고 직접적으로 아파서, 상상 그 이상의 것을 지향하지 않으면 그 어디서도 위로받을 수 없었다. 내 눈앞에 펼쳐진 이 삼독하고 믿기 힘든 멈춰 현상 너머엔 인간의 선이, 사람 사는 도리가 있다고 적극적으로 상상해야만 했다. 그렇게 눈앞의 절망을 보고도 끝내 희망하는 것이 나의 일이었다. 그렇게 끝없이 희망하는 습관이 체질화되고 삶이 되어버린 것이, 형사 30년 세월의 동력이자 이유가 아니었을까.

어느 날 제주올레길을 만든 서명숙 이사장에게 지난 세월 언론사 사회부 기자, 편집장이었던 시절을 돌아보면 어떤 기분이 드느냐고 물었다. 한마디로 정의했다.

"전생 같다."

아, 지난 시간을 전생같이 살 수도 있구나. 그래, 나도 이제 형사는 전생처럼 기억하고, 그 전생의 업을 지금 살아야 할 현생에서 또다른 방법으로 풀어보리라 마음먹었다. 흔히 갱년기라 말하는 시기를 '내 인생의 갱생기'로 정의하며, 체력이 재생 가능할 때 새로운 업과 삶의 도구를 찾고 만들어가는 것도 인생을 알차게 사는 방법이라 믿는다.

나는 여태껏 현장에서 만난 사람들을 이제는 현장이 되기 전에 만나며 살고자 한다. 마음 아픈 사람, 관계로 인해 상처받은 사람들을 만나기 위해 책과 사람이 머무는 작은 공간도 만들었다. 그 공간을 채우고, 새로운 나를 채워가며 나는 지금 사회초년생의 자세로 살고 있다.

한 10년 꾸준히 상상하면서 살다보면 또다른 사람이 될 것이라 기대하면서, 지금의 현실을 넘어 보다 더 나은 세상을 위해 살다 가는 멋진 사람이 되고 싶다는 욕심을 내본다. 다시 찾은 긴장감과 설렘을 즐기며, 전생에 형사였던 아무개의 두번째 삶을 신명나게 살아보려 한다. 그 끝에 제주 바다와 돌처럼 자연 그대로인 인간, 그 자연스러움이 자유가 되는 내가 서 있기를 꿈꾼다.

전생에 형사였던 여자들의 책방

내가 살 곳은 내가 정했다. 그러고 나니 집 짓고 싶은 마음이 생겼고, 그래서 땅을 샀다. 올레길 따라 걷다가 오름을 발견하고 이 오름 저 오름 즐기다가 발견한 마을에 폭 빠져서, 때론 빚도 삶을 열심히 살아야 할 이유가 된다는 마음으로 냉큼 질러버렸다. 그런데 그 계산 없는 마음 덕분인지 제주도 땅값이 오르기 전에 아주 저렴할 때 저금리로 구입한 셈이 되어서, 내 인생의 큰 행운으로 여기고 있다.

땅 사고 집 짓는 인생 중대사를 바람처럼 가볍게 저질러버린 데는 사연이 있다. 그때도 여전히 여행이 필요한 후배들 서너 명과 제주 마실 여행을 온 참이었다. 비가 와서 공사중인 남의 집 창고에서 삼겹살을 구워 먹고 있는데, 마을 큰언니가 내가 윘다는 소식을 듣고 한달음에 달려왔다.

"제주 살고 싶다며? 마침 여기 땅 나왔는데, 살래?"

"네, 무조건 사겠습니다."

그렇게 다음날 번갯불에 콩 구워먹듯이 곧장 가계약을 했고, 한 달 후 대출금으로 잔금을 치렀다. 그때 후배들은 이렇게 말했다.

"슈퍼에서 껌 사듯 땅을 사십니다?"

한데 이런 나보다 더 어이없는 녀석이 있었으니, 술 취한 김에 나와 함께 덩달아 그 땅을 사버린 형사 후배였다. 인생을 단무지처럼 살고 싶다던 그 후배가 실행한 가장 큰 지랄은 취해서 기억도 없는 채로 제주 땅을 사버린 일일 것이다.

그렇게 우리는 같이 땅을 사서 마당을 공유하는 각자의 집을 짓기로 했다. 나는 텅텅 빈 공간에 하늘과 자연이 고스란히 들어오고 영화와 음악을 자유롭게 감상할 수 있는 집을 꿈꿨다. 후배는 다락방에서 TV를 볼 수 있는 미니멀한 집을 짓겠다고 했다. 오래 머물러 살 곳을 정하고, 각자의 생활방식이 고스란히 담긴 공간을 만들어가며 우리는 구체적으로 행복했다. 게다가 오랜 여행 친구이기도 한 후배 형사와 마당을 공유하지만 각자의 생활은 보장되는 공간을 꾸려가면서, 독거 중년이 가질 수밖에 없는 노후에 대한 불안도 단박에 날아갔다. 아직 다가오지 않은 일을 지레 걱정하며 불안해한 적 없다고 생각했는데, 나는 늘 홀로, 따로를 꿈꾸면서도 서로를 그리워했나보다. 전생에 형사였던 두 할머니가 마당을 나누어 쓰며 각자의 집에서 노후를 즐기는 상상을 하니 보험 든 것처럼 든든했다.

하지만 각자의 생활이 있는 주거공간만 짓는 것으로는 부족했다. 경찰 퇴직 이후 다른 삶의 도구를 만들어야겠다고 생각한 이상, 그 꿈을 실현할 공간이 필요했다. 나는 다시 후배에게 제의했다.

"서재나 책방을 마당에 짓는 건 어때?"

이 후배님, 땅 살 때도 무조건 함께 사겠다고 하더니, 이번에도 잠시의 망설임 없이 좋단다. 제발 신중히 생각 좀 하고 답해달라 했더니, 어릴 적 꿈 중 하나가 책방 주인이었다는데, 더 무슨 말이 필요할까?

서재로 쓸 공간도 뚝딱뚝딱 짓고, 그 안에 책장과 가구들도 장단 맞는 목수와 내 스타일로 제작하고, 이 공간의 여백과 질문이 될 예술작품과 책들도 채워넣었다. 당근밭에 집이 들어서고 서재에 책이 차곡차곡 쌓이는 것을 보면서 우리는 흐뭇하게 웃었다.

마당에 있는 책방을 꿈꾼 것은 땅을 산 다음해 파리 여행을 가면서부터였다. 파리 관련 책을 검색하다가『파리의 심리학 카페』라는 책을 발견했다. 상처받은 사람들이 언제든 와서 허심탄회하게 속내를 털어놓을 수 있는 심리상담가의 카페가 있다니, 어찌 읽지 않을 수 있을까? 형사로 일하며 현장에서 사람의 감정이 뒤엉켜 일어나는 수많은 사건들을 보았고, 사람의 마음이 궁금하여 상담심리 공부와 프로파일링 업무를 맡았던 나였다. 곧장 책장을 넘기기 시작했다.

"파리 바스티유의 한 카페, 매주 목요일 저녁 7시가 되면 '심리학 카페'가 문을 엽니다. 누구에게나 활짝 열린 이 공간에서 사람들은 자기 문제를 솔직하게 털어놓고, 함께 울고 웃는 시간을 가집니다."(모드 르안,『파리의 심리학 카페』, 김미정 옮김, 갤리온, 2014)

저자 모드 르안. 일곱 살에 아버지에게 버려져 탁아소에 맡겨졌으나, 아버지가 탁아소 비용조차 제대로 내지 않아 눈칫밥을 먹으며 자랐다. 하지만 불우한 어린 시절을 보낸 후, 있는 그대로의 자신을 사랑해주고 자기 안의 보석을 발견하게 해준 남자를 만나 사랑하고 결혼했다. 그러나 행복도 잠시, 아들이 태어난 해에 남편이 뇌출혈로 사망했다. 그녀는 스스로 죄인이 되어 자신을 파멸시키기로 결심하고, 1년 내내 술을 마시며 우울증에 침잠해간다. 그후 10년간 정신분석 치료를 받으면서 우울의 늪에서 빠서나와 사신은 충분히 괜찮은 사람이며 행복해질 수 있는 사람임을 깨닫고 성장해가는데, 그녀는 여기에서 멈추지 않고 또 한번 새로운 삶을 시작한다. 48세에 하던 일을 접고 게슈탈트 심리학을 공부하기 시작했으며, 이어서 심리학 카페를 열고 19년간 마음 아픈 사람들을 치유한 것이다.

1997년 그녀가 카페를 열고 만난 첫 손님을 그녀는 잊지 못한다. "여기까지 오는 데 힘드셨죠?" 인사 한마디를 건넸을 뿐인데 내담자는 이미 울고 있었다. 힘든 줄도 모르고 정신없이 사는 사람들에게 자신의 심리학 카페가 위로가 되면 좋겠다고 생각했다는 저자의 진심이 내 마음에 확 담겼다.

내가 형사로서 현장에서 본 사건들 중 상당수는 마음의 문제에서 비롯된 것이었다. 빗나간 인정 욕구와 어린 시절부터 누적되어온 부정적인 자기암시와 자기해석, 인간관계에서의 자기중심주의는 그저 한 개인의 마음을 멍들게 하는 것으로 모자라 심각한 범죄로 치닫곤 했다. 그런데도 그들은 자신이 범죄자가 되어버린 귀책사유를 끊임없이 타인과 세상에 돌렸다. 애정을 갈망하고 결핍을 채우려는 그들의 마음은 현실과의 괴리 속에서 분노로 들끓었고 마침내 범죄로 폭발했다. 해결되지 못한 마음과 감정의 문제는 엄청나게 잔인한 범죄를 일으키면서, 누군가를 아프게 하고 사랑하고 사랑받던 사람을 잃게도 하고, 궁극적으로는 그토록 많은 상처를 본인 스스로 평생 짊어지고 살아야 하는 결과를 만들곤 했다.

인간은 결국 자신의 핵심 감정과 마음의 소용돌이를 이해하고 풀어가면서 어른이 되어가는 게 아닐까. 서로에게 각자의 꼴이 있고, 감당해야 할 고통이 있다는 것을 인정할 때 우리는 진정 자유롭고 건강한 사람으로 살아갈 수 있지 않을까 한다.

지금 나는 제주에 책과 사람과 마음이 머물다 가는 공간을 열어놓고, 육지에서 온갖 일로 들볶이고 또 스스로를 몰아붙인 지인들이 쉬었다 가는 공간으로 삼고 있다. 많은 사람들이 찾아와 이곳에서 울다 웃다 마음을 토로하다가, 책을 뒤적이다가, 그렇게 쉬었다 간다. 그러나 무엇보다 이 서재에서 내가 가장 많이 만나는 사람은 나 자신이다. 이 공간에서 나 자신을 객관적으로 마주할 수 있길 바라는 마음으로, 책들도 마음을 들여다보고 자신을 탐구할 수 있는 책들로 채웠다.

이 공간에서 가장 먼저 한 일은 일단 나를 쓰는 것이었다. 내 삶의 태도와 시선의 증거들, 범죄 현장에서 본 사람과 희망, 그 희망을 붙들고 살아가는 사람들끼리 응원하고 격려하며 살아

낸 시간을 기록하면서, 30년간 쌓여온 나의 내상도 말끔히 밀어
내고 회복하는 시간을 가지고 싶었다.

이제 나는 이 공간에서 이미 현장이 된 사람보다 현장이 되기 이
전의 사람을 만나고 싶다. 내가 당신을, 당신이 나를, 위로하고 치
유할 수 있다는 믿음으로, 어쩌면 공간이 사람에게 위로가 될 수
있을까 하는 희망으로, 이제 나는 일상의 당신들을 만나고 싶다.

　내가 경찰관 신분을 밝히는 순간, 많은 사람들이 자신은 평
생 경찰서 한번 간 적 없다고 자랑한다. 그때마다 남들은 일평
생 안 가는 걸 자랑삼는 곳에 어쩌다 나는 매일 출근하며 살까
생각했다. 그러면서도 사람들은 형사인 내게 수많은 질문을 쏟
아내곤 했다. 범죄 현장에서 두렵진 않은지, 범인은 몇 명이나
잡았는지, 살인사건 현장을 직접 볼 때 마음은 어떤지…… 나는
선뜻 대답하지 못한다. 내가 보고 겪은 일들이 쉬운 이야깃거리
가 되어버리지 않았으면 하는, 짧은 말로 설명하기 어려운 복잡
한 마음이 있다. 하지만 사람들이 형사의 일과 일상을 궁금해하
는 데는 모종의 기대치가 배경에 깔려 있고, 형사에 대한 그 긍
정적인 편견이 응원이 될 때도 있다는 것을 인정한다.

그토록 좋아한 직업임에도 몸과 마음의 여분이 있을 때 퇴직했다. 꿈이 일이 된 시간을 원 없이 살아봤으니, 이제는 삶이 놀이가 되는 시간을 살아보고 싶다. 현장이 된 사람들보다 현장이 되기 전 사람들을 만나서 한 판 더 잘살아보고 싶다. 다들 생겨먹은 대로, 살아가는 대로 바라봐줄 수 있는 넉넉한 시선을 갖추고, 마음의 근육을 키워가며 나 역시 생긴 대로 살아가고 싶다. 나쁘다고 생각하기 전에 먼저 아프다고 생각해보고, 그 아픔이 어디서부터 왔는지 알아보고 서로 위로해주는 삶을 살고 싶다.

그 두번째 인생의 놀이터가 될 서재를 만들고 한동안 그곳에 좋은 책과 건강한 에너지를 채워넣느라 분주했다. 그러다 우선 나부터 위로하고 나 스스로에게 되묻는 시간을 갖기 위해 글을 써보기로 했다. 하지만 한동안 상당한 저항을 겪었다. 타인의 아픈 이야기를 많이 알고 있는 내가 묻혀 있던 이야기를 꺼냄으로써 다시 누군가의 아픔을 건드리는 게 아닐까 하는 생각 때문이었다. 나도 내가 괜찮은 줄 알았는데, 수년이 지나도 아픔은 여전했다. 글을 쓰기 위해 시간을 거슬러갔다가 한없이 울고 나면 도저히 쓸 수 없는 이야기들도 있었다.

이 책은 매 사건을 척척 해결하는 자부심 넘치는 형사의 이야기는 아니다. 내 이름이 버젓이 제목에 걸려 있지만 어쩌면 이 책의 주인공은 내가 아니라 사건과 사람들이다. 남들과 다를 바 없는 삶을 살다가 어떤 사건으로 인해 범죄자가 된 사람, 느닷없이 피해자가 되어버린 사람, 그리고 오랫동안 회복될 수 없는 상처를 안고 살아가는 유가족들이 이 책의 주인공들이다. 나는 그들을 관찰하고 심판하는 권위자나 절대자가 아니라 경계에 서서 고민하는 한 인간으로서 글을 쓸 수밖에 없었다.

혼자 가는 길이 너무 외로워 곁에 함께하는 이들이 많기를 바랐던 시절이 있었다. 그래서 선배가 되어가면서 누군가에게 기회가 되어주고 싶었다. 형사의 기술과 연륜이란 무엇보다 사람에 대한 디테일한 사랑이다. 그리고 그 사랑은 노력과 맷집, 성찰을 요구한다.

형사 박미옥의 철학은 사람에 대한 애정이다. 애정 없이 범인을 잡는 일에만 성취감을 느낀다면 형사가 아니라 사냥꾼이다.

앞서 30년 형사 인생이 '전생 같다' 했지만, 아니다. 사랑하고 노력하고 버티고 생각하는 한 나는 이번 생에서 늘 '형사 박미옥'일 것이다.

2023년 봄
봄바람 불어오는 제주 서재에서
박미옥

형사 박미옥
ⓒ 박미옥 2023

1판 1쇄 2023년 5월 3일 | 1판 6쇄 2023년 7월 12일
2판 1쇄 2024년 5월 8일 | 2판 3쇄 2024년 11월 1일

지은이 박미옥

기획·책임편집 이연실
편집 엄현숙
디자인 윤종윤
마케팅 김도윤 김예은
브랜딩 함유지 함근아 박민재 김희숙 이송이 박다솔 조다현 정승민 배진성
저작권 박지영 형소진 최은진 서연주 오서영
제작 강신은 김동욱 이순호 제작처 영신사

펴낸곳 (주)이야기장수 펴낸이 이연실
출판등록 2024년 4월 9일 제2024-000061호
주소 10881 경기도 파주시 회동길 455-3 3층
문의전화 031) 8071-8681(마케팅) 031) 955-2651(편집)
팩스 031) 955-8855
전자우편 pro@munhak.com
인스타그램 @promunhak

ISBN 979-11-987444-2-5 03810

* 이야기장수는 (주)문학동네의 계열사입니다.
* 이 책의 판권은 지은이와 이야기장수에 있습니다.
  책 내용의 전부 또는 일부를 재사용하려면 반드시 양측의 서면 동의를 받아야 합니다.
* 잘못된 책은 구입하신 서점에서 교환해드립니다.
  기타 교환 문의: 031) 955-2661, 3580